천도비화수

天刀飛花手

천도비화수 4

손승윤 新무협 판타지 소설

초판 1쇄 찍은 날 § 2004년 1월 15일
초판 1쇄 펴낸 날 § 2004년 1월 25일

지은이 § 손승윤
펴낸이 § 서경석

편집장 § 문혜영
편집 § 장상수 · 서지현
마케팅 § 정필 · 강양원 · 이선구 · 김규진 · 홍현경

펴낸곳 § 도서출판 청어람
등록번호 § 제1081-1-89호
등록일자 § 1999. 5. 31
어람번호 § 제2-0318호

주소 § 경기도 쿠천시 원미구 심곡1동 350-1 남성B/D 3F (우) 420-011
전화 § 032-656-4452 팩스 § 032-656-4453
http://www.chungeoram.com
E-mail § eoram99@chollian.net

ⓒ 손승윤, 2003

값 8,000원

ISBN 89-5505-971-X 04810
ISBN 89-5505-877-2 (SET)

손승윤 신무협 판타지 소설

天刀飛花手

천도비화수

4

창랑에 물 맑거든

도서출판
청어람

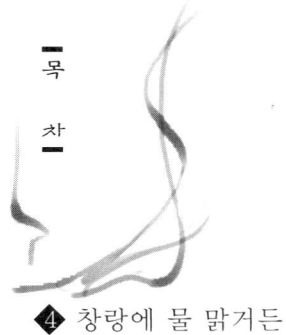

목
차

❹ 창랑에 물 맑거든

제1화 달빛 흐르는 강

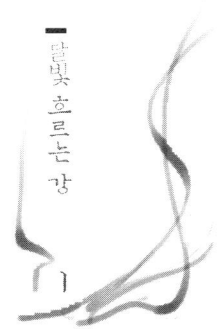

소채(蔬菜)에 관한 한 따를 자가 없어 채옹(菜翁)이라 불리는 공효채(孔孝菜)는 별호가 가리키듯 평생 소채와 함께 살아왔다.

제남을 기점으로 회하(淮河)와 장청(長淸)에 이르는 황하 양안에서 재배되는 엽채류(葉菜類:잎을 쓰는 야채)와 근채류(根菜類:뿌리를 쓰는 야채)의 오 할이 그를 통해 파종되고 자라며 수확된다.

더불어 천불산(天佛山)과 효당산(孝堂山)같은 소산(小山)은 물론 태산에까지 사람을 보내 균채류(菌菜類:버섯)와 길경(桔梗:도라지), 사삼(沙蔘:더덕), 갈근(葛根:칡뿌리) 등을 채취해 제남에 공급한다.

그는 공자(孔子) 후예로 소싯적에는 글에 뜻을 두었던 문사였다. 그러나 원말명초의 격변기를 지나면서 상업에 투신했다.

그런 배경에서 출발했기 때문인지 성격은 지나칠 정도로 원칙에 충실했고 융통성이 없다는 평을 듣는다.

"참 난감한 일이 아니옵니까?"

두 시진 동안이나 열띤 토론이 진행된 사해상련 회의장을 나서며 그가 우림에게 볼멘소리를 했다.

"그러니까 소채는 결국 보관이 관건이란 말씀이 아니옵니까? 아, 그걸 누가 모르겠사옵니까? 어떤 방식으로 보관을 하냐, 이게 문제란 말씀이옵니다."

그가 이리 볼멘소리를 하는 것은 당연했다.

근채류는 어느 정도 저장이 가능하지만 엽채류, 즉 이파리를 사용하는 소채일 경우에는 땅을 떠난 뒤 바로 시든다.

물을 주면 일순 살아나는 것 같지만 그리 물먹은 소채는 맛이 싱거워지고 비린내가 나며 금방 썩어버리는 것이다.

"흠."

따라서 그는 소채를 어떻게 하면 오래 보관할 수 있을까, 평생을 고심했다. 창고에 향(香)을 피워보기도 했고 숯가루를 뿌려보기도 했으며 소금을 끼얹어보기도 했다.

그 외에도 숱한 방법을 동원했지만 모두 실패로 돌아갔다.

"그러니까 출하 시기를 잘 맞추는 방법밖에 없다, 이 말씀이옵니다. 밭에서 그냥 썩히는 한이 있어도 비수기이거나 우기 때는 절대 손대면 아니 되옵니다. 차라리 밭에서 썩히는 게 다음 해의 거름을 위해서도 좋다는 말씀이옵니다."

그의 설득에 우림이 고개를 흔들었다.

"그것은 아니 되옵니다, 당주."

커다란 귀가 같이 흔들리는 모습이 우스꽝스러웠지만 채옹은 웃지 않았다.

저리 이상하게 생겼어도 머릿 속에 들어 있는 세상에 대한 이해와 계산은 평생을 저잣거리에 몸을 묻고 살아온 자신과는 비교할 수 없는 우림이기 때문이다.

"에헴."

"……"

"채옹께서는 신안천리 노공의 힘을 빌고 싶으신 모양인데… 그리하신다면 일은 수월해지겠지만 도리에 어긋나옵니다. 뭐가 어찌 됐든 노공의 능력은 하늘께서 주신 것이옵니다."

"……"

"하늘께서는 노공을 통해 이 땅에 무엇을 이루려고 하시옵니다. 그런데 겨우 소채의 출하 시기와 기후를 살피는 데에 쓰다니요? 당치 않사옵니다."

마음을 들켜 버린 채옹은 하늘을 보며 헛기침을 했다.

"어흠."

지리했던 우기의 끄트머리, 구름과 구름 사이를 건너는 비가 보여지고 있었다. 그 하늘에서 눈을 뗀 채옹이 수염을 쓸어 내렸다.

"으흐흠."

아무리 헛기침을 남발해도 반박할 말이 떠올라 주지 않는다.

그렇다고 가만히 있기도 뭐해 앞서거니 뒤서거니 서로 어깨를 두드리며 나가는 상인들을 보았다.

"이제부터 잘해보자고."

"자네와 이리 한 식구가 될 줄 알았다면 잘해줄걸 그랬어. 지난번 일은 미안하이."

"사람도 참. 가격을 후린 건 내가 먼저야. 사과는 당연히 내가 먼저 해야지."

"멱살은 내가 먼저 잡았잖아?"

전에 없던 왁자함과 활기가 그들을 에워싸고 있었다.

채옹은 그들의 왁자함과 활기를 이해했다.

채당(菜堂), 건당(乾堂), 육당(肉堂), 물당(物堂), 염당(鹽堂).

사해상련은 오늘 용각사와 틈사파 휘하에서 우후죽순처럼 난립했던 상인들을 취급 품목에 따라 크게 다섯 개 당으로 분류, 통합시켰다.

이런 결정은 이견이 분분했다.

그러나 상인들 간에 지속돼 왔던 과도한 경쟁을 예방하고 일정한 이문을 보장함으로써 보다 좋은 물목을 공급할 수 있다는 결론에 이르러서는 대부분 수긍했다.

칼을 앞세운 강제적인 통합이었지만 이제는 가격 경쟁 없이 서로 힘을 합쳐 이문을 나눌 수 있게 된 것에 상인들은 희망을 가지고 있었다.

련주는 말했다.

"생각해 보면 좋은 저장법이 있을 겁니다. 당주께서는 오늘부터 그 저장법을 생각해 보시기 바랍니다."

"흠."

엽채류와 근채류를 비롯한 모든 종류의 소채를 총괄하는 자리, 채당주(菜堂主)가 된 채옹은 다시 우림에게 물었다.

"그렇다면 공께 무슨 복안이 있으시옵니까? 이 늙은이는 당최 생각이 나지 않사옵니다. 련주께서 하명하신 일이라 무시할 수도 없고… 노공의 신안을 빌리는 것도 안 된다면 대체 무슨 방법이 있겠사옵니까?"

"에헴, 글쎄올시다."

우림이 빙글거리며 고개를 기울였다.

알고 있는 듯도, 모르는 듯도 한 표정이어서 채옹은 몸이 달았다.

"이 늙은이가 좋은 술을 한잔 사겠소이다."

"그러실 필요까지야……."

따악.

"드디어 우리가 가격을 메길 수 있는 힘을 가지게 된 게지."

술잔을 내려놓은 하소채(夏蔬菜) 금불위(錦佛偉)가 수염에 묻은 술을 툭툭 털며 말했다.

"우리네 같은 장사꾼들은 무한정 늘어날 수 있네. 농투성이도 흉년이 들면 지게를 지고 저잣거리로 장사하러 나서지. 공급은 그리 늘어나는데 수요는 한정되어 있네."

"……."

"그러니 공급이 수요의 비위를 맞추게 되고 가격이 흐지부지해지지. 결국 물건이 썩어나네. 이에 재고를 견디지 못한 상인들은 출혈경쟁을 일삼게 되지. 그 덕은 누가 볼까?"

"……."

"객점으로 한정시켜 말한다면 객점 주인이 덕을 보네. 그렇다고 객점에서 밥 먹는 사람들에게 이문이 돌아가냐, 그건 절대 아니거든. 돈은 돈대로 다 주고 거의 썩어버린 재료로 만든 음식을 먹게 되는 게지."

"그렇사옵니다."

쪼록―

중상(中商) 만량보(萬良普)가 술을 따르며 고개를 주억거렸다. 소금을 주 품목으로 삼는 그에게, 관에서 빠져나온 소금을 취급하는 금불위는 소중한 존재였다.

벌컥.

상기된 표정으로 술을 들이킨 금불위뿐만 아니라 그에게 있어서도 오늘 사해상련의 개편은 속이 다 시원했다.

소금은 누구나 꼭 필요해서 귀할 때는 금값으로 거래되지만 인근에 다른 소금 밀매꾼이 들어와 장난치면 고전을 면치 못했다.

분명 질이 떨어지는 소금임에도 이문을 한 푼이라도 더 보기 위해 사람들은 그리로 파리 떼처럼 몰려갔다.

나름대로 정직하게 이문을 붙여온 그와 같은 선량한 장사꾼이 하루아침에 아는 사람의 뒤통수나 치는 몹쓸 사기꾼으로 전락해 버리는 것이다.

"당주께서는 이제 어떻게 하실 참이옵니까?"

자작으로 따른 술을 들이킨 만량보는 물었다.

"가격을 조절하는 힘이 우리 염당에 있게 되어 다행이지만 결국 문제는 타지에서 밤길을 타고 흘러온 물건들이옵니다."

"흠."

"돌덩이가 섞인 암염(巖鹽)이나 모래를 굳힌 천염(天鹽)의 피해가 말도 못하옵니다. 그런가 하면 흙을 집어넣은 죽염(竹鹽)도 있사옵니다. 요는 사람들이 그것의 부실함을 따지기 이전에, 그것과 우리 소금을 비교해서 우리 것이 비싸다고 생각하는 것이옵니다."

"참, 사람도… 이렇게 어둡기는……."

"예?"

몸을 뒤로 젖힌 금불위가 시큰둥하게 대꾸했다.

"그래 련주께서 각 당에 이십 기씩의 철기와 칼잡이들 이십 명을 붙여주셨지 않았나?"

"……."

"정상적인 방법으로 상 행위를 하되 그런 비열한 도전이 들어오면 절대 좌시하지 않겠다는 의지를 보이신 거지. 자네는 그 철기들과 칼잡이들을 그 빌어먹을 밀매꾼 놈들이 자주 출몰하는 길에 깔아놓게. 이제 이 우기가 끝나면 소채가 지천인 계절이 아닌가? 놈들도 한몫 잡으려 나타날 때가 되었지."

"그런 의미로 무력을 붙여주셨을 줄은 몰랐사옵니다."

"그럼, 어떤 의미로 붙여진 무력이라 생각했는가?"

"큼."

만량보가 얼굴을 붉혔다.

"쯧쯧! 외상값이나 받아내고 우리가 돈을 떼먹지 않나 하는 의심으로 붙었다고 생각했구먼?"

"사, 사실이 아니옵니까?"

만량보가 금불위를 보았다.

사실 용각사나 틈사파도 이 정도까지의 대규모 통합은 아니었지만 구역을 나눠 일부 통합을 시도했었다.

물론 칼잡이들을 붙여준 적이 있었다.

그러나 그것은 어디까지나 판매량을 늘리기 위한 술책이었고 세금을 제대로 걷기 위한 배치여서 이래저래 손해를 보는 쪽은 상인들이었던 것이다.

그런 불유쾌한 기억을 공유한 금불위가 말했다.

"련주께서는 당신의 칼을 탁자에 꽂을 때 분명히 말씀하셨네. '이 칼은 저의 생명입니다. 우리의 신용은 이 칼이 증명하고 보장할 겁니다. 이래도 못 믿으시겠다면, 생각대로 대항하시길 바랍니다. 관부가 됐든 황궁이 됐든 이 사람은 이 칼이 부러지도록 싸울 겁니다' … 라고 말일세. 하! 그런 분께서 겨우 그런 잡스러운 일에 매달리실 것 같은가?"

"뭐, 말은 그렇게 반듯해도 엉뚱한 짓거리를 벌이는 축이 어디 하나 둘이옵니까?"

"예끼, 이 미련한 사람!"

"……!"

"노공이 누군가? 앉아서 천 리, 서서 만 리를 보는 신안천리가 아니던가! 그가 그분의 그림자를 자처했네. 그것도 제 스스로 바닥에 엎드려서 말이지. 자네의 안목이 노공의 발끝이라도 따라가는가?"

"그, 그건 아니지만……."

"그럼 쓸데없는 생각 하지 말고 술이나 치게. 오늘은 생애 최고로 기쁜 날이네. 다시 한 번 그런 지저분한 추측으로 기분을 흐린다면 절대 용서하지 않겠어. 내가, 이 밀매꾼에 불과했던 금불위가 말이야, 사해상련에서 소금을 총관할하는 염당주가 되다니… 허허헛!"

술잔을 내미는 금불위 얼굴은 붉게 달아올라 있었다.

그는 사해상련에서 이뤄야 할 일이 정말 많았다.

으스러질 듯 술잔을 움켜쥔 그가 눈을 부릅떴다.

건당(乾堂)은 말 그대로 건조시킨 건품(乾品)을 취급한다.

건품은 건조 방식에 따라 배건(焙乾), 소건(素乾), 자건(煮乾), 염건(鹽乾), 조미건(調味乾)으로 나뉜다.

각종 건어물(乾魚物)과 간궐(干蕨:마른 고사리)과 같은 숙채류(熟菜類:삶아서 말린 나물)를 통칭하는 것이다.

건당을 총괄하게 된 왕가윤(王佳允)은 평생을 저잣거리에서 부딪기며 살아온 건상(乾商)답게 매우 신중한 편이었다.

건품은 제아무리 기발한 방법으로 건조시켰어도 보관을 잘못하면 곰팡이가 슬거나 과도한 첨착이 일어 상품으로써 실패한다.

그런 경우를 모면하려면 근면하게 건물을 뒤집어주고 통풍에 신경 써야 하며 가끔 소금을 얹어주는 지혜가 필요해서 성격이 자연스레 신중해졌는지도 몰랐다.

"사람들이 제일 만만하게 생각하는 것이 이 건품인지도 몰라. 양에 비해 가볍고 덩치도 없어 쉽게 생각하거든? 그런데 그리 만만하지 않다는 걸 곧 깨닫게 되지."

"……."

"특히 이런 우기(雨期) 때라던가 환절기 때는 판매보다 보관에 더 공을 들여야 해. 특히 이 제남은 빌어먹을 안개와 습한 더위 때문에 보통 신경이 쓰이는 것이 아니지. 이제부터 보관은 내가 책임질 테니까 자네들은 판매에만 신경을 써. 곰팡이가 난 거라든가 눅진 것은 아예 내주지 않을 테니까."

해마다 여름이면 울며 겨자 먹기로 헐값에 건품을 처분하고 겨울에 그 밑천 뽑는 장사를 거듭해 온 소규모 건상들에게 왕가윤의 말은 구원이었다.

서로 간의 경쟁이 심해 그야말로 얼마만큼 밑지지 않느냐는 것이 건상 최대의 관건이기 때문이다.

그러니 이문은 고사하고 당장 밥을 먹기도 급급한 편이라 힘들어하고 있던 참이었다.

"당주 말씀대로 따르겠습니다!"

"흐음."

왕가윤은 방금 건상들을 대표해 말한 사람을 보았다.

"자네 말이야."

"예?"

"해마다 여름이면 등주(登州) 건상들에게 엉터리 물건을 받아 제일 먼저 제남에 풀어버리던 감가(甘哥)가 아닌가?"

"가, 감가는 맞지만 소생은 결코 그런 짓을……."

"그만두게, 이 사람아. 미꾸라지 한 마리가 온 개천 물을 다 흐린다더니."

"……."

"경쟁을 할 때는 마땅히 경쟁을 해야 하네. 하지만 그것은 물건의 질로 경쟁해야 해. 다시 말해서, 먹어본 입이 결정을 내리게 해야지. 자네처럼 엉터리 물건을 가져다 입이 아닌 머리, 즉 가격으로 결정하게 만들면 안 되는 게야."

"……."

"가격만을 생각하면 질 좋은 음식으로 가득해야 할 식탁이 온통 싸구려 음식으로만 가득해지지. 그러면 가족의 건강은 지켜지지 못해. 뿐만 아니라 자네처럼 혼자만 잘 먹고 잘살면 된다는 단순한 생각으로 모두 나선다면 그것이 더 큰일인 게야. 같은 업을 하는 모두가 그 손해를 일정 부분씩 나누어 지게 되니까."

"죄송합니다, 당주!"

"장사란 말이지, 남의 주머니에 든 돈을 내 주머니로 옮겨오는 대신 내 주머니의 물건을 그리로 옮기는 일이야. 아주 쉬우면서도 극도로 어려운 일이라고 볼 수 있어."

"……."

"자네도 입장을 바꿔놓고 한번 생각해 보게. 누가 자네 주머니에 들어 있는 돈을 빼내오면서, 조금 빼는 대신 썩은 물건을 집어 넣어봐. 그러면 기분이 좋은가?"

"큼."

"전에는 서로 처지가 달라 자네의 행위를 알면서도 그냥 참았지만 이제부터는 절대 좌시치 않겠네. 추방하거나 망신을 주는 등의 강력한 제재를 가하겠단 말이지. 내 말을 명심하여 앞으로는 주의하게!"

"예… 당주."

"흐음."

평소 이런 충고를 했다면 감가는 특유의 성질을 이기지 못하고 당장 멱살을 움켜쥐려 대들었을 것이 분명했다.

'결국 힘은 칼과 조직에서 나오는 게지.'

산돼지 같은 덩치에 성격마저 산돼지인 감가가 비척비척 물러나자 왕가윤은 자신이 속한 사해상련의 힘을 절감했다.

"모두 잘 듣게!"

어깨에 힘을 잔뜩 준 왕가윤은 큰 소리로 말했다.

"이제부터 나는 구매와 보관에만 힘을 기울일 것이야. 좋은 물건을 구입하고도 보관에 실패하면 아무것도 아니지. 그러니까 자네들은 빠른 운송과 판매에만 신경을 쓰게. 가격은 통일하되 누가 먼저 현장에 도착하냐, 로 승부를 내게. 알아듣겠나?"

2

"돈영회가 문제이옵니다, 련주."

파락호 조직인 목귀대를 상련으로 탈바꿈시킨 소우에게 우림이 채근했다.

일생일대의 숙제처럼 내려진 소채의 보관 방법을 놓고 채당주 채옹과 술을 한잔했어도 그의 눈은 현명하게 반짝였다.

"그들이 우리 련을 상대로 칼을 뽑는다면 먼저 상인들이 무너질 것은 불을 보듯 뻔한 사실이옵니다. 그들 자체의 무력도 무력이지만 관의 비호를 등에 엎은 힘은 무소불위이옵니다. 그들 먼저 해결을 보셔야 하옵니다."

은자 하후굉도 동감을 표시했다.

"맞사옵니다, 련주. 그들은 우리 진숙달도 아직 돌려보내지 않고 있사옵니다. 다행히 그의 노모에게는 사람을 붙여 봉양하는 모양이옵니다. 하나 그가 겪을 고초를 생각하면 잠이 안 오옵니다."

"……."

전선이 교착 상태를 유지하고 있지만 일부에서는 소규모일망정 밀고 밀리는 일전일퇴가 거듭되는 상황.

이 와중에 돈영회가 식량과 사람을 보내 진숙달의 노모를 보살핀다는 것은 어딘가 아귀가 맞지 않는 일이었다.

그렇게 생각해 보면 만리향, 사해상련 본전에서 벌써 며칠째 조직의 개편에만 신경을 쓰는 소우도 이상했다.

그의 냉철하고 불 같은 성격으로 미루어보면 당장 돈영회로 밀고 들어가 진숙달을 구해오고도 남았을 시간이기 때문이다.

그래 우림은 틈이 날 때마다 소우에게 전면전을 채근했지만 소우는 결정을 보류하고 있었다.

소우가 노공을 보았다.

"말씀해 보세요, 외사(外師)."

소우는 상인들뿐만 아니라 지휘부도 개편을 단행했다.

계산과 안목이 남다른 대신 무력에 취약한 우림을 내사(內師)로 삼아 상련의 살림과 상인들의 오당을 관할케 했고, 타고난 신력과 파괴력으로 철기들과 칼잡이들에게 신망이 두터운 거연창을 중사(中師)로 삼아 무력을 일임했다.

우림과 마찬가지로 무력이 없는 노공에게는 황하어옹과 두위주, 강염을 붙여 취약점을 보완한 후 외사(外師)로 삼아 돈영회를 비롯한 팔황맹에 관한 일을 더듬게 했다.

이제 사해상련은 현재 일주(一主), 삼사(三師), 오당(五堂)의 기본적인 체계로 확대 개편된 것이다.

애각 형제는 마땅한 자리를 배정하지 않았다.

자리가 없어서가 아니라 팔황맹을 대비한 포석이었다.

현재는 상련에서 무력을 총괄하는 거연창을 보좌하지만 그들 형제는 사실, 용비의 행방을 알게 되면 바로 팔황맹으로 투입될 별동대를 거느렸다.

좌우주작단(左右朱雀團).

귀곡선생이 보내준 이십 기씩의 철기들을 통칭하는 명칭이다.

이들은 풍산촌 장정 중에서 무공에 대한 자질과 의지가 남다른 자를 엄선, 무공을 전수하고 기마술과 합격술을 훈련시킨 철갑기마대로 개개인의 무위가 상상을 초월했다.

"돈영회를 까부수는 일이야… 그리 어렵지 않사옵니다."

검은 얼굴을 번쩍이는 난쟁이노공이 입을 열었다.

"돈영회는 언젠가 련주께 주어질 낙과(落果)에 불과하옵니다. 그… 진숙달이란 아이도 생각만큼 그리 고생을 하지 않는 것이 사실이고……."

"에?"

하후굉 눈치가 이상해지자 노공이 서둘러 부연했다.

"호강을 하고 있다 봐야지요. 아, 빈대 냄새가 풀풀 났던 홀아비… 아, 참 총각이라 했나? 여하튼 그 아이가 꽃밭에 가보나 했겠사옵니까? 이 늙은이 눈에는 그 아이가 꽃밭에서 호강하는 게 훤히 보이옵니다."

"……?"

답답함을 참지 못한 하후굉이 입을 열었다.

"대체 무슨 말씀이시옵니까? 뭐, 그렇다고 외사님 신안을 의심하는 건 아니옵니다. 말씀이 하도 밑도 끝도 없어서 드려보는 말씀이옵니다. 고문을 당하고 있어야 할 사람이 꽃밭이라니요? 그것이 대체 무슨 말씀이시옵니까?"

"낸들 아나? 꽃밭이 보이니까 꽃밭이라고 하는 게지."

"에?"

시큰둥한 입술을 삐죽거린 노공이 하후굉의 얼빠진 얼굴을 자세히 들여다보았다. 그러자 자신의 얼굴에 뭐가 묻어서 그런 줄 안 하후굉은 얼굴을 쓸어 내리며 노공을 주시했다.

"돈영회는 칼로 해결하지 않아도 돼."

"……."

또 한동안 침묵을 지킨 노공이 흐리멍덩한 눈으로 입을 열었다.

"에… 늙은 물소가 젊은 여우를 만나 동쪽으로 가지. 그러니 자네는 그렇게 노심초사하지 않아도 될 게야."

"에?"

"칼부림도 마찬가지야. 돈영회의 늙은 금돼지가 이십 년 전에 버린 제 새끼를 만나면 다 해결되는 거야."

"……?"

"그 액땜으로 지금은 피를 흘리지만 차후에 만나면 돈영회는 바로 낙과(落果:떨어진 과일)가 돼버려. 그것이 다 인연을 따라 순리대로 풀리는 게지. 하나… 칼을 들면 만사가 다 끝나."

"……?"

"그러면 정말이지 제남은 피의 강물이 흘러. 역천(逆天)은 그래서 무서운 게야. 따지고 보면 순리만큼 평탄한 길도 없지. 련주님을 봐. 힘들지만 때가 될 때까지 묵묵히 참고 인내하시잖아. 이 미련한 위인아, 그게 바로 순리야."

"도대체 무슨 말씀이외까? 이거야 원 도무지 알쏭달쏭해서 견딜 수가 없사옵니다그려!"

점점 더 얼빠진 표정을 짓는 하후굉을 대신한 우림이 버럭 소리를 질렀다. 그렇지만 노공은 어느새 흐리멍덩했던 눈을 정상으로 돌려놓고 다시 엉뚱한 소리를 했다.

"엥? 이 늙은이가 무슨 말을 했다고 그러시오?"

"……?"

자신이 방금 내뱉은 신탁을 도무지 기억 못하는 노공이었다. 그것을 벌써 여러 번 겪은 우림이 졌다는 표정으로 손을 들어 올렸다.

"아무튼 참고 기다려야 한다, 이 말씀이 아니옵니까?"

"에? 이 늙은이가 그렇게 말했나? 그렇다면 그런 게지요, 뭐."

참으로 성의없고 무책임한 대답이 아닐 수 없었다.

화가 머리끝까지 오른 우림이 뭔가 트집 잡을 구실을 찾으려 입을 우물거렸다. 순간,

슥.

장내의 어수선한 분위기를 가르며 손을 든 소우가 일어섰다.

"…껵."

그 바람에 재채기를 할 뻔한 우림은 얼른 입을 가렸다.

"이 사람도 막연히 그런 생각을 가지고 있었습니다. 젊은 여우는 물론 적산월을 가리키는 것이겠지요. 그때, 누나를 앞세워 그녀가 협박할 때 말입니다, 그녀를 죽이면 안 된다는 생각이 퍼뜩 들었습니다. 왜 그런 생각이 든 것인지… 그 이유는 모릅니다."

"어허……."

"어쨌든 죽이면 평생 씻지 못할 죄가 될 거라는 예감이 들었지요. 지난 며칠간 그 감정에 대해서 곰곰이 생각해 보고 있었습니다. 사실, 왜 그런 감정이 들었을까? 상촌의 기억이 그래도 즐거웠나? 그 냉대와 비웃음에 이 사람이 어떤 의미를 부여하고 있던 던 게 아닐까?… 이런 생각들 말입니다."

"련주께서도 고민을 다 하시옵니까?"

우림이 귀를 펄럭였다.

이때까지 그가 봐온 소우는 섬세하고 갸름하게 생긴 외모와는 정반대로 철로 만들어진 사내, 그 이상도 이하도 아니었다.

말보다 칼이 먼저 뽑아졌고, 칼보다 먼저 감정이 반응했다.

극쾌(極快)와 극감(極感)에 의지한 냉철한 상황 판단은 감히 상상도 못하던 여러 가지 일들을 가능케 했다.

이를테면 산적들을 토벌하여 만든 풍산촌, 목귀대의 창설로 이어진 사해상련이 그것이었다.

우림은 사실 지난 며칠 동안 소우의 침잠과 온기가 마음에 안 들었다. 그가 생각하는 소우는 고민이나 온기를 가진 평범한 인간으로의 회귀보다는 그런 덕목들을 저버려 인간미가 좀 떨어져도 과감하게 치고 나가는 성격이기를 바랐다.

'지존(至尊)은 그래야 해.'

그래 둥그러지기보다 각이 지기를, 더불어 인간의 마음속에 영원히 꺼지지 않는 불꽃. 공포로 군림해 주기를 바랐다.

그래 이런 소리도 나오는 것이리라.

"한 무리를 이끄는 지존께서 고민이라니요? 련주께서는 절대 고민이 있어서는 안 되옵니다."

"이 사람도 결국 피가 흐르는 사람이니까요."

바로 따라붙은 대꾸는 우림으로서도 의외였다.

"상대를 베면서 가슴이 저리는 사람. 아픈 것은 아프다고 말해야 하는 사람. 아름다운 꽃을 보고 아름답다 느끼는… 사람이니까 말입니다."

턱.

말을 마친 소우가 갑자기 탁자 위에 발을 올려놓았다.

순간 우림을 비롯한 모든 사람들의 시선이 그 발에 모아졌다.

크앙!

다음 순간 빛을 가르며 개문이 뽑혀졌고 동시에 탁자를 밟고 올라선 소우가 좌측 창문을 박찼다.

와장창!

발이 닿기 직전, 열십자(+字)로 그어진 창호지와 격자가 날았다. 그 바람에 창호지와 격자에 가려져 있던 그림자가 화들짝 놀라 추녀에 달라붙었지만 이미 소용없는 몸부림이었다.

"캑캑."

멱살을 잡힌 그림자가 버둥거렸다.

그 사이를 가르며 두 개의 그림자가 만리향의 너른 지붕 어디쯤으로 흩어졌다.

퍼득.

애각구려와 애각구충이 지붕으로 쏘아졌다.

"전에는 묻지 않았지. 이제 물어볼까? 네 소속이 어디냐? 누가 너를 보냈지?"

"나, 나는 도, 돈영회가……."

풋.

"웃기지 마."

소우가 웃었다.

"돈영회에는 말이지, 오선(五線)에 걸친 철질려와 은사, 삼선(三線)에 걸친 방어벽을 뚫고 이곳까지 잠입할 자가 많지 않아. 있다 해도 너처럼 바로 입을 열 정도로 의지가 박약할까?"

"……!"

"넌 전문적으로 무공을 익힌 자다. 무공뿐 아니라 은형(隱形)과 잠행(潛行)을 익혔어. 개문은 피하면서 그보다 느렸던 내 손은 피하지 못했다. 지금 장난하나?"

"흥!"

그림자가 지닌 칼자국이 심하게 경련했다.

"누가 뭐래도 난 돈영화다."

"나도 그렇게 믿어주고 싶어."

"대랑의 명을 받고 너, 너를 죽이러 와, 왔다!"

"그런가?"

멱살을 푼 소우가 옆으로 돌아섰다.

"얍!"

순간 그림자의 소매에서 퉁겨진 푸른 빛살이 날았다. 퉁겨진 것이 아니라 암굴에 웅크려 있던 맹수가 반짝 눈을 뜬 것 같았다.

피잉―

소우는 그것의 정체를 대번 가늠했다.

강성을 증가시키기 위해 주형(鑄形)을 떠 찍어내지 않고 단조로 두드려 특수하게 담금질한 쇠 화살. 그래 철갑도 뚫을 만큼 파괴력이 강한 소형 쇠뇌… 살수들이 흔히 쓰는 무기였다.

칙.

귀밑머리를 가른 그것이 비를 뚫고 긴 선을 그으며 사라졌다.

"칫!"

고개를 튼 소우는 쇠뇌가 쏘아진 처음으로 고개를 돌렸다. 그곳에 그림자의 깡마른 전신이 그대로 드러나 있다.

쏴아아.

빗줄기가 그려내는 크고 작은 동심원에 둘러싸인 그림자는 원래부터 동심원이 그려진 갈의를 입은 것처럼 보였다.

지독한 수련으로 단련된 어깨, 숨을 감춘 목젖이 비에 씻기고 있었다.

고개를 조금 숙여 개문을 가늠한 소우는 손을 앞으로 벌렸다.

달깍.

결을 푸는 소리와 동시에 쭉 흘러내린 파(把: 손잡이)가 쥐어졌다. 파가 무거운 느낌이 든 소우는 파를 놓고 고개를 쳐들었다.

달깍.

되돌아간 개문이 결을 지를 때, 빗물을 하얗게 퉁겨내며 날아오른 머리칼이 뒤로 넘어가 등에 달라붙었다.

"이놈!"

재차 쇠뇌에 살을 끼워 넣은 그림자가 팔을 쳐들었다.

피잉.

다시 그림자의 소매와 빗줄기가 한 선으로 이어졌다.

그 선을 슬쩍 비킨 소우가 빠르게 주먹을 뻗었다.

빡!

동시에 빗줄기를 벨 듯 날린 발이 그림자의 턱을 부숴다.

퍽!

몸을 돌린 소우는 한 번 더 허리를 틀고 발을 쳐들었다.

우아하게 돌아가는 발의 궤적을 따라 분질러진 빗줄기가 헝클어진 막대처럼 사방으로 비산했다.

퍼억!

"크억!"

세 번이나 얻어맞은 그림자가 비명을 내질렀다.

하얗게 뒤집어진 눈으로 토악질하는 입과 목을 꼭 부여잡은 그림자가 소우를 스치고 빗속으로 들어갔다.

철퍽.

소우는 천천히 고개를 들어 지붕을 봤다. 지붕에는 다른 그림자들을 가로막은 애각 형제가 떨어지고 있었다.

3

따따따닥.

청동 기와를 때리는 빗소리가 요란하다.

끊임없이 머리를 박으며 부서지는 빗줄기 사이로 쇠와 쇠가 마주 벼려지는 듯한 음울한 소리가 번졌다.

카라라랑!

절제된 선을 그리며 그림자의 등에서 뽑혀진 장검이 빗줄기를 파랗게 물들였다.

"흐흐흐."

순간 밑 빠진 웃음이 애각구려의 입술을 비집고 퉁겨졌다.

그림자들은 고수들이었다. 둥글게 각진 용마루를 한 발로 밟고 다른 발은 무릎을 꺾어 배에 대고 있으면서도 치켜든 장검이나 다리의 흔들림이 없다.

"으음."

눈동자 위로 비릿한 빗물이 흐르는데도 그들은 부릅뜬 눈을 정지시킨 채 깜박이지도 않았다.

"허!"

한 번 도약에 바닥에서 지붕까지 오 장을 날아오른 애각구려를 본 그림자가 옆을 보고 중얼거렸다.

"불곰이 제법 경공에 조예가 깊구면. 쉽지 않겠어."

"글쎄 말이야. 듣기론 파락호 놈들이라 했는데… 그 삵쾡이가 우릴 속인 것이야."

툭.

꺾었던 발을 내리고 장검에 묻어 있는 빗줄기를 털어낸 다른 그림자가 어금니를 갈았다.

"어이! 아저씨들."

"음?"

난데없는 부름에 그림자들이 눈썹을 좁혔다.

"저놈은 또 뭐야?"

보통 활 같으면 이렇게 비가 쏟아지는 날에는 사용하지 못한다.

물푸레나무껍질에서 나오는 하얗고 질긴 심으로 만든 시위는 습기에 약하다. 뿐만 아니라 뽕나무와 대나무, 참나무, 물소뿔, 소 힘줄, 소 가죽, 화피 등을 덧붙여서 궁대를 만드는데, 이 여러 가지 재료를 접착시킨 민어부레풀이 물처럼 풀어지기 때문이다.

그러나 애각구충이 지금 당긴 활은 그런 각궁이 아니라 연성 좋기로 유명한 운남적철(雲南赤鐵)로 만든 거궁.

크릭.

피처럼 붉은 철간이 안으로 휘어지면서 철심으로 만든 시위가 안에 있는 공기를 팽팽하게 뒤로 잡아당겼다.

"당신들, 잘못 알고 찾아온 거지? 그렇담 그 자리에서 옷을 모두 벗고 엉덩이를 하늘로 쳐들라구. 히히히! 험악하게 장검 나부랭이를 뽑아 들고 순진한 사람들 겁주면 못 써."

느릿한 애각구충의 말에 한 그림자가 입술을 허물었다.

피식.

"더러운 요동 돼지 주제에 격장(激將:약올림)까지 지를 줄 아는구먼. 머리가 제법 돌아간다 이건가?"

"잉? 짜식들, 눈치도 빨라. 여하튼 타부가치[漢人] 놈들은 안 된다니까. 꼭 관을 봐야 정신을 차린다구. 히히."

실없이 대꾸한 애각구충이 번득 어깨를 낮추면서 거궁을 수평으로 눕혔다.

칙.

말을 들어보니 사전에 사해상련에 대해서 여러 가지를 알고 있는 자들이었다.

"헛!"

얼른 몸을 옆으로 비튼 그림자에게 시위를 그대로 둔 채 수직으로 거궁을 세운 애각구충이 이죽거렸다.

"히히! 겁은 많아서."

그러자 얼굴을 벌겋게 물들인 그림자가 경련했다.

"이 교활한 놈!"

"그렇게 겁을 내면서 왜 말을 안 들어. 앙? 어서 엉덩이를 까란 말여. 혼나기 전에. 새꺄!"

"…미친놈이야."

얼굴을 벌겋게 붉힌 그림자 옆에서 다른 그림자가 뇌까렸다.

"흠."

장대같이 퍼부어대는 빗속에 활을, 그것도 길이만 엄청 길지 살도 없는 빈 활을 겨누고 있는 자.

목숨 걸고 싸워도 부족한 이 자리에서 히죽거리며 얼른 엉덩이를 까라 윽박 지르는 자가 올바른 정신이라고 상상하기 힘들었다.

"흐흐흐… 까라면 까, 임마."

밑 빠진 웃음으로 애각구려까지 끼어들자 그림자들은 이제 서로의 얼굴을 보았다.

"저 불곰도 제정신이 아니긴 마찬가지야."

"끄음… 역시 삵쾡이가 우릴 놀렸구먼. 아래에서 잡힐 그놈을 위해 우릴 미끼로 써먹은 거야. 젠장."

툴툴거린 두 그림자는 날을 제대로 세웠는지도 분명치 않은 거도(巨刀)를 늘어뜨린 애각구려를 빠르게 훑어 올렸다.

"으음."

도저히 사람의 것이라고는 보여지지 않는 덩치와 너무 잘 어울리는 뭉툭한 거도가 천천히 들어 올려지면서 빗물을 아래로 떨어뜨렸다.

주르르.

애각구려가 앞으로 한 발을 내디뎠다.

"니들, 이제 죽었어."

순간 비어버린 듯한 맑은 눈과 어눌한 어조, 정식으로 밟지 않아 술 취한 파락호처럼 보이는 보법을 본 그림자들 눈이 일순 멍해졌다.

"으음."

누구의 입술을 비집고 또 흘러나온 소리인지 모르겠지만 신음 비슷한 소리가 흘러나왔다. 그래 무려 오 장을 날아올라 우아하게 떨어져 내렸을 때 가졌던 극도의 경계심이 빗물에라도 씻기는 것처럼 무뎌졌다.

"우 형(禹兄), 내 이십 년 동안 칼밥을 먹었지만 저런 수준 이하는 첨 봐. 저거 어디 사람이그 칼이야? 술 취한 불곰이 작두를 들고 있는 것 같구먼."

"뒤에 있는 놈도 마찬가지 아닌가?"

"…제길."

탁탁.

우 형이라 불린 그림자가 짜증스럽다는 듯 장검을 몇 번 흔들었다.

"비 맞은 베짱이가 때도 분간 못하고 빈 활을 들고 와와대는 저 꼴이라니. 어쩌다 우리가 이런 몰상식하고 괴이한 일에 말려들었단 말인가? 자고로 칼잡이는 말년이 편안해야 하거늘."

"그건 그래. 에이, 빌어먹을… 저런 미친 파락호들에게 칼을 휘둘러야 한다니. 오늘은 칼만 더럽혀지겠구먼. 그나저나 삵쾡이가 보낸 놈은 일을 제대로 했는지 모르겠어?"

"될 대로 되라지."

"뭐, 이놈들 수준을 보니 오 할은 성공했을 것 같은데?"

"오 할?"

"신안천리 노공의 목이 달아났거나 그 하백이라고 소문만 무성한 파락호 놈이 뻗었겠지. 놈의 독(毒) 쇠뇌는 유명하니까 말이야. 그러면 그 머리 나쁜 창잡이 거연창이 광분할 것은 불 보듯 뻔하지 않은가?"

철벅철벅철벅.

애각구려가 빗물을 퉁기며 다가오는데도 그림자들은 태평하게 말을 주고받았다.

"흠, 사해상련과 돈영회를 한꺼번에 잡는다?"

그림자의 눈이 깊어졌다.

"그야말로 어부지리(漁夫之利), 차도살인지계(借刀殺人之計)로구먼. 아무튼 삵쾡이의 잔머리는 알아줘야 한다니까? 손 안 대고 코 푸는 격이 아닌가 말이야. 우린 이렇게 빗속에서 저런 떨거지들이나 상대케 하고… 돌아가면 단단히 따져 봐야 되겠어."

슥.

애각구려와 어느 정도 거리가 가까워지자 그림자들이 좌우로 벌어졌다. 그러자 오랫동안 손을 맞춰온 자연스런 움직임을 따라 방금 전의 헝클어진 듯했던 기세가 꼿꼿하게 살아 올랐다.

미친 파락호들이라도 저 엉성한 자세의 어디쯤 뭔가 믿는 구석이 있거나 숨겨놓은 한 수가 없으리란 보장이 없다.

그것은 비단 칼밭에서 평생을 구른 예감이 아니라도 알 수 있는 일이었다.

"굳이 매를 벌어보겠다? 히힛!"

선방은 애각구충이 질렀다.

슝—

손가락을 떠난 철 시위가 미세한 빗방울을 흩뿌리며 수직으로 철간에 달라붙었다.

텅!

순간 기묘하게 휘어진 철간 안쪽에서 얼음으로 만든 것 같은 투명한 무시가 퉁겨졌다.

"헛!"

빗줄기를 일직선으로 그은 그것이 어깨로 달려들자 이제까지 빈 활이라 생각했던 그림자는 뒤로 어깨를 젖히며 크게 눈을 떴다.

따앙!

장검에 와 닿은 그것이 철판 두드리는 소리로 부서졌다.

"뭐, 뭐냐? 이것은!"

손금을 낱낱이 헤집으며 올라온 충격에 경악한 그림자가 자신의 장검을 보았지만 아무런 흔적이 없었다.

슝—

재차 쏘아진 무시가 맹수처럼 빗줄기를 물어뜯으며 달려들었다. 빗줄기를 감은 그것이 팽이처럼 맹렬하게 휘돌아 다시 한 번 그림자의 장검을 때렸다.

따앙!

"시술!"

수천 개의 물방울로 헝클어진 그것에 전율한 그림자가 번쩍 몸을 날려 애각구충을 쪼개 들어갔다.

치잇.

그리 급박하게 밀고 들어갈 수밖에 없었던 이유는 단순했다. 칼밭을 뒹굴며 칼밥을 먹어온 세월의 울림판이 생전 처음 겪는 사태를 어쩌지 못하고 매미의 그것처럼 격하게 떨었기 때문이다. 빈 화살에서 화살 대신 쏘아진 것은 한낱 물방울에 지나지 않았다. 그러나 아니었다.

물방울처럼 힘없이 부서지면서도 철구처럼 강한 탄성을 가지고 있었다.

뭔가 아귀가 안 맞는 이 현상.

주룩.

그림자의 등골을 타고 차디찬 빗줄기가 굴러 내려갔다.

그래도 그림자는 침착하게 자신의 검공을 펼쳐 냈다.

오랫동안 수련한 칼잡이답게 그림자의 장검은 부드러우면서도 날카로웠다. 누울 때는 풀잎처럼 누웠고 일어설 때는 뱀 이빨처럼 일어섰다. 그리 일어서고 눕기를 반복하며 하나씩 만들어진 검막이 다른 검막으로 연결되면서 처음에 만들어진 검막을 흡수해 더 커진 순간.

피리리릿.

둘로 나뉘었다. 둘로 나뉜 그 검막이 다시 네 개로 나누어졌다.

핑핑핑!

헝클어진 검날에 젖은 공기가 베어지면서 뒤로 젖혀지는 소리, 검막에 부딪친 빗줄기가 한꺼번에 다섯 개의 둥그런 수막을 형성해서 애각구충을 뒤덮어 버렸다.

"히히힛!"

엄밀하고 촘촘한 검막 안에서 애각구충 특유의 날카로운 웃음소리가 비명 대신 비어져 나왔다.

따다당!

박판(薄板:얇은 철판)을 때리는 소리가 거듭될수록 위축되는 검막을 본 그림자가 당황한 눈으로 옆의 그림자를 봤다.

"꺼어……."

당황해 있기는 그 그림자도 마찬가지였다.

태산압정(泰山壓頂)이라 볼 수밖에 없는 평범한 찍어누름 한 수에 무릎이 꺾어질 정도로 고전을 면치 못하고 있는 것이다.

더 이해할 수 없는 일은 거도를 맞받은 그의 장검이 수수깡처럼 부러져 버린 일이었다.

"끙! 결국 고수였구먼."

반 도막 난 장검을 움켜쥐고 겨우 버티고 있는 그림자의 얼굴에서 툭툭, 핏줄이 일어섰다. 그 얼굴 위로 막다른 곳에 다다른 막다른 자의 절망이 깊게 아로새겨졌다.

"흐흐… 고수? 그 무슨 말라비틀어진 문자여?"

거도를 의지해 몸을 숙인 애각구려가 시큰둥하게 물었다.

"타부가치 놈들이 쓰는 말은 당최 어려워서 알아듣기 힘들단 말이지. 왜 꼭 이렇게 복잡한 말을 써야 되는지 몰러. 욕은 아닌 것 같고… 그냥 '너 잘났다' 뭐, 이런 소리여?"

"이… 빌어먹을."

절망적인 탄식을 흘려낸 그림자가 애각구려의 무심한 눈을 보았다. 제대로 서지도 않은 날을 가진, 뜻 모를 갑골문자(甲骨文字)로 빼곡한 거도가 뿜어내는 살기는 상상을 초월하고 있었다.

"흐압!"

그림자는 모래에 생살을 비비는 것처럼 전신이 따끔거렸다.

그래 평생 쌓아온 공력으로 대항했지만 한번 꺾어지기 시작한 무릎을 원래대로 회복하기는 불가능이었다. 그렇다고 반 도막짜리 장검을 들고 이미 기울어진 형세를 뒤집는 일도 요원했다.

퍼석.

용마루에 닿은 무릎이 간단하게 으스러졌다.

그림자는 비명조차 지르지 못했다. 이어 어깨뼈가 탈골되고 쇄골이 분질러졌다. 그리 탈골된 어깨뼈가 겨드랑이 가죽을 타고 갈비뼈를 훑어 내리면서 옆구리로 밀려 내려갔다.

"끄윽!"

"담부터 누가 엉덩이를 까라면 까는 겨. 흐흐흐."

빠직.

발을 들어 그림자를 짓이긴 애각구려가 손을 툭툭 털고 아무 일 없었다는 듯 거도를 울러 멨다.

그의 커다란 발 아래가 붉은 핏물로 가득했다.

"장난 그만 하고 치워."

빗줄기를 타고 오르는 비릿한 김을 힐끔하게 바라본 애각구려가 채근했다.

"알았어, 형!"

픽!

순간 그림자의 몸이 새우처럼 구부러졌다.

장난스레 검막을 걷어내던 무시가 심장을 뚫어버렸기 때문이다. 무시가 들어간 자국은 콩알만했다 그러나 엄청난 회전으로 등을 비집고 나온 자국은 주먹만했다.

"흐억!"

가슴을 움켜쥔 그림자가 비명을 지르는 순간, 빗줄기 사이로 붉은 선 한 줄이 그어졌다. 그것은 거궁이 그림자를 양단해 버리는 빛살이었다.

퍽!

"히힛! 비싼 엉덩일 가진 자의 말로는 대부분 비참하다구. 알아들어,
이 빌어먹을 타부가치 새꺄!"

흘러내린 빗줄기를 깨물어 먹은 애각구충이 발로 그림자를 짓이기
기 시작했다. 순간 박이 터지는 것처럼 머리가 으스러지고 뼈가 분질
러졌다.

퍽퍽퍽!

"이 인간도 아닌 새꺄! 이 비겁한 새꺄!"

언제까지고 그러고 있을 것 같은 애각구충을 물끄러미 바라본 애각
구려가 애각구충을 잡았다.

"…정신 차려, 임마. 이 새끼들은 그놈들이 아녀."

"우씨! 같은 종자잖어?"

"……."

"이거 놔!"

애각구려는 아무 대꾸를 하지 않고 거세게 항의하는 동생을 옆구리
에 끼었다. 하늘을 올려다보는 그의 얼굴로 빗줄기가 화살처럼 내리
꽂혔다.

쏴아아─

빗줄기가 그의 얼굴을 타고 아래로 흘러내렸다.

물소의 그것처럼 순박한 눈동자가 잠깐 흐릿해졌다.

"……."

고개를 숙인 애각구려가 빗물을 쓰윽, 닦아냈다.

"비류수(沸流水)는 만 년을 흐르는 겨. 바뀌는 것은 언제나 사람이고… 초지(草地)는 시들지 않어. 그러니까 지랄하지 마."

4

우기가 물러나는 기색이 완연했다.

심란하게 꾸룩였던 먹장구름 흩어지고 이쪽에서 저쪽을 내달리던 천둥 소리가 산 너머에서 울었다.

햇빛을 떨어낸 이파리의 흔들림이 싱그러운 사이로 소우는 앞을 보고 있었다.

"스응(昇)!"

애각구려의 거친 호령에 이십 기씩 두 패로 나뉘어 연무장을 가득 메운 사십 필의 말에 일제히 주작단이 올라탔다.

건너편에서 애각구충이 주작기를 좌에서 우로 길게 휘둘렀다.

"벼억(壁)!"

그러자 일렬로 서 있는 주작단이 비스듬히 앞으로 눕힌 삼첨양인도로 현란하게 떠다니는 햇빛을 산산이 바스러뜨렸다.

이에 수평으로 휘둘러졌던 주작기가 활처럼 둥글게 선회하며 하늘로 말려 올라갔다.

"겨억(擊)!"

순간 애각구려 쪽에서 땅을 박차고 달려나간 말들과 애각구충 쪽에서 마주 달려나간 말들이 서로 엉켰다.

두두두두—

질척한 땅을 뒤집는 말발굽 아래 질경이가 뭉그러지고 흙탕물이 튕겨졌다.

깡깡깡!

수직으로 떨어진 삼첨양인도가 밑에서 받쳐 올리는 삼첨양인도와 부딪치고 첨과 첨이 서로 얽혀 땅을 긁었다. 말과 말의 입김이 섞이고 잘 발달된 근육들이 터져 나갈 듯 부풀어 상대를 압박했다. 흥분을 이기지 못한 말들은 엄지손가락보다 큰 이빨을 드러내며 울부짖었다.

히히힝!

"거의 실전이 아니옵니까?"

대처에서 학관을 경영했던 하후굉이 전형적인 문사의 심경을 드러냈다. 하후굉은 지금 손금을 타고 흐르는 땀을 어쩌지 못하고 있었다. 돌려치고 내리찍으며 다시 올려치다가 맞부딪쳐 시퍼런 불똥으로 떨어져 내리는 삼첨양인도는 날 부분을 저마포로 감쌌다거나 벼리지 않은 훈련용이 아니었다.

살에 닿으면 당장이라도 살갗을 파고들어 뼈에 박혀 버리는 실전용, 그대로였다.

"이런… 사람도 소심하기는. 쯧쯧!"

심드렁하게 혀를 찬 노공이 하후굉을 봤다.

얼굴을 붉힌 하후굉이 대꾸했다.

"소심하다니요? 외사께선 말씀이 지나치시옵니다."

"지나치긴 뭐가 지나쳐?"

"지나치지 않으면요. 소생이 어딜 봐서 소심하다는 말씀이시옵니까? 비록 무(武)는 익히지 못했으나 그렇다고 호연지기(浩然之氣)와 협(俠)을 모르는 위인이 아니옵니다. 불의와 적당히 타협하는 협잡꾼을 대단히 혐오하는 사람이라… 이런 말씀이옵니다."

"엥?"

"자왈군자불기(子曰君子不器)라 했사옵니다."

"…자네, 지금 이 늙은이가 까막눈인 걸 놀리는 게지?"

느닷없이 튀어나온 문자에 얼굴을 찌푸린 노공이 물었다.

"공자께서 가라사대 군자는 한 가지 구실밖에 못하는 멍청이가 아니니라, 뭐 이런 뜻이옵니다."

"흠, 그래?"

"소생이 무부(武夫)는 아니나 마음만큼은 능히 무부에 견줄 만하다고 자부하옵니다. 불의를 보면 좌시치 않고 마땅히 소매를 걷어 한바탕 드잡이할 마음이 있단 말씀이지요. 굽은 것은 펴고 막힌 것을 뚫으며 그른 것을 바로 세울 자신이 있사옵니다. 그럼에도 어찌 소심하다 핍박을 가하시는 것이옵니까?"

"그야 소심하니까 소심하다고 하는 게지."

여전히 힐끔한 눈을 한 노공이 썩은 이빨을 몇 개 보이며 대꾸했다. 둘이 만나면 언제나 이런 옥신각신이 자연스럽게 벌어지는 것을 안 우림이 언뜻 끼어들려다가 노공과 눈이 마주치자 얼른 뒤로 물러났다.

도대체 노공과는 대화가 안 되기 때문이다.

그러나 고지식하기 그지없는 하후굉은 달랐다.

끝에 가서는 전혀 엉뚱한 발목을 잡혀 매일 놀림을 당하면서도 언제나 원칙적인 선에서 노공을 대했다.

"허어……."

붉어진 얼굴을 근엄하게 가라앉힌 그가 목소리를 가다듬었다.

"외사께서는 소생을 아주 쓸모없는 서생 취급을 하고 계시옵니다. 자왈견의불위무용야(子曰見義不爲無勇也)라. 공자께서 가라사대 옳은 일을 보고도 나서서 행동하지 않는 것은 용기가 없기 때문이니라, 는 말씀이옵니다."

"으음."

"아무려면 소생이… 비록 아홉 수레의 책을 다 읽지는 못했지만 스스로 겁이 나 물러서겠사옵니까? 그런데 외사께서는 소생을 아주 비겁한 소인 취급 하고 계신 것이옵니다. 그렇지 않다면 어찌 소생에게 소심타 힐난을 퍼부으시는 겁니까? 자고로……."

"그만두게, 이 사람아!"

몇 가닥 나지도 않은 수염을 꼰 노공이 버럭 소리를 질렀다.

그 바람에 언제까지고 공자를 들이밀며 말을 계속할 것 같았던 하후 굉의 어깨가 조금 들어갔다.

"자네 손바닥에 흐르는 땀이나 닦게, 이 사람아! 얼굴도 양처럼 길고 허여멀건한 사람이 그저 이만 하얗게 갈아서… 원."

"끄음……."

"푸헐! 말로 떡을 해보게. 아, 막말로 지나가던 강아지도 배가 불러 역하에 몸을 띄워놓고 배를 통통 두드리며 시문(詩文)을 중얼거릴 걸세."

"……."

"이 늙은이가 언젠가 수마(睡魔)에 붙들려서 내리 칠 주야를 잔 적이 있네. 그때에 상제께옵서 다 떨어진 의복을 걸치고 나타나서서 이 늙은이에게 밥을 내놓느라 핍박을 하시는 것이 아닌가? 당연히 이 늙은이는 밥이 없었지. 그랬더니 상제께옵서 벌컥 화를 내시는 게야. 그리고 뭐라 호통을 치셨는지 아나?"

"……?"

도무지 짐작할 수 없는 물음에 하후굉의 근엄했던 표정이 조금 헝클어졌다. 도리어 근엄해진 표정을 보이는 사람은 노공이었다.

"네 이놈! 며칠째 굶었느냐! 내가 바로 네놈이고 네놈이 바로 나이거늘 네가 어찌 나를 이렇게 곤궁하게 한단 말이냐? 당장 일어나 문을 열어보거라! 아, 이러시지 않겠나?"

"……?"

"에헴!"

또다시 엉뚱한 샛길로 빠졌다고 지레짐작한 우림이 짐짓 헛기침을 했다. 생각해 보면 엉뚱한 소리를 지껄이는 노공이나 그 말을 곧이곧대로 경청하고 있는 하후굉이나 안타깝기 그지없었다.

"저어……."

우림은 손을 들어 노공의 엉뚱한 길을 교정해 주려 했다.

그러나 우림의 노력에도 불구하고 노공은 자신이 할 말을 다 해버리고 있었다.

"그래서 벌떡 일어난 이 늙은이는 당장 문을 열었지. 그랬더니 문밖에… 그날은 달이 참 오라지게 밝았어. 아, 뼈까지 하얗게 탈색시켜 버리는 것 같았지 뭐야. 그 깊고 푸른 달빛이 바람에 이리저리 나부끼는 그 광경이라니… 수수밭이 온통 푸른 불이 붙어서 타고 있는 것 같더군. 음?"

"……?"

"허어… 이런 이야기가 아닌데… 흠, 여하튼 이 늙은이가 문을 열자마자 상제께옵서는 간 곳이 없고 뜨락에 웅크려 있던 고양이가 이 늙은이를 쳐다보며 조용히 입을 열더구먼."

"예? 어찌 그, 그런 일이……!"

하후굉이 긴장했다.

"그 고양이가 뭐라고 했사옵니까? 혹시 어디를 가면 귀인(貴人)이 있을 것이다, 뭐 이런 이야기를 했사옵니까?"

하후굉보다도 더 이야기에 심취한 거연창도 툭, 끼어들어 눈을 반짝였다.

풋.

소우는 기대에 가득한 거연창과 자신도 모르게 입을 벌리고 노공의 다음 이야기를 기다리는 하후굉을 보며 웃었다.

들어보나마나 뻔했다.

"때끼! 이 무지한 사람 같으니. 고양이 같은 미물이 어떻게 사람의 말을 할 수 있단 말인가?"

"하오면?"

"아, 글쎄. 살포시 일어난 그 고양이가 이 늙은이를 보고 이러는 거야. 니―아웅!"

"……!"

우림과 거연창이 서로를 보았지만 둘의 표정은 상이했다.

우림은 내 그럴 줄 알았다는 표정이었고 거연창은 그래도 명색이 신안천리인데 무슨 심오한 뜻으로 저런 말을 했을까 고민하는 표정이었다.

"그러니까… 외사께서 하신 말씀의 요지는 무엇이오니까?"

거연창의 궁금증과는 좀 다르지만 어쨌든 학구적인 성격을 가진 하후굉이 집요함을 보이며 노공을 파고들었다.

"설마 니—아옹, 이건 아니시지요? 소생이 짐작하기로는 몸을 하늘처럼 생각해라… 뭐, 이런 말씀이 아니옵니까?"

"으잉? 자네, 올해 몇 살인가?"

느닷없이 노공이 나이를 묻자 뭔가 불안에 가득한 표정으로 하후굉이 대답했다.

"올해로 쉰이옵니다. 괜히 나이만 먹었사옵니다. 그런데 왜 소생의 나이를 물으시는지?"

"에혀… 안됐구먼. 아직 새파랗게 젊은 사람이… 쯧쯧!"

"예? 하, 하오면!"

자신의 운명에 관계된, 이를테면 중병이나 죽음과 관계된 예언이 나올 것이라 확신한 하후굉의 표정이 칠흑처럼 어두워졌다.

그런 하후굉을 아랑곳하지 않은 노공이 거뭇거뭇한 이빨을 허물었다.

"우혜혜… 가는귀를 먹은 게야. 이 늙은이는 그런 말을 한 적이 없는데… 저렇게 생뚱하게 알아듣다니. 흠, 요즘 아이들은 당최 몸이 부실해서 탈이란 말이야. 카카칵!"

정작 묻는 말에는 긍정도 부정도 하지 않고 엉뚱한 발목을 붙잡은 노공이 어깨를 오그리며 키득거렸다.

"큼!"

그제야 노공의 장난을 눈치 챈 하후굉은 얼굴을 붉히고 뒤로 물러났다.

"카카카카!"

둘이 이렇게 옥신각신을 거듭하고 있는 동안에도 좌우로 편이 나누어진 주작단은 애각 형제의 구령을 따라 정연하게 진퇴를 거듭하며 격돌하고 있었다.

평소 얼마나 철저하게 훈련을 거듭했는지 가끔 발이 엇갈린 말들이 서로 뒤엉켜 나가떨어지는 경우는 있어도 사상자는 생기지 않았다. 옆으로 누웠던 말들은 금방 퉁겨져 재차 대열로 달려들어 가 빈곳을 메웠다.

깡깡깡!

비가 걷힌 뒤의 날씨는 솜털을 남김없이 눕힐 정도로 습하고 끈적끈적해서 주작단도 예외가 아니었다.

걷어붙인 팔뚝이 땀으로 번쩍이고 얼굴은 붉게 상기되었으며 말들이 내뿜는 더운 입김이 연무장을 채웠다.

"휴이(休)!"

주작기를 흔들어 휴식을 지시한 애각 형제가 어떠냐는 표정으로 단(壇)을 올려다보았을 때, 어느새 단을 떠난 소우는 춘야월로 향하는 유목로(柳木路), 그 유서 깊은 버드나무 길을 당공(唐公)과 함께 걷고 있었다.

"당공, 넌 우리가 어디 가는 줄 아니?"

푸륵?

물먹어 한껏 빛나는 연둣빛 이파리를 가늠하던 당공이 귀를 쫑긋 세우고 소우를 바라봤다.

당공의 맑고 순박한 눈망울에 한여름의 싱그러운 향기가 가득 담겨 있었다.

"누나는 그날 이후 나를 피하며 만나주지 않았어. 네가 제일 좋아하는 여리가 누날 데려오겠다고 찾아갔지만 여리마저 돌아오지 않았단다."

푸륵.

"둘이 춘야월에서 무얼 하는지 몰라. 잘 있다는 소식을 듣긴 했지만 직접 한번 봐야 되겠어. 그래 우린 지금 춘야월로 가는 거야. 알겠니?"

푸륵푸륵.

코를 몇 번 벌름거린 당공이 알아들었다는 듯 고개를 주억거렸다. 이내 꼬리를 흔들고 앞발로 땅을 찍는 경쾌함이 전해졌다.

당공은 여리에게 이름을 지음받은 이후, 점점 영물(靈物)이 되어가고 있는 것 같았다.

덩치가 우람하고 성질 사나운 말도 당공 앞에서는 기꺼이 먹이와 자리를 양보하고 고분고분해졌다.

십 년 전.

당공의 이 변함없이 맑고 순박한 눈망울과 따뜻한 배에 기대지 않았더라면 관자의 염로에서 조금 더 고통스러웠을 것이다.

그것은 지금도 마찬가지였다.

사실 소우가 지금 세상에서 가장 믿고 속내를 털어놓을 수 있는 대상은 그 누구도 아닌 당공이었다.

　한 무리를 이끄는 지존의 위치는 어떠한 경우에도 흐트러진 모습을 보이면 안 되기 때문이다.

　사람의 감각이란 참으로 신비한 것이어서 지존이 흐트러지는 경우. 설사 그 흐트러짐을 눈으로 직접 본 것이 아니라도 조직은 하부의 저 아래, 보이지 않는 부분부터 균열과 이탈이 일어나기 시작한다.

　소우는 경험해 보지 않았지만 자부동을 꽉 메웠던 조사님들의 경험 담과 서책을 통하여 그것을 이해하고 있었다.

　하늘의 별처럼 무수했던 왕공(王公)과 거족(巨族)들. 하늘의 대리인임을 자처하며 지상의 태양으로 군림했던 뭇 천자(天子)들. 나라를 휘어잡을 정도로 아름다웠던 가인(佳人)들과 비범했던 중신(重臣)들이 어떻게 역사의 강물 속으로 몸을 묻고 스러졌는지.

　"우리 착한 당공, 장가를 보내줘야 하는데 늘 이렇게 바빠서 미안해. 언젠가는 아주 건실하고 예쁜 색시를 얻어줄게."

　푸륵푸륵.

　기분 좋아진 당공이 다시 코를 벌름거렸다.

　당공을 처음 본 노공이 말했다.

　"어지간한 사람은 상대가 안 될 것이옵니다. 연륜이 빼곡이 들어차 있사옵니다. 당공은 우직하고 지혜롭사옵니다."

　당공이 그런 것은 신안을 빌지 않더라도 오래 같이 생활한 사람들은 알고 있었다.

죽어 바닥에 널브러진 그림자들을 힐끔 본 노공은 또 말했다.

"여덟 개의 머리를 가진 살모사이옵니다. 언뜻 보면 용처럼도 보이지만 불(火)이 아닌 독을 품고 있사옵니다. 상제께옵서 잠시 한눈을 파시는 사이, 지상에 보석처럼 박혀 있던 눈물 다섯 개를 걷어낸 괴물의 보이지 않는 칼날. 그러나 치명적으로 날아오는 칼날인 게지요. 역한 비린내가 진동하옵니다. 칫!"

'팔황맹.'

소우는 원북역하를 접수하던 날 우연히 조우했던 자들인 묵염도(墨炎刀) 팽주천과 가뇌(家腦) 팽호천을 떠올렸다.

저잣거리에서는 백 년이 가도 볼 수 없는 화려한 비단옷을 걸쳤던 그들. 그 옷 위를 구불거리며 흘러 내려갔던 육식동물 특유의 야만과 살기.

특히 가뇌 팽호천은 음모자들 모두가 그러하듯 집요하고 끈적끈적한 눈빛이었다.

'대형……'

그 기분 나쁜 눈빛을 거슬러 올라가면 용비가 있을 것이다.

"가만있어 봐."

소우는 당공의 부드러운 갈기에 얼굴을 묻었다.

그러자 갈기에서 당공 특유의 포근함이 올라와 손가락처럼 볼을 감쌌다.

"대형은 내 마음에서 한 번도 떠난 적이 없어, 당공."

푸륵?

"전처럼 당당했고 거침없던 모습은 아니겠지. 그래도 그런 모습으로 있어줬으면 좋겠다. 너도 이제 대형을 만나게 될 거야. 사귀어보면 알겠지만 대형은 참 좋은 사람이야. 보고싶다, 정말."

푸륵푸륵!

5

칼끝에서 식어가는

몇 개의 별빛을 바라보네.

시려오는 어깨 부여 안아도

자꾸만 떨어지는 오리나무 잎.

밤새워 기련산(祁連山) 넘을 때

뼛가루 같은 눈도 간간이 내리더라고

옆의 색목인(色目人) 눈 낮추고 속삭였지.

그래.

생각해 보면 난해한 목적의 풀들이 자라나고

난해한 은애로 땅은 얼룩지네.

조금만 손 흔들어도

녹슨 밀마(密馬) 비명 지르며 갈라지는 땅에

어찌 뼛가루 같은 눈인들 내리지 않겠는가.

이따금 민가에서 개가 짖네.

칼끝에 걸린 별 몇 개 떨어뜨리며

어처구니없게도

오늘 밤

갖고 싶다 생각하지.

계절처럼 손 흔들며 멀어지는 그대.

추(追) : 그대의 강물

지금도 설레는지.

춘야월.

"천라상백수(天羅霜白手)예요, 언니."

"천라… 상백수?"

"그냥 상백수라 줄여 부르기도 해요."

등로 앞에 선 여리가 뼈가 다 보일 정도로 하얗게 변한 손을 쭉 펴고 자세를 잡았다.

"우선 양손을 위로 이렇게 올려요. 그리고 왼발을 오른발 앞으로 둥글게 내딛죠. 다음 오른발을 힘껏 내딛고 양손을 왼쪽 옆구리 쪽으로 떨궈요. 이렇게."

스윽.

그런 다음 옆구리 쪽으로 내려진 손바닥을 들어 위로 선회하면서 다시 둥글게 오른발을 내디딘 여리가 허리를 틀었다.

이어 뒤로 들어간 어깨가 같이 뒤로 들어갔던 손바닥을, 벽을 밀어
내듯 앞으로 내밀었다.

꽈릉!

작은 우렛소리와 함께 버드나무가 흔들렸다.

"아!"

등로는 탄성을 질렀다. 버드나무에 찍혀 있는 손바닥 자국에 하얀
서리가 엉겨 붙어 있었다. 동시에 이파리들이 물감을 흩뿌린 것처럼
하늘과 땅 사이를 점점이 날았다.

"자부동의 호위 무공이죠."

손을 벌린 여리가 이파리를 잡았다.

척!

"아마 우리 같은 여자들을 위해 만들어진 것 같아요. 언니의 할아버
지께서 보시곤 지독한 음공(陰功)이라 하셨어요. 슬쩍 민 게 이래요.
이보다 수분이 많은 사람에게 사용할 경우 얼음 조각처럼 부서질지도
몰라요. 볼래요?"

등로에게 내밀어진 여리의 주먹이 풀어졌다. 등로는 또 탄성을 질렀
다.

"아!"

탈색된 손바닥 위에 얹힌 이파리가 얼음장처럼 부서져 있었다.

"이걸 익히려면 우선 몸에 물[內功]을 만들어야 해요. 그 물을 단단
하게 응축시켜 몇 바퀴 돌려요. 그럼 힘이 생기겠죠? 그 힘이 정점에
이른 순간, 이렇게 손바닥으로 밀어내는 거예요."

다시 들어 올린 여리 손이 갈지재[之]로 하늘을 가르며 내려왔다.

콰릉!

손에서 떨어져 나온 서리가 현란하게 반짝였다.

버드나무와 부딪친 손은 다시 우아한 궤적으로 허공을 갈랐고 이내 주먹이 쥐어졌다. 그렇게 몇 바퀴를 선회한 주먹이 버드나무가 들여다보는 연못으로 향했다. 막아놓았던 벽을 터뜨리듯 주먹이 펴지고 구부러졌던 네 손가락이 앞으로 뻗어 나갔다.

파파팡!

화살에 맞은 것처럼 물결이 튀어 올랐다.

"이렇게 변형시켜 사용할 수도 있어요."

"······!"

파문을 타고 기슭으로 미끄러지는 나무 그림자를 본 등로는 그저 감탄할 뿐이었다.

"자, 이제 언니가 해봐요."

자세를 잡은 등로가 손을 이리저리 휘둘렀지만 여리와 같은 우아함이나 절제된 동작은 요원했다.

'언제였더라······.'

여리의 눈이 아련해졌다.

소우로부터 등로 이야기를 들었을 때가.

하늘엔 별들이 가득했고 푸른 바람이 달빛을 굴리며 어디론가 몰려갔던 그날···

금빛 미명이 눈썹을 건드릴 때까지 소우 어깨에 머릴 기대고 잠든 척한 것은 등로에 대한 질투에서 우러난 생떼였는지도 몰랐다.

등로를 만난 여리는 등로가 가진 그늘과 빛이 너무 가슴이 저려 몇 번이나 눈물을 훔쳤다.

　그늘은 꿈으로 가득했던 한 소녀의 삶을 이렇게 송두리째 바꿔놓았다. 그녀는 지금 저리 서툰 몸짓으로 상백수를 따라 하듯, 미약해져 가는 빛을 잃지 않으려고 안간힘을 다했을 것이다.

　말을 잃어버리고 그날의 치욕적인 기억을 잃어버리면서까지.

　'여자니까 더욱 자신을 지킬 수 있는 힘이 필요한 거야.'

　등로를 데리러 왔던 여리가 사해상련으로 돌아가지 않고 춘야월에 남은 이유, 등로에게 무공을 가르쳐 주는 이유는 그것이었다.

　그 힘이 적산월과 같이 포악이나 교활함의 형태를 띠는 것은 지양돼야 하지만 최소한 외부에서 가해지는 어떠한 폭력으로부터도 자신을 보호하는 수준이 돼야 한다는 생각이었다.

　"끊이지 않고 이어지는 형(刑)은 대충 맞아 돌아가요. 문제는 이 물을 어떻게 만드느냐는 거예요, 언니."

　"그건 그래."

　동작을 멈춘 등로가 이마의 땀을 훔치며 긍정했다.

　"아무래도 나이는 못 속이는가 봐. 장 언니께 들으니 제대로 된 무인(武人)은 뱃속에서부터 만들어진다며? 각종 영약과 태교… 그런데 나는 스무 살이 훨씬 넘은 나이야. 무엇을 배우기엔 너무 늙어버렸어. 그치?"

　"글쎄요. 그럴 수도 있지만 마음이 중요하겠죠. 아유, 여리가 볼 때 언니는 이제 겨우 걸음마를 익힌 아이네요. 알아요?"

　"……."

　"무에 대해서는 백지 상태잖아요? 그래 받아들임이 빠르죠."

"여리는 착하네."

"예?"

"날 위로해 주잖아."

"그게 아닌데? 여리는 착하지 않고 제멋대로예요."

"……."

"언니, 이런 경우 제일 골치 아픈 사람이 어떤 사람인 줄 알아요? 저 잣거리에서 되지 못한 엉터리 몇 수를 배운 사람들이에요. 그들은 절대 그것이 엉터리라는 것을 인정하지 않아요. 그럼 발전이 없어요. 그릇을 비워야 그곳에 새 물을 담을 수 있잖아요. 완전히 비우지도 않고 성급하게 담으려다간 물을 엎질러 버리던가 지레 지쳐 포기하고 말아요. 더 엉터리가 되는 거죠."

사방이 산으로 둘러싸여 손바닥만한 하늘만 보였던 풍산에서 내려온 후 여리도 많이 성숙해져 있었다.

염로에서 노랑꼬리를 단 설랑호로 불렸던 장난꾸러기.

매일같이 자부동의 숨구멍에 입을 대고 소우에게 안부를 묻고 하루의 일과를 들려주었던 소녀. 여리는 이제 소녀가 아니었다.

등로도 그걸 알았다.

모든 것을 밝게 보는 여리, 성격 또한 막힘과 굽힘이 없어서 잘 웃는다. 주변을 환하게 만들어주는 신비한 능력을 지닌 것이다.

"난 사실… 엉터리보다 못해."

등로가 입을 열었다.

"날 알게 되면 여리는 실망할 거야. 어쩌면 더럽다고 침을 뱉을지 몰라. 난 말이지… 난……."

등로는 말을 잊지 못했다. 할 말이 없어서가 아니었다.

입으로 말하기 부끄러운 과거, 치욕을 당하고도 이때까지 죽지 못하고 살아온 자신의 비겁함을 말해 줄 용기가 없기 때문이다.

아무것도 아니라고, 세상을 살다 보면 누구나 겪게 되는 과정일 뿐이라고 소우가 말했지만 그건 어디까지나 상처를 위로하려는 말이었다.

"……."

등로의 가을처럼 깊어진 눈이 땅으로 떨어졌다.

쿡쿡.

그녀의 발끝에서 질경이가 파헤쳐졌다. 그러나 여리는 끊임없이 땅을 찍는 등로의 발끝을 바라보고 있지 않았다.

"음?"

눈을 크게 뜬 그녀가 환하게 웃으며 팔을 벌렸다.

"아유, 당고옹! 이 바보. 왜 이제야 오는 거야?"

푸륵!

햇빛이 금가루처럼 떠다니는 저쪽에서 당공이 달려왔다.

커다란 귀를 뒤로 눕힌 채 코를 벌름거리며 달려오는 당공의 순한 눈망울 가득 반가움이 들어 있었다.

"이야!"

볼 때마다 둘이 으레 하는 인사. 귀를 잡아당겨 얼굴을 비비고 코를 간질이고 수염을 쓸어 내리는 요란한 인사를 마친 여리가 당공에게 물었다.

"너 혼자 왔어?"

히힝!

당공이 입구를 쳐다봤다.

푸륵푸륵.

"뭐? 같이 왔는데 누굴 만난다고?"

고개를 갸웃한 여리가 등로를 보았다.

"언니."

"미안, 여리야. 금(琴) 조율하는 걸 깜빡했어."

그늘이 내린 이마, 꽉 다물린 입술로 등로가 대답했다.

'그래, 난 자격이 없는 거야.'

춘야월 입구에 선 소우는 오루고서의 주인이자 자신이 싼 똥을 주무르며 십 년을 기다려 온 오룡련의 마지막 주인, 마옹(魔翁) 진강봉(陳江峰)을 마주 보고 있었다.

진강봉 뒤에는 처음 만난 그날과 동일한 모습으로 정랑이 서 있었다. 소우는 잠시 난감해했다.

십 년 전의 풍경을 그대로 옮겨온 듯한 착각 때문이었다.

"어.서. 오.시.게. 불.을. 문. 주.작. 하.백.이.여."

정랑의 눈동자가 명멸을 거듭했다.

정랑의 목소리는 십 년 전의 그날과 똑같이 노파의 그것처럼 쉬어 있었고 거친 질감을 지니고 있었다.

마음속에 들어 있는 어떤 존재가 사람의 몸과 입을 빌려 말을 하는 듯한 그 느낌은 등골을 스멀거리게 만들기 충분했다.

"산.에.는. 베.어.야. 할. 나.무.가. 많.지. 깊.은. 그.늘.을. 드.리.

우.는. 큰. 나무. 여.덟. 그.루. 그. 아.래.에. 신.음.을. 하.고. 있.는. 작.은. 풀. 다.섯. 개. 눈.물.은. 말.라.가.고. 여.덟. 그.루. 나.무.는. 독.뱀.을.을. 키.우.네."

많이 들어본 노래였다.

기억이 정확하다면 제남에 다시 온 첫날. 육간에 도착해 알아볼 수 없을 만큼 변해 버린 육간의 풍경에 전율했을 때, 그 전율을 달래려 오루고서의 평상에 잠시 앉았을 때… 평상에서 똥을 주무르던 노인이 흥 얼거린 노래.

소우는 그때 처음 들었지만 사실 오래전부터 아이들이 저잣거리 어디에서나 부르고 다니는 그런 노래였다.

'노공의 예언이 이것이었나?

소우는 금빛 찬란한 망치, 압금추를 빼 든 진강봉을 보며 쓴웃음을 지었다.

오늘따라 노공은 새삼스럽게 예언해 주었다.

"련주께서는 오늘 기다렸던 운명을 만나시게 될 것이옵니다. 련주께서 지니신 크기를 소생의 눈으로서는 짐작하지 못하듯 그것의 크기를 소생이 가늠하는 일은 불가능하옵니다."

그러잖아도 일어나자마자 오늘은 등로를 만나야겠다고 마음먹은 다음이었다. 그래 등로에 관한 예언인 줄 알았는데 노공의 예언은 이리 이상한 방향에서 모습을 드러내고 있었다.

"오래간만입니다, 노인장. 이 사람을 알아보시겠습니까?"

"알아보다마다. 끼끼끼! 십 년 전 갓 태어나 세상에 버려진 새끼 주작이 아니었던가? 미친개에게 목을 물리기 직전 이 늙은이가 구해주었지."

작은 키에 전혀 안 어울리는 커다란 머리를 흔들며 진강봉이 대꾸했다. 주름이 가득한 입에 이빨이 남아 있지 않았고 현기로 번득였던 눈이 칙칙하게 풀어진 모습이었다.

"음."

무엇보다도 이해할 수 없는 것은 그가 지닌 살기였다.

비릿하고 구역질나는 그 살기가 목을 죄어오고 있었다.

그 지독한 살기 너머, 정랑 뒤편에서 공기가 흔들리며 찢어졌다. 그렇게 찢어진 공간에서 검은 그림자 둘이 일렁거렸다.

"끼끼끼……."

여간 주의해서 보지 않으면 형틀로 찍어낸 것처럼 동일하게 생긴 두 사람은 특징없는 검은 무복과 역시 특징없는 긴 얼굴이었다.

그들의 어깨에 왜도(倭刀)처럼 보이는 좁고 날렵한 도가 삐죽이 파를 내밀고 걸려 있다.

척.

성큼 한 발을 내디딘 진강봉이 벌건 입술을 벌렸다.

"신녀께서 그대를 하백이라 예언을 하셨네만 이 늙은이는 무인이지. 한마디로 칼의 길이를 재보기 전에는 수긍할 수 없다는 말이야. 그것뿐, 그대에게 별다른 사심은 없어. 물론 십 년 전에 생명을 구해준 은혜를 이 자리에서 논하지 않겠네."

"무.례.하.다. 진.가.여. 그.만.두.라!"

정랑 속에 든 어떤 존재가 진강봉에게 명령했지만 진강봉은 들은 척
도 않고 압금추를 쥔 손에 가래침을 뱉었다.

"퉤."

"어서 오게!"

"싸워보자는 말씀이십니까?"

기울였던 머리를 바로 세우고 팔짱을 푼 소우가 물었다.

쒕—

대답 대신 휘둘러진 압금추가 좌에서 우로 얼굴을 쓸어왔다. 순간
압금추의 하단에 잔뜩 웅크려 있던 공기가 폭죽이 터지듯 한꺼번에 폭
발했다.

꽈릉!

제2화 창랑에 물 맑거든

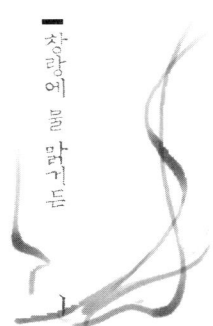

사금파리처럼 수천 개로 조각난 햇빛이 사방으로 흩어졌다.

떡메 치듯 휘둘러진 압금추의 위력은 해일처럼 일어서서 파도처럼 밀려들었다.

동시에 어디서 생겨난지도 모르는 인광(燐光)이 사방으로 비산했고 파헤쳐진 땅거죽과 흙탕물이 우박처럼 쏟아졌다.

좌로 삼 보를 흐르고 우로 이 보를 접어 들어가 압금추의 가공할 공세를 피한 소우가 피 묻은 침을 뱉었다.

툽.

"은혜가 있어 한 번은 봐드립니다."

"예의는 바르구면."

공격을 멈춘 진강봉이 묘한 시선으로 아래위를 쓸어 내렸다.

고수급의 칼잡이라도 여간해서는 피하기 어려운 압금추의 공세다. 부딪치자니 천 근의 압력이 내리누르고 피하자니 전후좌우가 인광에 막혀 있는 상황. 인광은 압금추에 발라놓은 인 가루가 공기 중의 어떤 성분과 강제로 결합한 결과로 생긴다. 보기에는 그저 반딧불이처럼 아름답게 보일지 몰라도 사람쯤은 검불처럼 태워 버릴 고열을 내기도 하고 얼음처럼 얼려 버릴 한기를 품기도 한다.

그런 상황에서 벗어나기도 쉽지 않은 일인데 소우 말은 지난날의 은혜 때문에 일부러 압력을 빗겨 맞아주었다는 말이었다.

어깨로 손을 가져가 그대로 멈춘 소우가 물었다.

"계속하시겠습니까?"

"끌끌끌… 늙은일 때린 젊은이는 기분 좋을까?"

한 발 물러선 진강봉이 압금추를 옆구리에 꽂으며 히물댔다.

소우는 어이가 없었지만 손을 내렸다.

"그럼 비켜주시지요, 노인장. 이 사람은 싸움을 하러 이곳에 온 것이 아닙니다."

"그거 자—알 되었구먼. 술 먹으러 온 게지?"

"……"

웬일인지 비키길 미적거리는 진강봉은 똥을 주무르던 늙은이답게 이마 어림에 소년 같은 치기를 달고 물었다.

칠십은 족히 되었을 나이에도 그같이 순진무구한 치기를 가졌다는 것을 소우는 쉽게 납득할 수 없었다.

"사실 이 늙은이도 술을 마시러 왔다네. 아, 십 년 동안 똥을 주무르고 있었더니 외로워지지 뭔가? 그래, 신녀님도 만날 겸 춘야월의 명물

인 후아주(猴兒酒)를 마시러 왔지!"

"이 사람은 후아주를 모릅니다."

"몰라? 심산유곡에 사는 금빛원숭이들이 바위틈에 담근 그 기막힌 과일주를 모른단 말인가? 대사해상련, 제남 상권의 반을 단 사흘 만에 움켜쥔 그 유명한 상련의 주인인 자네가?"

"무슨 상관이 있습니까?"

"으?"

"귀한 술을 먹자고 상련을 하는 것이 아닙니다."

좀처럼 비켜줄 것 같지 않은 기세를 밀치기도 마땅치 않아 소우는 좀 더 이야기를 나눠보기로 마음먹었다.

"그리고 노인장께서 잘못 알고 계십니다. 사해상련 주인은 이 사람이 아닙니다. 진정한 주인은 상인들과 그 아래에서 일하는 사람들입니다. 좋은 물건을 고르고 그것을 각처에 보내고자 불철주야 노력하는 상인들, 부엌에서 매운 연기를 참아가며 밥을 짓는 그들의 아내, 그걸 맛있게 먹어주는 아이들, 그 아이들과 뛰노는 개들이나 닭들까지… 그 모두가 주인입니다."

"으? 그럼 그대는 뭐지? 그들의 하인인가?"

"하인은 좀… 심하지 않습니까?"

"허면?"

"울타리라 보시면 안 되겠습니까?"

"울타리라……."

진강봉이 뒷짐을 지었다.

"거, 괴이한 말이로세."

"아마 그럴 겁니다. 그러나 그들이 마음 놓고 잠들 수 있도록, 그래 좋은 꿈을 꿀 수 있도록 밤새 지켜주는 그런 존재가 되고 싶습니다. 이 사람 말이 주제넘었다면 용서하십시오."

"으… 음!"

고개를 숙이는 소우를 본 진강봉은 신음 소리를 냈다.

신녀인 정랑은 소우가 지닌 날개가 보인다고 했다.

그러나 아무리 살펴보아도 소우의 등은 여느 사내와 크게 다르지 않았다. 특유의 검은 피풍에서 여리가 정성들여 한 땀 한 땀 수 놓아준 주작이 햇볕에 찬란한 빛을 내지만 그걸 오인해서 주작이랄 수 없었다.

대신 진강봉은 다른 것을 보았다.

"생각보다 많이 자랐어. 아비와 소중한 사람을 잃고 겨울의 시린 바람 속으로 떠났던 때가 엊그제 같은데 말이지. 그렇게 떠났던 꼬마가 거인이 돼서 돌아왔어. 잔혹한 칼잡이로 돌아올 줄 알았는데……."

더 들어보지 않아도 많은 것을 짐작게 해주는 말이었다.

눈빛을 세운 소우가 고개를 약간 수그렸다.

"그래도 잔혹할 때 잔혹하지요. 바로 이렇게!"

카랑!

쭉 뻗어 올라간 손을 따라 개문이 하늘로 솟구쳤다.

긴 호선을 그으며 팔랑개비처럼 날아올라 간 개문은 햇빛을 뚝 분지르며 떨어져 내렸다.

"허어!"

생전 처음 보는 신위에 진강봉은 입을 쩍 벌렸다.

정랑의 호위인 잠요(潛窈)와 잠균(潛均).

세상에서 묵잠쌍영(默潛雙影)이라 불리는 쌍둥이도 파에 손을 올리며 긴장했다.

텁.

떨어져 내린 개문을 잡자마자 왼발로 땅을 한 번 구른 소우가 정랑에게 쇄도했다. 순간 피풍이 뒤집어지고 머리카락이 날렸다.

"헛!"

차라랑—

갑자기 흐릿해지는 소우를 본 묵잠쌍영이 도를 뽑아 올려 양 어깨를 길게 베어 들어왔지만 소우는 그 도세에 걸리지 않았다.

평생 칼밭에서 몸을 굴린 진강봉도 예상치 못한 느닷없는 공격, 빛살이라고밖에 달리 표현할 수 없는 빠른 쇄도로 삼 장의 거리를 단숨에 압축시켰다 풀어놓은 소우가 물었다.

"말해! 넌 누구지?"

"이 무례한……!"

개문에 올려진 정랑의 목을 어쩌지 못한 묵잠쌍영이 동시에 한소리를 냈다. 그들의 도가 소우의 양쪽 옆구리에 대어졌다.

"신녀께 한 치 밀면 그대 옆구리는 두 치 들어간다."

"그래? 그렇담 한번 시험해 보자."

텁.

왼손으로 잠요의 도를 움켜쥔 소우가 오른발을 비틀었다.

순간 잠요가 도를 밀어 넣었지만 철벽에 막힌 것처럼 꼼짝하지 않았다. 그는 더 이상 도를 밀어 넣으려 생각하지 못했다.

오른발을 비틀 때 올려진 소우 발이 잠균의 도를 땅으로 흘리는 것과 동시에 턱을 쓸고 지나갔다.

빡!

"이익!"

뒤로 나가떨어진 잠요를 본 잠균이 도를 쳐들었지만 내려 베지 못했다. 잠균은 자신의 명치에 대어져 있는 소우의 팔꿈치를 보았다. 그 팔꿈치에서 금방이라도 퉁겨질 것 같은 무언가 맹렬한 기운을 느낀 것이다.

그 이상한 기운이 등골을 빳빳하게 긴장시켰다.

"한 치 들어오면 네 치 손해다. 세 치 이상은 곧 황천이지."

웃음을 배어 문 소우가 말했다.

"……!"

"부탁 하나 할까? 협박은 자신있을 때 하는 것이다. 즉, 나보다 약한 사람에게 하는 것이지. 다음부터 협박하지 않았으면 한다. 알아들었나?"

말을 마친 소우의 발이 옆구리를 타고 수직으로 들어 올려졌다. 사람의 관절이 이렇게도 기이한 각도로 꺾어질 수 있다는 걸 잠균이 감탄할 사이도 없었다.

팡!

잠균의 명치를 강타한 발이 내려졌다.

그 발과 함께 신녀의 호위가 되기 전의 십 년, 호위가 된 다음의 십 년, 도합 이십 년이란 세월을 오직 한 자루 칼에 의지해 살아온 두 칼잡이들은 단 한 방씩에 진흙탕으로 뒹굴 수밖에 없었다.

"말해 봐, 누구야? 네 안에 들어 있는 건 무엇이냐?"

개문을 고쳐 잡은 소우가 물었다.

"무.례.하.다. 하.백.이.여. 감.히. 협.박.하.나."

"말했다. 협박은 자신있을 때 하는 거라고!"

"자.신. 있.나?"

"시험해 보겠나?"

"……."

"경고해 두는데… 난 말이지. 누가 나도 모르는 내 뒷모습을 알고 있으면 신경질난다. 육간의 꼬마가 소중한 사람들을 잃은 건 사실이야. 겨울을 향해 떠났다는 것도 사실이고. 문제는 말이지, 그게 내 뒷모습이었다는 데 있는 것이다. 그렇다면 내가 그렇게 당하는 걸 지켜봤다는 결론. 너 같아도 신경질나지 않겠느냐?"

"……!"

싸늘하게 이어진 개문을 따라 들어온 햇빛이 정랑의 눈동자를 간질였다. 순간 명멸을 거듭하던 정랑의 눈동자가 급격히 뒤로 멀어졌다. 소우는 얼른 무풍을 밀어 넣어 사라지는 그것을 움켜잡으려 했다.

그러나 그것은 무풍의 정교한 옥죔을 풀고 어딘지 모르는 곳으로 유유히 사라졌다.

"아가씨!"

거품을 물고 쓰러지는 정랑에게 진강봉이 달려들었다.

뽑을 때와 동일한 수법으로 개문을 결 지른 소우가 진강봉을 봤다.

"전간(癲癎:간질)이라네."

진강봉이 말했다.

"신께서 내리신 가시이지. 신께서는… 이리 가혹하시지. 하나 이 늙은이는 신을 맹종하는 위인은 아니라네."

"……."

"술 한잔하지 않으려나?"

"드시겠습니까?"

되물어 놓고 소우는 자신이 왜 되물었는지 이해하지 못했다.

처음 만난 사이도 아니고 은혜까지 입은 사이. 말은 그리했지만 한 대 맞아준 것으로 그 은혜가 상쇄되지 않는다는 것은 누구보다도 자신이 더 잘 알고 있었다.

그러나 뭔가 석연치 않은 사연이 있는 사람들.

생각해 보면 전에도 그랬다.

뭔가 목적을 가지고 접근했다는 의심을 떨쳐 버릴 수 없는 상황. 그렇다면 일단 피해야 옳다.

뭔가 목적을 가지고 접근했다면 아무런 준비가 되어 있지 않은 자신이 밀릴 확률이 육 할이 넘는 것이다.

과연 그렇다면 지금은 다음을 기약하고 갈라서야 현명하다.

'배후를 알아본 후 만나도 늦지 않다.'

그러나 소우는 이번에도 마음과는 다르게 대답했다.

"화주라면 먹겠습니다. 단, 노인장께서 사시는 조건입니다."

"화주?"

"후아주니 검남춘(劍南春), 고정공주(古井貢酒), 동주(董酒) 따위가 명주인 것은 압니다. 그러나 이 사람은 수수를 우려낸 화주가 좋습니다. 명주의 명(名) 자에 얽매어 술 본연의 맛을 망각하는 멍청이가 아니란 이야기지요."

"왜 이 늙은이가 사야 하지?"

"그럼 이 사람이 사야 합니까?"

"당연하지 않은가? 젊은이가 늙은일 공경하는 것은."

"술을 드시고 싶으십니까?"

"……."

"그럼 노인장께서 사십시오. 이 사람은 노인장의 말씀을 듣겠습니다. 물론 말씀에 대한 대답은 후에 드릴 것입니다."

"으음……."

"마음에 들지 않으시면 관두셔도 됩니다. 술을 마시러 이곳에 들른 건 아니니까요."

진강봉이 다시 한 번 소우의 아래위를 쓸어 내렸다.

"흠."

언뜻 보면 공허한 눈이었지만 한 꺼풀 비집고 들어가면 바늘 끝같이 예민한 계산과 안목이 숨어 있었다.

"배짱이라 봐도 되겠나? 이 늙은이는 사실 한 성(城)을 다 사고도 남을 만한 금(金)과 세상을 오시해 버릴 만한 무(武)를 이야기하려는 걸세. 싸구려 술 한잔으로 털어놓을 이야기가 아니란 말이지. 이래도 이 늙은이가 술을 사야 하나?"

풋—

창백한 얼굴에 실금을 하나 만들었다 금방 지운 소우가 물었다.

"모르셨습니까?"

"뭘 말인가?"

"이 사람은 한낱 시정잡배입니다. 한 성을 다 사버릴 만큼의 금이나 세상을 오시해 버릴 만한 무가 필요치 않습니다. 그런 거창한 것들은 거창한 가문에서 태어나 거창한 꿈을 꾸는 불나방들에게나 어울리는 것이지요. 저잣거리, 파락호 두목에게 그런 것들이 어울리겠습니까?"

"으······."

진강봉은 굴욕감을 느낄 만큼 착잡했다.

교(敎)의 재건이라는 안배를 품고 신녀와 함께 팔황맹의 추적을 피해 찾아든 제남. 똥을 주무르는 망령쟁이로 정체를 숨기고 살아왔는데······. 그는 세상에 드러난 오룡련주라는 신분 이외에 다른 신분을 하나 더 가지고 있다.

지금 불안으로 깃을 파르르 떠는 건 숨겨진 그 신분이었다.

"아울러 이 사람은 장사꾼이기도 합니다. 어떠한 경우에도 술을 사는 일이란 없다··· 이 말씀입니다. 물건이 부실할 때 사는 게 술이 아닙니까?"

"흠."

'정말 만만한 녀석이 아니야.'

술을 누가 사느냐 하는 문제는 사실 술에 관한 문제도 되겠지만 이 자리에서는 그렇게 단순하지 않았다. 엄밀히 말해 다음에 논의할 협력, 혹은 연합에 대한 주도권을 의미했다.

그래 속으로 고개를 흔들 수밖에 없는 진강봉이었다.

'기어서 들어오라 이건가? 정말 많이 컸어. 비루먹은 당나귀처럼 꺼칠했던 그 꼬마가 이리 컸을 줄 누가 짐작이나 했겠나!'

신음을 겨우 참은 그가 노회한 늙은이답게 엇지름 한 수를 슬쩍 흘렸다.

"어흠, 이 늙은이도 술을 사주면서까지 물건을 얻을 욕심은 없네. 물건이야 지천이 아닌가? 의지만 있다면 다른 곳에서도 얼마든지 구할 수 있다는 걸 알아두게."

"옳으신 말씀입니다."

"……!"

소우가 조금 당차게 나오리라 예상했던 진강봉은 이때까지 표정에 드러내지 않았던 특유의 노회함을 풀었다.

"그럼… 술 이야기는 안 들은 것으로 하겠습니다."

선선하게 대꾸한 소우가 그를 스쳐 춘야월 쪽으로 휘적휘적 걸어갔기 때문이다.

"허!"

진강봉은 저절로 나오는 탄식을 어쩌지 못했다.

소우는 한 치의 미련도 보이지 않는 당당함으로 피풍에 얹힌 햇빛을 떨어내며 걸었다.

통째로 성 하나를 살 수 있을 만큼의 황금과 천하에 그 적수를 찾아볼 수 없는 무공이라면 설사 왕후장상(王侯將相)이라 해도 거절하기 힘든 조건이 아닌가.

그것들을 얻기 위해서는 싸구려 화주 한 잔이 아니라 귀한 후아주를 일만 병이라도 내놓으며 부귀와 영화를 약속할 것이 분명한데 저 여유라니.

'부동(不動)?'

"이, 이보게!"

다급해진 진강봉이 불렀지만 소우는 돌아보지 않았다.

영원히 돌아보지 않을 것이란 예감, 이대로 헤어지면 다시는 못 볼 것이란 예감이 든 진강봉은 잠시 고민했다.

"쳇! 이게 무슨 꼴이람?"

마침내 정랑을 안은 진강봉이 허겁지겁 소우를 따라가며 구시렁거렸다.

"좋아! 이 늙은이가 제일 귀한 술로 한잔 사겠네. 대신 이 늙은이의 이야기를 꼭 들어줘야 하네. 으… 어쩌다 천하의 마옹이 이렇게 불쌍한 신세가 됐누, 그래."

그런 뒷모습을 멀겋게 바라본 묵잠쌍영이 그제야 얼굴과 옷에 묻은 흙을 털었다.

"대체!"

눈을 마주친 둘의 입술이 동시에 움직였다.

"무슨 도법인지 봤어?"

다시 둘의 입술이 동시에 움직였다.

"궁극의 도법이라는……."

"이기어도(以氣馭刀)?"

그들은 물론 소우도 모르고 있었다.

고명경의 염원. 고명경이 평생을 갈구했지만 보여지지 않았던 경지, 천도(天刀)가 이렇게 조금씩 모습을 드러내고 있음을.

"대체 저런 자가 어디서 나타난 거야?"

2

졸던 오동나무 이파리가 뚝, 떨어졌다.

귀청이 따갑도록 울어대던 매미들이 울음을 그쳤다.

"백련교(白蓮敎)를 아나?"

진강봉의 눈빛이 건너왔다.

"백련교요?"

"그렇지."

이마 어림을 뛰놀았던 치기가 사라지고 침중하게 보일 만큼 진지해진 얼굴로 진강봉이 대답했다. 그 속에 감춰진 비밀스러움은 가라앉은 목소리가 아니라도 낱낱이 드러났다.

"……."

여차하면 금방이라도 뽑아 들 수 있도록 도파에 손을 얹은 묵잠쌍영 때문이었다. 끊임없이 주변을 경계하는 그들의 눈빛은 지나가는 바람 소리도 용납하지 않았다.

그들은 오동나무 이파리가 분질러지고 매미 날아가는 소리에도 얼굴을 굳혔다.

입술에 묻은 술을 스윽, 닦은 소우는 소리나게 잔을 내려놓았다.

땅!

"후아주라… 이름 값도 못하는 술이 아닙니까?"

"으?"

심각하게 다음 말을 고르고 있던 진강봉이 눈썹을 모았다.

순간 뭔가 의도한 대로 풀리지 않을 것이란 예감이 들었지만 그는 다음 말을 주시했다.

"모름지기 술이란 입 안에 있을 때, 여인의 입술처럼 향기로워야 합니다. 넘어갈 때, 불덩어리처럼 뜨거워야지요. 뱃속에 들어서는 독사처럼 요동 쳐야 마땅하지 않습니까?"

"그, 그런데?"

준비했던 말도 잊은 진강봉이 물었다.

다시 잔을 입에 댄 소우가 진강봉을 바라보았다.

"모르십니까?"

하마터면 진강봉은 뒤를 바라볼 뻔했다.

소우의 눈은 분명 자신을 바라보고 있다. 그러나 자세히 보면 딱히 그렇다 자신할 수 없기 때문이었다. 자신을 지나서 뒤에 있는 그 누구, 혹은 무엇을 바라보고 있다는 느낌.

그것마저도 분명하지 않았다.

'이 녀석!'

소우의 눈을 자세히 들여다본 진강봉은 속으로 구시렁거렸다.

어이없게도 아무 곳도 보고 있지 않는 눈이었다.

"평범한 화주에 나뭇잎을 풀어 색깔을 냈습니다. 과즙을 짜 넣어 향을 냈습니다. 이것만 가지고는 사람들이 잘 안 속지요. 그래 화려한 병에 이 엉터리 술을 집어넣고 커다랗게 후아주라 써 붙입니다. 이게 명주라 칭해지는 후아주입니까?"

"대체 무슨 말인가?"

"사람들은 가끔 이해할 수 없을 만큼 맹목적인 데가 있지요."

입술을 축인 소우가 잔을 내려놓았다.

"누가 달려가면 그를 따라 마구 달려갑니다. 자신이 왜 그렇게 달려가야 하는지, 그 끝점에 과연 무엇이 있는지도 모르고 달려갑니다. 그리 달리다 보면 정작 멈춰야 할 때도 기세에 밀려 멈출 수 없습니다."

"허어… 이거 원 당최……."

"이 후아주도 마찬가집니다. 누가 후아주 최고야! 하니까 너도나도 나서서 최고라 외칩니다. 그런 감정에서 마시면 없던 맛도 새로이 음미되는 것 같은 착각을 일으킵니다. 명주, 명품은 이래서 생겨나고 그만큼의 거품을 가지게 됩니다. 대체 이 후아주와 화주의 다른 점은 무엇입니까?"

"……."

"이 사람이 이리 묻는다면 사람들은 착각에서 기인한 맛을 들이대며 이 사람을 윽박 지르겠지요? 화주에 무엇이 있느냐고. 그들은 어쩌다 한 번 마신 후아주의 맛에 취해 평상시 늘 마시는 화주의 맛을 느끼지 못하는 겁니다."

"……!"

"화주 한 잔으로 시름과 고됨을 잊었던 그 소중했던 감정까지 스스로 배반하는 것이지요. 이 얼마나 간사하고 알량한 감정입니까?"

아무 곳도 보지 않는, 그래 보이지 않는 곳까지 보고 있는 눈과 사향을 우려낸 듯한 목소리였다.

"…계속해 보게!"

진강봉은 본래 목적을 잊어버릴 만큼 자신도 모르게 소우에게 끌려듦을 어쩌지 못했다. 기이한 흡입력이었다.

창백하다 못해 투명하게까지 보이는 얼굴, 섬세한 얼굴 선을 흘러내리는 알 수 없는 강함, 불을 문 주작이란 말에 어울리는 붉은 입술과 까만 눈.

"그렇다 해도 이 후아주가, 혹은 화주가 쓰겠다 못 쓰겠다는 마지막 말은 아껴둬야 합니다. 간직하란 이야기가 아니라 마지막까지 하지 말라는 말이지요. 결별을 고하는 말은 그 말이 아무리 아름답게 포장되었다 해도 사람에게 상처를 줍니다. 안 그렇습니까?"

"츱!"

흘러내린 침을 닦은 진강봉은 얼굴을 붉혔다.

생각해 보면 교를 재건할 욕심에 부풀어 성급했던 자신을 타이르는 말일 수도 있고 그렇지 않을 수도 있는 말이었지만 그렇지 않을 가능성은 전무했다.

"그러니까… 자네의 말은 우리 교리(敎理)가 잘못되었다는 말인가? 아니면 우리 교가 자중지란(自中之亂)에 의해 와해되었을 수도 있다는 말인가?"

"방파에 속했던 분이셨습니까?"

"으?"

"이 사람은 단지 후아주와 화주를 비교하는 사람들의 어리석음을 안타까워했을 뿐입니다."

"……!"

소우가 까만 눈을 진강봉에게 고정시켰다.

"흠."

"말씀해 보세요, 노인장. 이제부터 이 사람은 노인장의 이야기만 듣겠습니다. 백련… 뭐라고 하신 부분부터 시작해 보세요."

진강봉은 생각을 가다듬었다.

섣불리 아무 이야기나 먼저 할 뻔한 자신을 질책하면서.

어쩌면 오늘 이야기가 잘 될지도 모르겠다고 생각을 바꾼 그가 입을 열었다.

"모자원(茅子元)이란 분이 계셨지."

"……."

뚝.

오동나무 이파리가 분질러지면서 그 위에 나른하게 누워 있던 햇빛이 땅으로 떨어졌다.

매미들이 울음을 그쳤다.

그 사이로 삼백 년을 흘러온 미륵(彌勒)과 대접받지 못하는 교리(教理), 멀어질수록 간절하게 다가오는 가향(佳鄉:백련종의 이상향)의 이야기가 흘렀다.

"호위도 없이… 혼자 왔어?"

"그래요, 언니."

"말도 안 돼. 단 하루저녁에 용각사를 분질러 버린 사람이잖아. 틈사파는 또 어땠어?"

"……!"

"그리고 지금은 돈영회와 싸우고 있는 와중이 아니야? 한마디로 언제 칼이 날아올지 모르는 중이잖아. 그런데 혼자 왔다고?"

눈을 동그랗게 뜬 상화의 채근에 동기(童妓) 영령(英玲)이 고개를 끄덕이다 얼른 흔들었다.

"아! 이제 생각났다. 그는 혼자 오지 않았어요."

"거봐! 아무리 배짱이 두둑해도 그런 상황이면 몸을 사려야 정상인 거야."

물수건을 한 번 꾹 눌러 비틀어 짠 상화가 영령을 보았다.

"그래, 누구랑 왔니?"

정랑의 이마를 짚은 그녀의 손가락이 가늘게 떨렸다.

깨어나지 않는 정랑 때문에 그렇게 손가락이 떨린 게 아니었다.

정랑은 가끔 이렇게 혼절하는 버릇이 있고 그 혼절은 습관처럼 지속돼 온 일이었다. 길어야 한두 시진이면 깨어난다.

"혹시 덩치가 산만하지 않던?"

애각구려.

영령의 동그랗게 말린 입술로부터 나와주기를 상화가 기대하는 사내. 그가 가진 희성과 이름이었다.

여러 사람이 드나드는 기루는 소문에 민감하다.

상화는 손님들이 술상에서 안주 대신 우물거리는 목귀대와 사해상련 이야기를 들을 수 있었다.

아니, 지난날 종적없이 사라졌던 육간 아이들에 대해서 들었다. 그 이야기를 듣는 순간 얼굴이 노을 빛으로 물들었다.

마음의 깊은 우물로 떨어져 내리는 두레박을 보았다.

첨벙!

십 년의 세월이 잔잔히 차 있는 우물의 저 아래에서 들려오는 소리. 내려다보니 낯선 땅 제남에 와서 처음 사귄, 언제나 밑 빠진 웃음을 웃던 소년이 두레박 가득 담기고 있었다.

"주먹만한 코를 달았고 웃음소리가 이상하지 않던?"

"아니요."

"그럼… 말이 좀 어눌하지 않던?"

물수제비 뜨듯 톡톡 물음을 떠 안기고 있었지만 상화는 마음이 달아올라 있었다.

'지나간 날을 아름답게 생각하고 있는 것은, 그래 이리 간직하고 있는 것은 어쩌면 혼자 생각일지도 몰라.'

사내들이란 여인네와 달라서 지나간 날을 추억하기보다 다가올 날의 풍경에 몸을 묻고 현재를 살아가니까.

더구나 오랜 시간이 흘렀다.

'누가 술과 웃음을 파는 기녀 따위를 생각할까.'

애각구려 이야기를 듣는 즉시 그녀가 달려가지 못했던 이유.

그래 차마 끌어올리지 못한 두레박이 가라앉는 모습을 속절없이 바라봐야만 했던 이유는 이리 단순했고 더불어 복잡했다.

그렇게 생각하고 포기했었는데, 이렇게 찾아왔다면 먼발치에서나마 볼 수 있다. 어쩌면 부를지도 모르지.

그러면 특유의 향기를 맡을 수 있을지도 모른다. 그의 향기를 맡는다면 그 또한 나의 향기를 맡을 수 있을 것이고, 그럼으로써 투명했고 아름다웠던 추억이… 아, 아, 자연스레 뒤섞이겠지.

'그는 나를 알아볼 수 있을까.'

상화는 자신의 표정이 시시각각으로 변해가고 있으며 그걸 영령이 의아하게 생각한다는 것을 몰랐다.

"영령아, 어서 말해 봐. 어떻게 생겼디?"

꿈에 잠긴 듯한 목소리로 상화는 재촉했다.

"주먹만한 코를 달았지만 덩치는 그리 크지 않았어요."

영령이 대답했다.

"으응?"

"웃음소리도 못 들었는걸? 근데 언니?"

"음?"

"당나귀도 웃어요?"

"당… 나귀?"

떨떠름한 물음에 영령이 바로 대답했다.

"그래요, 당나귀. 그는 당나귀와 같이 왔어요."

"……!"

"그 녀석 얼마나 웃기는지 알아요? 왜, 그 예쁜 언니 있죠? 등로 언니에게 무공을 가르치는. 그 언니를 보자마자 강아지처럼 쪼로로 달려가지 뭐예요? 호홋!"

"그, 그랬니?"

상화가 얼굴을 찡그렸는데도 그 나이 또래의 계집애들이 다 그런 것처럼 영령이 수다를 떨기 시작했다.

"아무거나 먹지도 않아요. 지가 무슨 사람인 줄 아나봐요. 정말이지 별 웃기는 녀석이에요. 생긴 것도 얼마나 웃기게 생겼는지 직접 보면 웃지 않고는 못 배긴다니까요? 당나귀라고 부르면 화낸대요. 이름을 불러야 하는데… 가만있어 봐. 이름이……?"

"지금 누구와 있지?"

상화가 영령의 수다를 잘랐다.

"…당나귀요?"

"아니, 사해상련주… 왜 그 하백이란 사람."

"정랑 언니 할아버지와 같이……."

"어디에?"

영령의 손가락을 따라간 상화의 눈이 잠시 흔들렸다.

명안루(明按樓).

영령이 가리킨 곳은 뒤 뜨락에 세워진 정자로 주인인 장만 출입할 수 있는 금지였다. 상화는 잠깐 실망했다.

그를 만나 애각구려에 대한 이야기를 해보려 마음먹었는데.

"칫!"

지그시 입술을 깨문 상화가 일어섰다.

"어딜 가세요, 언니?"

"잠깐 갔다 올게."

3

"후유― 이해시키려는 생각은 없네."

무거운 보따리를 풀 듯 진강봉이 한숨을 내쉬었다.

백련교는 불교와 토속 신앙이 결합한 비밀 결사로서 이론적 뿌리를 혜원(慧遠)이 설파한 정토종(淨土宗)에 두고 있다.

불교는 불교 내의 사상을 내학(內學), 이외의 사상을 외학(外學)이라 지칭했는데, 정토종의 창시자 혜원은 내학과 외학의 도는 합하여 밝힐 수 있다[內外之道 可合以明], 진실로 모으되 종(宗)이 있으면 백가(百家)를 모두 이룬다[苟會之有宗 則百家同致]고 천명함으로써 천축(天竺)의 불교가 중원의 제자백가와 융합할 수 있는 길을 열었다.

그는 법성(法性)을 말했다.

법성은 정토종 최고의 경지, 최후의 귀착처로써 불교의 이상적 세계인 열반(涅槃)을 말하며 그 세계인 정토를 얻음을 의미한다. 열반의 세계, 즉 정토는 환락만이 있을 뿐 고난이 없는 최고의 경지. 무생무멸(無生無滅), 삶도 없고 죽음도 없으며 영원히 존재하고[永恒常在] 환락 또한 끝이 없는[歡樂無涯] 경지였다.

그는 열반에 이르면 또한 이 법성도 완전해진다고 보았다.

열반에 이르면 지극불변(至極不變)한 법성과 융합하여 성불(成佛)이 가능하다는 논리였다.

이런 가르침은 당시 도교에서 말하던 불로장생(不老長生)을 신봉하던 식자(識者)층과 벼슬아치들, 가진 자들에게 큰 환영을 받았다. 그러나 백성들은 이해하지 못했다.

식자층과 벼슬아치들을 위시한 위정자들이 일으킨 전쟁은 끝이 없었고 한발과 흉년이 계속됐기 때문이다.

하루를 먹고 살기도 어려운데 웬 열반이며 법성이란 말인가.

죽음 뒤의 세상을 논하기엔 삶의 현실이 곤궁했다.

이에 혜원은 불교의 윤회업보(輪回業報) 사상을 도교를 비롯한 여러 사상과 결합하여 인과응보론(因果應報論)을 정립시켰으며 현세에서 선업(善業)를 쌓으면 내세(來世)를 얻을 수 있다고 백성들을 설득했다.

이 땅의 삶은 극락 세계, 서방정토(西方淨土)에서 영생을 누릴 자격을 가늠하는 중간 기착지임을 강조했다.

내세를 추구함으로써 삶의 고해에서 영원히 벗어나라고 설파했다. 서방정토, 즉 극락은 땅의 삶처럼 생로병사(生老病死)의 지배를 받지 않고 인과응보, 윤회의 고통까지 극복한 피안(彼岸)의 세계였다.

이런 사상, 어떻게 보면 현실 도피적일 수도 있는 사상이 기아와 전쟁, 압제에 시달리고 있던 백성들 사이를 파고들었다.

"오늘날 승려와 불자들이 '나무아미타불'을 염불하며 극락왕생을 기원하는 것은 이분께 비롯된 것이네."

어느 날 혜원은 강주자사(江州刺使) 환이(桓伊)가 지어준 여산(盧山) 동림사(東林寺)에서 거사 유유민(劉遺民)에게 발원문(發願文)을 짓게 했다.

그리고 그와 뜻을 같이하는 거사와 승려 일백이십삼 인을 모아 인과응보 윤회업보에서 벗어나 서방정토에 다시 태어날 것을 백련지(白蓮池)에 모셔진 아미타불 앞에서 발원했다.

이것이 바로 백련지의 이름을 딴 백련결사(白蓮結社). 즉, 백련교의 시초였다.

혜원은 염불만으로도 서방정토에 다시 태어날 수 있다는 믿음을 가졌다. 그는 염불로 업을 쌓으면 내인(內因)이 되고 아미타불이 중생을 구원하는 원력(願力)은 외연(外緣)이 되어 아미타부처님에 계신 서방정토, 즉 극락 세계에 간다고 주장했다.

염불만 외우면 아미타부처님이 서방정토로 구원한다는 이 정토종의 수행 방법은 비교적 간단하고 행하기 쉬웠다.

"백성들은 열화와 같이 호응했네. 백성들의 구심점이 다스리는 자에서 내세, 다시 말하면 백성들 자신에게로 옮겨갔고, 그럼으로써 위정자들의 위선(僞善)과 죄악(罪惡)을 알게 되었지."

진강봉의 얼굴에 쓰디쓴 고뇌가 어리기 시작했다.

"백련교는… 이런 배경에서 출발했네."

모자원(茅子元)은 산서(山西) 출신으로 어려서부터 총명했다.

사람들과 교유하기를 즐겨 친구가 많았고 어려운 사람들 돕기를 꺼려하지 않았다. 그는 혜원의 이 백련결사를 본받아 연종참당(蓮宗懺堂)을 세우고 백성들을 모았다.

그들은 혜원의 가르침대로 아미타불을 염불하여 자연스레 백련종(白蓮宗)이라 불렀다. 대중을 모아 세력을 키운 모자원은 혜원의 사상 중에서 정토, 즉 극락을 새롭게 해석한다.

선업(善業), 그 자체를 극락이라고 본 것이다.

그래 이 땅에 서방정토를 만들려는 노력이 바로 선업이라 천명했다. 그리고 밀교 형식으로 세간에 전승돼 오던 불교의 새로운 형태인 미륵신앙을 받아들여 이 땅에 미륵이 재림하실 땅인 서방정토를 이루려 했다.

모자원 스스로 미륵의 화신이 되어 위선에 가득 찬 위정자들을 몰아내는 개벽을 꿈꾼 것이다.

"당연히 위정자들의 핍박이 가해졌네. 모자원 어른께서는 포교를 금
지당하고 유배당하셨지. 그러자 봉기(蜂起)가 잇달았네. 그러나 위정자
들의 잔혹한 토벌로 청명했던 의거(義擧)는 족족 실패했네. 패퇴한 백
련종은 뿔뿔이 갈라섰지."

"……."

"이후로 종의 주도권을 잡기 위한 파벌들 간의 끝없는 칼부림이 이
어졌네. 그 피비린내를 가리고 자신들만의 독특한 체계를 세우기 위한
주술(呪術), 관의 토벌을 피한 지하로의 잠적(潛跡) 같은 악순환이 반복
됐네. 어떤 자들은 신비한 색채를 위해 악마와도 손을 잡았지."

위정자들에 의해 마교(魔敎)와 사교(邪敎)로 규정된 백련교의 각 파
벌에서 가장 두각을 나타낸 파벌은 하남 땅, 유복통(劉福通)이 이끄는
파벌이었다.

유복통은 한산동(韓山童)을 내세워 하남 지방을 상대로 말세론을 가
미한 포교에 전념하는 한편, 멸망해 버린 송조(宋朝) 부흥을 명분으로
거사를 꾀했다.

송조는 화덕을 숭상했으므로 머리에 붉은 건을 두르게 했으므로
세간에서는 이들을 일컬어 홍건군(紅巾軍), 혹은 홍건적(紅巾賊), 홍두
적(紅頭賊)이라 불렀다.

"이들은 일면 성공하는가 싶었지. 황하의 둑막이 공사에 동원된 실

업자들과 부랑배들, 파락호들, 온갖 몽상가들이 호응했네. 그러나 실패했네. 수성(守城)의 경험이 없었던 게야."

"……."

"교의 주도권을 놓고 지휘부가 암투를 벌이는 사이에 관의 토벌군이 들이닥쳤네. 유복통… 이 바보는 겁에 질린 나머지 휘하의 군사를 세 갈래로 분산시켜 버리고야 마네. 참 안타까운 일이었지."

세 갈래로 분산된 홍건군은 전토를 유린했지만 속속 소멸의 과정을 밟았다.

그리 백련교의 거사는 실패했지만 요원의 불길처럼 전토를 반란으로 밀어 넣어 마침내 원조(元朝)를 멸하는 도화선이 된다.

현재 주씨의 명조(明朝)는 그래 백련교의 부담을 안고 있었다. 태조인 주원장의 경우에는 한산동의 아들인 한림아(韓林兒)를 내세워 세력을 확보하기까지 했다.

그러나 명조는 이 백련교의 부담을 전혀 엉뚱한 방법으로 해소했다. 포용해서 베풀기보다 어느 황조보다 가혹한 토벌을 단행한 것이다.

백성들의 구심점이 황조에 있어야 한다는 논리 앞에서 백련교는 다시 지난날의 영광을 뒤로하고 지하로 잠적해야 했다.

"우리는 그들과 같은 무리가 아니네. 지하로 잠적한, 그래서 각종 사이한 술법으로 지탄을 받는 잔당(殘黨)이 아니란 말이지. 말하자면… 우리는 백련결사 시절의 진정한 본당(本黨)이지. 초창기 백련결사의 참된 오의(奧義)를 물려받은 원류(原流)일세."

"그렇군요."

소우는 진강봉의 이마에 드리워진 피곤함을 보았다.

팔황맹에 밀려 멸문하기까지 이백여 년을 흘러온 성세와 자부심이 피곤함에 함몰되고 있었다.

"이야기가 너무 길었구먼. 신녀님을 이야기하려면 다시 모자원 어른의 시대로 거슬러 올라가야 하네. 더 긴 이야기가 될지도 모르지. 그러나 짧게 끝내겠네."

"……."

등촉에 불이 달려지는 시각.

이때까지 저쪽 구석에 앉아 있던 춘야월의 주인 장(張)이 무릎걸음으로 다가와 등촉에 불을 달았다.

치익.

그러자 소나무 기름 냄새가 은밀히 피어올라 천장을 떠돌다 사람들의 어깨 위로 내려앉았다.

"……."

방울거리는 불꽃을 한동안 쳐다본 진강봉이 이마의 피곤을 걷어 올렸다.

"모자원 어른께서는 승려(僧侶)로 슬하에 따님을 하나 두셨네."

신녀 정랑과 최후까지 남은 백련교의 원류, 오룡련의 관계가 진강봉의 주름진 이마와 주름진 눈매, 주름진 입술을 비집고 담담히 흐르기 시작했다.

"재색을 겸비했던 분이셨네. 그분의 이름도 정랑이셨지."

정랑은 아비 모자원이 강주(江州)로 유배되고 크고 작은 거사가 실패로 돌아가자 소주(蘇州) 오군(吳郡)에 있는 절, 연상사(延祥寺)로 들어가 비구니가 된다.

연상사는 모자원이 계를 받은 곳이어서 낯설지 않았고 교도들 또한 강남 전체로 번져 나가 관의 핍박이 덜했기 때문이었다.

"그분은 수행 중 원인 모를 열병을 앓으셨네. 열병이 끝나고 일어나셨을 때는 전의 그분이 아니셨지. 신열로 틈새가 벌어진 정신을 비집고 제석천, 즉 미륵이 들어앉으신 게지."

"……."

"폄하를 좋아하고 말하기 좋아하는 자들은 거사로 죽은 자들의 망령된 원혼이 씌었다고 했지만, 그분은 원혼으로는 도저히 가능치 않은 여러 가지 이적(異蹟)을 행하셨네."

"많은 사람들이 그분의 무릎 앞으로 모여들었겠지요."

"그렇지. 병든 자가 고침을 받았고 가난한 자가 위안을 얻었다네. 순식간에 퍼진 소문을 듣고 몰려든 사람들로 연상사는 매일같이 열두 가마씩 쌀을 필요로 했다지."

"…문제가 됐겠군요."

너울거리는 황촉을 바라본 소우가 아련한 웃음을 배어 물었다. 정랑을 처음 만났을 때가 떠올랐기 때문이다. 열 살짜리 계집애의 몸에서 전해졌던 그것들은 낯설었고 더불어 나른했다.

깃털처럼 일제히 날아올라 가만히 내려앉았던 막연한 예감.

몸 안에서 윙윙거렸던 거칠고 오래된 목소리는 미늘을 쓰다듬는 것처럼 불편했었다.

"그랬지. 주머니 속의 송곳은 언제든 손을 찌르는 법이라 했나? 언제까지 묻혀 계실 수 없었지. 관의 핍박이 가해졌네. 동시에 이때까지 잠자코 있었던 교의 지도층들이 그분을 부정했고 배반했네. 그리고 거짓된 미륵이라 선언했네. 그리 교도들의 마음속에서 그분의 자리를 들어냈지."

"……."

"후손인 이 늙은이가 생각해 봐도 참 미련한 일이었어. 교의 지도층들은 그분이 달갑지 않았을 걸세. 그분 없이 쌓아 올린 손바닥만한 권세를 보존키 위해 그분을 매장시켜 버린 것이지."

"참 안타까운 일입니다."

지는 오동나무 이파리, 달빛 안은 바람의 펄럭임. 황촉이 짧아질수록 밤은 깊어간다. 잠들지 못한 부엉이가 가을과 닿아 있는 계절의 추녀에서 서성이고 있었다.

"한 잔 더 하시겠습니까?"

"…이리 적당할 때가 좋은 법이네."

진강봉이 잠시 밤이 이슥한 뜨락을 바라보았다.

깡마른 얼굴에 드리운 주름 사이로 황촉불이 달려가 박히고 있었다. 그러자 벽면을 타고 흘러내린 어둠이 불빛이 미치지 않는 구석에 웅크렸다. 그 어두운 구석에서 장이 고개를 들었다.

"말씀을 계속하지요, 어른."

벽에 드리워진 그림자가 어슴푸레하게 움직였다. 어떻게 보면 지금 말을 한 사람은 장이 아니라 그림자 같았다.

"……."

재촉에도 불구하고 한참을 더 침묵한 진강봉이 어둠에 묻어놓았던 눈을 들어 소우를 봤다. 화톳불 같은 눈이었다.

"근거를 잃어버린 그분은 천하를 떠돌았네. 그리고 진눈깨비가 펑펑 내리던 어느 날, 차디찬 바닥에서 눈을 감으셨지. 그때… 그분의 곁을 지킨 사람들은 겨우 다섯이었네. 그분들이 바로 우리 오룡련의 조사님들이시라네."

"……."

"정랑님께 절기와 재주 하나씩을 물려받은 조사님들께서는 더욱 깊은 지하로 숨으셨네. 아니, 숨으신 게 아니라 백련의 아름다운 이념을 마음에 묻고 공방(工房)을 통하여 자연스레 이루어지는 정토를 꿈꾸셨네."

"……."

"이미 세상은 가짜 백련의 탈을 쓴 무리들로 가득했고 홍수와 기근, 전란이 난마처럼 얽혀서 치달리고 있었지."

소우는 진강봉의 목소리가 떨리는 걸 이해했다.

이백여 년을 흘러오며 조심스럽게 세상의 일부가 되었던 이념이 한순간 관부의 비호를 받는 무리에 의해 유린돼야 했던 비통한 심정이 그 떨림에 담겨 있었기에.

"보겠나?

진강봉이 탁자 위에 올려놓았던 손을 가만히 폈다.

천천히 벌어지는 손가락 사이에서 생겨난 자욱한 인광이 반딧불이처럼 떠올랐다.

푸르고 흰 인광. 그것들이 긴 꼬리를 끌면서 황촉을 돌아 별자리처럼 유영을 시작했다.

"비화수(飛花手)라네. 세상에 존재하는 어느 쇠든 녹여 버릴 수 있으며 더불어 얼려 버릴 수 있는 무공. 정랑님께서 조사님들께 내려주신 화(火), 목(木), 수(水), 토(土), 금(金)… 이 다섯 가지 절기를 하나로 합친 정화라 볼 수 있네. 이것과 오룡련이 안배한 황금을 가지고 이 늙은이 자네를 십 년 동안 기다렸네."

불덩어리가 들어 있는 진강봉의 눈이 자신을 직시하고 있다는 걸 알면서도 소우는 침묵했다.

"……."

오랜 시간이 지난 후, 별자리처럼 떠돌던 인광이 진강봉의 손으로 빨려 들어갔다. 그 빨려듦의 측면을 기어 내려온 바람이 황촉을 눌렀다 이내 풀어놓고 소우 이마를 밀었다.

펄럭.

소우는 술병을 기울였다.

쪼로록.

"…이 사람은 이해할 수 없습니다, 어른."

"이제 비켜줄래요?"

모래 쓸려가는 소리로 머리를 헹구는 버드나무 아래.

상화는 길을 막고 서 있는 두 칼잡이에게 항의했다.

"안 됩니다, 아가씨."

"왜 안 된다는 거죠? 난 이곳 소속이에요. 아저씨들은 누구죠? 첨 보는 분들이 아닌가요?"

잠요가 대답했다.

"아닙니다. 우린 아가씨가 이곳에 몸을 담으신 십 년 전부터… 아니, 어쩌면 그보다 오래전부터 이곳 명안루의 그늘에 이렇게 서 있었습니다. 다만 아가씨가 보지 못했을 뿐입니다."

"말도 안 돼! 그런 억지가 어디 있어요? 난 아저씨들을 한 번도 못 봤다니까. 그럼 눈이 나빠 못 본 것인가요?"

"명안루는 원래부터 금지였지 않습니까?"

잠균이 딱딱하게 나오기 시작했다.

"벌써 한 시진째 아가씬 생떼를 쓰고 계십니다. 여기서 기다리시면 됩니다. 자꾸 이러신다면 곤란합니다. 원래는 이렇게 기다리시게 하는 것조차도 허용이 안 됩니다. 설마 쫓겨나고 싶은 생각은 아니시겠지요?"

"난 그분을 봐야 한단 말이에요."

"조금 있으면 나오실 겁니다."

"얼마나 더 기다리죠? 당장 만나야 한다니까요?"

주먹을 불끈 쥐고 상화가 대들었지만 계속해서 같은 말을 반복하는 두 칼잡이는 요지부동이었다.

'도대체 어서 나온 칼잡이들이고 뭐가 있기에.'

발끝을 세운 상화가 안을 가늠하려 했지만 그것마저도 여의치 않았다. 장대처럼 키가 큰 잠요가 앞을 막아섰기 때문이다.

"왜 막아요? 내 눈으로 내가 보고 싶은 걸 보겠다는데."

"그럼 저를 보시면 됩니다."

"예?"

"풀벌레… 소리가 들립니까?"

밑도 끝도 없는 질문에 얼굴을 찌푸리면서 가만히 귀 기울여 보니 정말 삭제된 것처럼 풀벌레 소리가 없었다.

"……?"

계절이 계절인만큼 귀뚜라미나 여치, 연못의 맹꽁이까지 합세해서 지천으로 울음을 부려놓던 밤이 아니었나.

"…도대체 무, 무슨 짓을 한 거죠? 왜 이렇게 조용해요?"

"아가씨만 안에 못 들어가시는 게 아닙니다."

잠요가 한 손을 살짝 쳐들자 저쪽, 버드나무 그늘에서 번득, 달빛이 퉁겨지면서 불쑥 무엇이 일어섰다가 스르륵, 가라앉았다.

"풀벌레도 울지 못합니다. 춘야월은 완전 폐쇄되었습니다. 쥐새끼 한 마리, 하다못해 개구리 한 마리도 마음대로 움직이지 못합니다. 그러니 우리가 아가씨께 얼마만한 여유를 주었는지 아시겠지요? 시끄럽게 하시면 안 됩니다."

"도대체 이러는 이유가 뭐냐고요?"

"……."

잠요는 대답하지 않았다.

"전체를 막아! 만약 일이 틀어지는 경우가 생기면 흔적을 지워 버려야 하니까."

폐쇄를 단행한 장의 말이 귓바퀴를 맴돌다가 아래로 떨어져 내렸다.

'이 기녀는 알고 있을까?

　잠요는 아예 무릎을 세우고 주저앉아 자신을 올려보는 상화를 외면했다.

　'일이 틀어지는 경우 지워 버려 할 흔적에 자신이 속해 버렸다는 것을. 신호가 퉁겨지면 제일 먼저 베어버려야 할 이 기녀는 너무 아름답고 순진하다. 인공으로 가꾼 꽃에서는 전혀 느낄 수 없는 향기와 흔들림이 느껴진다.'

　심란함을 떨쳐 버리듯 잠요는 명안루의 지붕을 쳐다봤다.

　장검을 쥔 손에 땀이 배어 나오고 있었다.

4

　"이 사람은 백련을 알지 못합니다. 알아야 할 이유가 없으며 알고 싶지도 않습니다. 그런 이 사람에게 어른께서는 무엇을 요구하시는지요? 입교하여 백련을 재건시켜 달라는 말씀은 아니시겠지요? 이 사람은 이미 주어진 무게만으로도 벅찹니다."

　"…거절인 것 같으이."

　진강봉의 눈이 흔들렸다.

　"자네는 거절할 이유가 없네. 우린 팔황맹을 목표로 하네. 재건을 목표로 움직이는 게 아니란 말이지. 팔황맹을 제거하면 막아놓았던 둑이 터진 것처럼 물이 쏟아져서 각자 흐르고 싶은 데로 흘러가겠지."

"왜 어른께서 직접 못하십니까?"

꿀꺽.

쓰디쓴 맛으로 침전되는 후아주. 식어 빠진 잉어의 갈빗대 사이에서 황하의 진흙 냄새가 고스란히 살아 올라왔다.

"난… 너무 늙어버렸고 너무 많이 드러나 있어. 사심은 없네. 이념은 이 늙은이의 가슴만을 태우는 것으로 만족하지."

"……."

"그러나 이 늙은이는 잊을 수 없네. 칼에 베어지던 형제들, 능욕당하던 처자들, 어린애의 고사리 같은 손가락을 우둑우둑 깨물어 먹던 그들을."

"……."

"술을 마시고 똥을 주물러도 그 비명 소리와 참상은 언제까지나 이 늙은이의 귓전을 떠나지 않았네."

벽에 등을 기댄 진강봉이 이마를 받쳤다.

그러자 진작 황천에 몸을 담가야 했음에도 불구하고 실낱같은 소명만을 부여잡고 살아온 왜소한 늙은이의 고뇌가 벽에 그림자를 드리웠다.

펄럭펄럭.

바람이 해진 깃발처럼 불었다.

"……."

소우는 다시 침묵을 지켰다. 세상이 끝날 때까지 이 침묵은 이어질 것 같았다. 어디론가 몰려가는 바람에 달빛이 헝클어지고 어둠이 한 자락씩 옷을 벗으며 말갛게 창을 닦아내고 있었다.

그 창이 반쯤 닦여졌을 때, 침묵을 푼 소우가 말했다.

"소태처럼 쓰군요… 이 후아주."

"그래……."

진강봉이 긍정했다.

"쓴 게 후아주만이 아니라네."

'휴우.'

구석의 장이 손을 풀면서 어깨를 내렸다.

그러자 등에 얹혀져 있던 긴장이 풀어져 어깨를 내려 앉혔고 손금에 박혀 있던 살기가 바람 빠진 공처럼 바닥을 굴렀다.

"어른께서는 이 사람에게 무엇을 원하십니까?"

"교의 재건은 이미 건널 수 없는 강을 건넜어. 이제 와서 그 옛날의 순수했던 이념을 외쳐 봐야 아무도 따르지 않을 것일세. 많이 오염되었고 많이 상처받았지."

"이해합니다."

"더불어 상처를 주었네. 많은 사람들을 죽이고 많은 사람들이 죽었어. 이제… 백련의 참된 오의는 티 검불처럼 산하에 흩어져 버렸네."

진강봉은 갑자기 늙고 지쳐 버린 모습이었다.

그의 커다란 머리에 들었던 정명한 이념, 가슴에서 타올랐던 불덩이가 사그라지는 소리가 들렸다.

"……."

신탁만 내릴 뿐 정작 아무것도 할 수 없는 신녀를 지키고 의지하며, 똥을 주무르면서도 살아야 했던 끈적끈적한 치욕.

기다림의 세월만큼 멀어져 버린 세상에 대한 한탄이 그의 왜소한 어깨에 올라앉아 엉엉 울고 있었다.

"그대가 책임지고 독뱀을 키우는 나무 여덟 그루, 팔황맹을 베어주게. 우리가 존재할 수 없다면 그들도 존재해서는 안 되네."

입술을 악문 진강봉이 소우를 보았다.

*   *   *

버드나무 사이로 얼비치는 햇빛이 바늘처럼 눈을 찌른다.

등로는 이때까지 한 번도 거르지 않았던 산책을 포기하고 침상에 누워 있었다.

'소우가 왔다…….'

그 애가. 심란한 꿈자리 저쪽에서 문득 생겨난 형상이듯 어느 날 문득 현실로 나타났다.

선명한 피비린내와 이 세상 사람이 아닌 것 같은 창백함.

사향내나는 목소리와 황천처럼 어둡고 깊은 눈망울을 지니고 그애… 소우가 왔다.

'그 애 말처럼 정말 난 아무렇지도 않은 걸까?

누구나 겪는 통과 의례를 겪은 걸까. 청연목에 이름을 새길 때처럼 순수한가.

생각을 거듭해도 쉽게 수긍되지 않는 질문을 던지며 등로는 이불깃을 씹었다.

휘잉—

문풍지 간질이며 늦여름 바람이 지나고 그 바람을 따라갔던 버드나무 돌아오는 소리가 들린다.

'마찬가지일 것이다.'

이파리를 헐어버린 나뭇가지의 쓸쓸한 귀향. 달려 있을 때에는 느끼지 못했는데 떨어버리고 나서야 존재를 느끼는 것은.

추억으로 간직할 때는 가시가 두렵지 않더니 지금은 그 가시가 두렵고 아프다.

'난… 그 애에게서 멀어져야 해.'

일어난 등로는 금을 잡았다.

둥.

몇 마리 새들
서리 털며 떠난다.
고생해야 되겠구나…….

사(詞)는 슬펐지만 가늘고 긴 손가락 사이에서 말려 올라오는 금음이 사금파리처럼 반짝였다.

목에까지 차 오른 말 삼키며
그대여.
난
그대 얇은 옷과 흔들리는 눈동자를
바라보지 못했다.
어쩌면 오랫동안

못 볼지도 모르겠구나.

오동나무 마른 대궁 밟으며

그대 떠나고

그렇게 겨울이 깊었다.

꿈 밖에는

날마다 젖은 눈 내리고

난

가끔씩 깨어

불도 켜지 못하고 울었다.

손이 시려 손을 감추면

이내 등 시려오고

등 시려 바로 누우면 가슴으로

고드름 뚝뚝, 떨어졌다.

다시 봄이 온다 해도

그대여.

이제 우리 무엇을 시작할 수 있겠느냐……

부드럽게 사방을 날던 금음이 딱딱하게 굳은 채, 성급하게 사그라들었다.

"언니는 가끔 저래요."

상화는 앞에 서 있는 사내를 보았다.

주작이 수 놓아진 피풍이 뒤집어질 때마다 사내의 몸에서는 간밤에 마신 후아주 냄새가 났다.

"그냥 돌아가 주지 않을래? 만나고 싶지 않아."

금을 기대는 기척과 함께 소우에게 건네진 말이었다.

"……."

소우는 말없이 방문을 바라보았다.

"언니, 이런 법이 어딨어요? 어서 문 열어봐요!"

답답한 마음이 된 상화가 소리쳤지만 방문은 열리지 않았다.

기울어지는 햇빛을 따라 소우의 고개가 앞으로 숙여졌다.

"언니, 정말 이럴 거예요?"

"…누나에게 그러지 말아요. 난 기다리면 돼요."

"에?"

상화를 외면한 소우가 어금니를 깨물었다.

방 안의 등로 역시 문고리를 꼭 잡고 어금니를 깨물고 있었다.

해가 중천에 이를 때까지 소우는 그 자리에서 움직이지 않았고 깨물려진 등로의 어금니도 풀어지지 않았다.

"당공!"

한순간, 창호지를 베어버리는 듯한 소우의 외침이 길게 방 안을 맴돌았다. 그러자 물풀이 흘러내리는 것처럼 어금니를 푼 등로가 내려앉았다.

"나온다."

춘야월이 바라다보이는 민가의 갈대 지붕이 조금 들리면서 눈망울 두 개가 생겨났다.

"에이… 불공평하다, 씨팔!"

"뭐?"

먼저 생겨난 눈망울이 늦게 생겨난 눈망울을 돌아보았다.

"어떤 새끼는 기루에서 만리장성을 쌓고 어떤 새끼는 허구한 날 밤이슬을 주워 먹으며 염탐이나 해야 한다니. 이 무슨 좆같은 경우냔 말이지."

"봤냐? 저자가 만리장성을 쌓는 걸?"

"야, 꼭 그런 걸 봐야 아냐?"

"……?"

"보나 안 보나 뻔한 게 아니냐구. 기루에 들어간 놈이 밤을 새우고도 모자라 중화(점심) 때가 다 돼서 나오는 건 만리장성을 두 번 이상 쌓았다는 이야기야."

"넌 어째… 생각하는 것마다 그 모양이냐?"

어이없어진 관노가 시큰둥하게 눈을 돌려 버리자 무색해진 지음이 관노를 슬쩍 끌어안았다.

"야. 기분도 그렇지 않은데… 우리 여기서 한번 할까?"

"좋게 말할 때 치워."

"야. 괜히 싫어하는 척하지 마라. 너도 사실 한 번 해보고 싶잖아. 어떤 기분일까 궁금하지도…….'"

퍽!

"아이코!"

코를 부여잡고 지음이 뒤로 넘어갔다.

"좋게 말할 때 치우라고 했잖아, 자식아!"

주먹을 거둔 관노가 고개를 조금 더 들고 아래를 내려다봤다.

우스꽝스럽게 생긴 나귀를 앞세운 사해상련의 두목은 어제 볼 수 없던 계집애와 함께 춘야월을 나와 유목로를 걷고 있었다.

"저 계집애는 또 뭐야. 일행이 하나가 더 늘었네?"

"뭐? 계, 계집애?"

"계집애라니까 코피가 뚝 멈추지?"

눈알을 희번덕거리며 기어온 지음에게 눈을 흘긴 관노가 눈썹 사이를 좁혔다.

"으—아!

지음이 입을 벌리고 관노를 쳐다봤다.

"정말 귀엽고 예쁘게 생긴 계집애다. 저 조그만 주둥이 속의 덧니 좀 봐. 저 푸른빛 도는 눈망울과 뽀얀 피부는 어떻구. 어떻게 여자가 저렇게 귀엽고 예쁠 수 있는 거지?"

"…지음."

"왜?"

"너, 정말 그만 살고 싶니?"

"큼."

심상치 않은 기세에 찔끔한 지음이 고개를 수그렸다.

"까먹었을 테지만 이 누나가 언젠가 말했지? 양물만 크다 해서 다 사내가 아니라고. 넌 새꺄… 사내가 되려면 아직 멀었어."

"그, 그럼 어떻게 해야 사내가 되는데?"

"주둥이 뭉개놓기 전에 조용히 하고 있어!"

"……."

잠시 관노의 살벌해진 얼굴을 흘끔거린 지음이 새처럼 뾰족한 입을 쑥 내밀었다.

"아이 씨팔!"

"……?"

"시험이나 해보고 그 딴 소리 해라. 난 양물만 큰 게 아냐!"

"그럼?"

"기술도 무지 좋다구. 좌약삼(左弱三), 우강삼(右强三), 좌우강약삼(左右强弱三)의 순서는 오래전에 터득하고 원숭이 전법……."

빡!

"어흐흐!"

"신기통이나 쏴, 새꺄!"

"에잇!"

퐁.

흰 연기를 길게 내뿜으며 신기통이 하늘을 갈랐다.

"흠!"

시원스레 쏴진 신기통을 본 관노는 미소를 지었다.

저 신기통의 연기를 어디선가 적산월도 보고 있을 것이다.

적산월의 명을 받은 자신들은 호위가 없을 때 하백을 기습하기 위해 근 한 달을 쫓아다닌 것이다.

"야. 비켜! 안 비켜?"

주먹을 움켜쥔 관노가 눈망울을 감췄다.

5

"이것이 뭐외까?"

역하에서 삼십 년째 사공질을 해온 백삼(白三)은 눈부터 끔벅거렸다. 이런 풍광이 좋은 곳은 홍등을 달아맨 거룻배를 몰아야 체면도 서고 짭짤한 수입이 생기는 법이다.

그러나 그는 영악한 기녀와 그 기녀의 탄력있는 몸뚱이를 어떻게 한 번 우려내 보나 하는 마음으로 전낭 내두르는 자들을 혐오했다.

한번은 제남에서 알아주는 문가(文家)의 젊은 며느리와 늙은 하인 놈을 태웠다가 그들이 농지거리를 주고받으며 화답하는 꼬락서니가 하도 가관이라 그대로 배를 엎어버린 일도 있는 좀 특이한 성격이었다.

"이것이 뭐냐 이 말이외다."

손바닥에 올려진 철전 두 닢을 쳐다본 그가 재차 물었다.

"아시다시피 우리 배는 점잖은 손님들만 받습네다. 딴 데 가서 알아보소!"

툭.

철전을 모래사장에 던져 버린 백삼은 아무 일도 없었다는 듯 다시 드러누워 잠을 청했다.

그러자 이상한 대답이 건너와 그의 잠을 불쑥 물어뜯었다.

푸륵.

"일없시다. 노부는 그런 꼴을 볼 수 없다니까. 아, 신성한 배에서 신성한 하백님의 마음을 헤아리지는 못할망정 그런 개만도 못한 짓거리 하는 것을 보란 말요? 천금을 줘도 노부는 절대 흔들리지 않쇠다. 내

눈에 모래가 들어가도… 흑!"

진짜 뿌려진 모래에 깜짝 놀란 백삼은 눈에 들어갈세라 가만가만 모래를 떨어내면서 이를 갈아붙였다.

빠득!

시원하게 뒤로 빗어 넘기긴 했어도 산발한 머리를 가진 창백한 기생오라비 같은 녀석은 약간 마른 듯했지만 검은머리물총새처럼 날렵함이 감도는 체형이었다.

멋있어 보이지만 싸움에는 그리 도움이 될 것 같지 않은 길게 휘어진 장도를 지닌 녀석의 깊은 눈망울이 인상적이어서 알아듣게 타이르려 했더니…

'싹수머리없게 모래를 뿌려!'

"이……!"

눈을 뜨자마자 주먹을 치켜든 백삼은 주먹을 어디다 놓을지 몰라 두리번거렸다.

기생오라비 같던 녀석은 어디론가 사라지고 없었다.

대신 그가 데리고 온 우스꽝스러운 나귀. 안장이나 고삐도 얹지 않아 별 쓸모도 없이 여물만 축내는 게 분명한 녀석이 콧잔등에 한 주먹의 모래를 얹고 내려다보고 있다가 귀를 흔들었다.

푸릉?

"으흑!"

다시 날아온 모래를 피해 옆으로 구른 백삼은 그제야 모래를 뿌린 범인이 나귀임을 깨달았다.

"야, 이 녀석아! 미물 주제에 건방지게 모래를 뿌……!"

무슨 말인가를 더 하려던 백삼은 잿빛 털로 뒤덮인 괴상한 나귀를 멀겋게 바라보았다.

"너 혹시 사람 말을 알아듣는 것이냐?"

푸륵.

나귀가 엄지손가락만한 이를 드러내며 벌름거렸다.

"에? 얌마. 너 지금 대답한 거야?"

푸륵푸륵.

"햐! 요 녀석 봐라?"

엉금엉금 일어난 백삼은 귀신에 홀린 듯 나귀를 보았다.

그런 백삼을 향해 순박한 눈망울을 몇 번 꿈적이고 코를 몇 번 벌름거린 나귀는 모래사장에 떨어진 철전 하나를 툭 차서 앞으로 밀었다.

"채, 챙기란 말이냐?"

푸륵.

"안 된다. 노부는 그런 짐승만도 못한 행위를 못… 아, 알았다."

갈기를 세우고 이빨을 험악하게 드러내며 물어뜯을 듯 가르릉거리는 나귀의 위세에 얼른 철전을 챙긴 백삼은 도무지 이 괴상한 사태를 이해할 수 없었다.

개에게 물렸다거나 소에게 받혔다는 소리는 심심찮게 들었어도 오십 평생 나귀에게 물렸다는 소리는 듣지 못했다.

그가 철전을 챙기자 나귀는 한동안 그의 아래위를 훑어보더니 옆에 배를 깔고 주저앉아 무엇인가를 먹기 시작했다.

으적으적.

'이 무슨 해괴한 변괴란 말이냐!'

나귀를 뻔히 보고 있으면서도 정신이 혼란해진 백삼은 나귀가 지금 먹고 있는 게 과연 무엇인지 미처 생각하지 못했다.

문득 정신을 차린 그가 그게 무엇인지를 인식했을 때는 이미 늦어 있었다.

"얌마! 너 지금 내 중화거리를 먹어버린 거지?"

뿐만 아니었다.

벌컥벌컥.

목이 텁텁할 때 한 모금씩 하려고 놓아둔 화주마저 주둥이째 물고 다 마셔 버린 것이다.

끄윽.

백삼의 눈이 뒤집어지거나 말거나 트림 비슷한 소리를 낸 나귀가 다시 엄지손가락만한 이빨을 보이며 코를 벌름거렸다.

푸륵?

'왜… 떫냐?' 하는 저 표정.

"으으……."

백삼은 수염을 쥐어뜯으며 괴로워했다.

그렇다고 이 괴상하고 험악한 나귀를 상대로 주먹다짐을 할 수도 없어서 신음 소리만 낼 뿐, 뾰족한 방법이 없었다.

그런 백삼 앞으로 나귀가 툭 찬 것이 도로록, 굴러왔다.

아까 내던져 버린 나머지 하나의 철전.

"그러니까… 이, 이게 으, 음식 값이란 말이냐?"

푸륵푸륵.

고개를 주억거린 나귀가 모래사장에 턱을 대고 눈을 감았다.

"으……."

'흉물스러운 녀석.'

부서져라 어금니를 다물었지만 자꾸만 빠져나오는 분노를 억누르며 백삼은 고개를 흔들었다. 그렇게 불쾌한 감정을 털어버린 백삼은 자신의 배가 있는 곳을 쳐다보았다.

"아니, 이 기생오라비 같은 녀석이?"

푸륵!

"아, 알았다. 도, 돈을 챙긴 이상 어, 어쩔 수 없지."

끼이익―

배는 역하의 가운데를 향해 나아가고 있었다.

그 모습이 해를 향해 나아가는 것처럼 보였다. 선미에서 일어난 포말 위로 물수리들이 몰려들고 노의 삐걱거림을 따라 수면을 가르며 잉어들이 퉁겨졌다.

찡그렸던 눈 주름을 편 백삼은 배가 무사히 돌아오기를 기원하며 돌아서다가 뒤로 나동그라졌다.

"허억!"

건방진 나귀는 어디로 갔는지 보이지 않았다.

대신 삼십 명은 넘을 듯한 칼잡이들이 철탑처럼 정연하게 서 있었다.

"저게 사해상련주… 하백이 탄 배가 맞나?"

백삼에게 칼잡이들 중 누군가가 물었다.

*　　　　*　　　　*

불이 엎질러지는 수면. 억새들이 마른 손바닥 비비며 흔들린다.

이물의 저 앞에서 물때 낀 비늘 털며 잉어 퉁겨 오를 때, 묻어둔 불씨 헤쳐지듯 푸드득 튄 물방울이 사방으로 퍼졌다.

텀벙!

"…봐요."

"……."

"언니 만났어요?"

"……."

여리는 억새에 눈을 묻고 대답하지 않는 소우를 바라보았다.

그의 배경에서 하늘을 불 지르는 감빛 해가 어디론가 흘러가고 날개를 퍼덕이며 물수리들이 내려앉고 있었다.

"여리는 언니를 이해할 수 있을 것 같아. 아픈 일이 있었다면서요. 그래 당신이 이렇게 변해 버린 거고. 난 아직 염로의 그 꼬맹이… 그 애의 눈망울을 기억해요. 하지만 당시는 어쩔 수 없는 일이었잖아?"

"……."

소우는 아무 소리 하지 않았다.

하오의 햇살에 달궈진 물이 아지랑이처럼 흔들리는 사이로 필암어들이 한가로운 물따먹기를 시작했다. 수면에 방울방울 번지는 그 파문이 소란스러운 나이테를 만들며 스러졌다.

"여리는 당신의 침묵을 이해해요. 복수를 했어도 당신의 마음에 가시가 되어 있는 그때의 일들은 변화가 없어요."

"……."

"그들을 베어버렸다고 그 시절의 육간이 아무 일 없었던 것처럼 되살아나지 않으니까. 아무 일 없었던 것처럼 되돌릴 수 없으니까. 돌아가신 아버님과 스승님께서 살아나시는 것이 아니잖아요. 상처받았던 사람들 역시 치료되지 않고요."

"······."

좀 더 오랜 침묵 끝에 소우가 긍정했다.

"···그래."

"언니는 당분간 만나지 않았음 싶어."

"······."

"언니는 지금 모든 게 헝클어진 상태예요. 당신을 만나면 잊고 싶었던 그때의 일들이 반사적으로 떠오르지 않을까 싶어."

"······."

"순수하니까, 너무 순수하니까."

여전히 아무 소리 하지 않는 소우에게서 눈을 돌린 여리는 물수리 날아오르는 억새 군락을 바라보았다.

퍼드득.

무엇일까? 무엇이 이렇게 만들었을까. 내 것이라 여겨왔고 나의 일부분이라 믿어 의심치 않았던 이 사람과 유격이 이렇게 벌어지는 이유는. 그 유격을 당연하게 생각하는 내 마음은.

"술 한잔할래요?"

"······."

술병을 내민 여리를 소우가 바라보았다.

"당신이 좋아하는 화주."

꿀꺽.

미지근한 술은 지난밤의 후아주처럼 쓰지 않았다.

벌컥이는 소우의 목을 한동안 바라본 여리는 조용히 일어났다. 입을 닦으며 의아해하는 소우에게 여리가 웃어 보였다.

쿡.

"안주가 없잖아. 당공이 나눠달라고 생떼 쓸까 봐 챙겨오지 못했어요. 당공은 욕심쟁이라고. 무엇을 남겨두는 체질이 아니잖아요. 자, 이제 두고 봐요, 펄떡펄떡 뛰는 안주가 생길 거니까."

"……."

소우는 수면을 노려보는 여리의 어깨에서 따뜻한 햇볕이 흘러내리는 것을 바라보지 않았다.

출렁출렁.

장려한 낙조의 한가운데를 가로지르는 배가 끊임없이 흔들렸다.

여리는 급격하게 물결을 헤집으며 다가오는 그림자를 향해 목검을 쳐 올렸다.

"취(聚)!"

팡!

물방울이 보석처럼 퉁겨지고 배가 진동하는 가운데 꼬리지느러미를 힘껏 털어낸 잉어가 불쑥 퉁겨져 바닥으로 낙하했다.

"사(寫)!"

한 번 더 목검이 휘둘러지자 잉어는 비늘과 껍데기를 벗어버리고 몇 조각으로 분해되어 여리의 손바닥에 누워 있었다.

"……."

"한 점 먹어봐요. 사실 지난번 만두는 여리가 생각해도 좀… 너무했어."

"…깊어졌다, 무공이."

입 안에 가득 찬 싱그러운 비린내를 토해내듯 소우가 말했다.

"맛있어요?"

"그래."

"서운해라. 여리는 그 만두보다 맛이 없다고 할 줄 알았는데."

"안 마실 거면 줘."

소우가 내민 손을 물끄러미 쳐다본 여리가 얼른 술병을 입으로 가져갔다.

꿀꺽.

"윽! 뜨거워. 불덩어리 같아요."

"……."

"대체 이딴 걸 왜 먹어요? 쓰고 뜨겁고… 이게 뭐야. 목이 마르면 다른 것도 많잖아. 야유, 벌써 어질어질하네. 입 안도 텁텁하고."

"…안주 먹어."

"징그럽잖아."

"고소해."

"진짜?"

고개를 갸웃한 여리가 잉어 조각을 씹는 사이, 소우는 사방에서 죄어 들어오는 살기를 내버려 두고 있었다.

방치한 게 아니라 여리가 고소한 맛을 느낄 때까지 기다려 주기로 마음먹은 것이다.

"진짜 그러네? 음… 물비린내와 진흙 냄새가 묘하게 어우러져 있어요. 그리고 생각보다 부드러워. 꼭 설익은 목화 열매를 먹는 것 같아."

그러나 여리도 우연처럼 사방에서 다가드는 목선들이 수상하다는 걸 눈치 채고 있었다.

"유람객이나 어부들이 아니네요."

"그래."

천천히 일어선 소우가 그들을 향해 마주 섰다.

그러자 머리카락과 피풍이 잡아당겨진 것처럼 뒤로 넘어가고 약간 숙여진 눈빛이 핏빛으로 타올랐다.

"그림 좋구나, 하백! 이 겁대가리없는 자식. 굴러온 주제에 박힌 돌을 빼려 들어?"

풋.

"어? 웃었어! 여유인가 만용인가?"

단숨에 육박한 뱃전에서 화려한 금포 입은 사십 대 중년이 느긋하게 뒷짐을 지었다.

고수였다. 조금씩 거칠어지기 시작하는 물결을 따라 배가 흔들리는데도 그 중년은 붙은 것처럼 배와 흔들림을 나누고 있었다.

"대형, 참으시죠. 닭 한 마리 잡으려고 소 잡는 칼을 쓸 수야 없지 않습니까? 우린 어디까지나 저 건방진 수탉이 도주할 경우를 대비하여 지원 나온 것이니까요. 저놈은 우리 형제에 비해 격이 한참 떨어집니다."

정면의 금포를 향해 뒤쪽 배에서 누군가 이죽거렸다.

"……."

갈의를 걸친 사내였다.

병든 것처럼 창백하고 깡마른 얼굴. 가슴에 품고 있는 장검이 칙칙하게 녹슬어 묘한 살기를 피워 올린다. 우측 배에서는 뚱딴지 같은 염불 소리가 건너왔다.

"나무아미타불."

똑똑똑.

목탁을 두드리듯 뱃전을 두드린 그자는 월아산(月牙鏟)을 두 개나 갈라 쥐고 있었다.

"이 사형 말씀이 지당하오. 우리 장강사룡(長江四龍)이 기껏 저런 조무래기를 상대해서야 체면이 안 서지. 저 덧니 난 계집애라면 모를까. 것도 밤에 말이지. 흐흐!"

쥐처럼 하관이 빠르고 배가 불쑥 나온 그자가 누런 이를 내보이며 침방울을 퉁겼다.

"흥! 삼 사형께선 헛물 좀 그만 켜시구랴."

"뭐?"

"염불은 안 하고 허구한 날 계집만 밝히니 사부께서 잠을 못 이루시는 것이 아니에요."

좌측 배에 탄 자는 전신을 가죽으로 동여맨 들창코 계집이었는데 특이하게도 외눈이었다.

그녀가 왼손을 한번 펼치자 열 개가 넘는 소도들이 빛을 말아 올리며 확 헝클어져 허공을 맴돌다 오른 손바닥에 내려앉았다.

순간, 얼굴을 붉힌 화상이 지저분한 턱을 내밀었다.

"케케… 야, 춘요(春妖). 너 지금 질투하느냐?"

"질투? 하! 이봐요, 삼 사형. 내가 어디 사내가 없어 삼 사형 같은 배 나온 토끼하고 흘레 붙는 것을 다 질투하우?"

"토끼! 너 지금 말 다 했냐?"

"왜, 듣기 싫우? 장강에 사는 수룡들이 다 알고 있는 사실이 아뉴? 자기만 모르면서. 칫!"

"야! 네가 봤냐? 내가 토끼인 걸 네가 봤냐고!"

"물론 못 봤지. 그래도 다 아는 수가 있다고. 삼 사형은 자신이 토끼 인 걸 숨기려고 계집애들을 다 죽이는 거 아뇨?"

"뭐? 이런 쌍!"

"주둥이들 닥쳐라!"

둘을 향해 이사형이라 불린 자가 빽 소리를 질렀다. 그러자 화상이 먼저 마지못한 듯 물러섰다.

"허어. 나무관세음보살."

"흥."

"…다 떠들었나?"

개문에 손을 댄 소우는 어금니 사이로 물었다.

6

물수리들이 수면을 걷어차며 비상하는 사이로 갈의의 소매에서 퉁 겨진 명적이 하늘을 물어뜯었다.

삐이익—

"쳐라!"

장강사룡이 탄 배들이 뒤로 쭉 미끄러지고 그들의 어깨 위로 검은 그림자들이 날아올랐다.

순간 노을을 가르며 뽑혀진 개문이 긴 빗금을 그어 올렸다.

푸악—

월도를 눕히고 날아온 그림자가 가속을 잃고 수면으로 추락했다. 피고랑을 타고 끈적끈적한 피가 기어 내려와 손바닥을 물들였다.

"하나."

소우는 왼발을 내보내 옆구리를 후벼오는 장검을 오른쪽으로 흘렸다. 그 왼발을 따라 나간 오른발이 쾅, 바닥을 짚을 때.

스윽.

옆구리를 후벼온 그림자의 부릅뜬 눈과 턱이 고스란히 드러났다.

퍽!

개문이 명치에 박히자 그림자가 울컥 피를 토해내며 눈을 뒤집었다. 경직된 살과 뼈가 개문을 붙잡고 어딘지 모르는 곳으로 빠져 들어가는 것 같았다.

두 손을 비틀어 수직에서 수평으로 자리를 바꾼 개문이 살과 뼈를 가르고 노을 속으로 잠겨들었다.

풍덩!

수면에 머리를 박으며 떨어진 그림자 뒤에서 다시 하나의 그림자가 달려들었다. 긴 호선으로 돌아온 개문이 그 그림자를 사선으로 갈랐다.

투툭툭!

옷깃이 터져 나가는 소리로 핏물이 터지고 핏발 선 눈과 순간적으로 쩍 벌어진 살 사이에서 숨죽인 비명이 터져 나왔지만 소우는 개의치 않고 좌측으로 발을 뻗었다.

퍽!

노을이 달라붙은 발길에 그림자의 턱이 바스러지고 그가 뿜어낸 검은 핏물이 노을 속으로 풀어졌다.

그걸 움켜잡으려는 것처럼 일직선으로 휘둘러진 주먹에 다른 그림자의 코뼈가 주저앉았다.

빡!

그림자가 주춤하는 틈새를 비집고 개문이 목을 갈랐다.

"감장!"

여섯 번의 칼질이 네 번 연속해서 펼쳐지는 수법.

"물러서라고 해!"

장강사룡의 대형, 희룡(喜龍) 조웅(趙雄)은 일단 그렇게 지시하고 나서 멍하니 앞을 바라보았다.

파파파팍!

화탄에 직격된 배가 부서져 나가듯 팔랑개비처럼 노을을 휘어 감으며 회전하는 도에 수하들이 분해되어 사방으로 날아가고 있었다.

'이런……!'

그는 저잣거리의 소문이란 과장되기 마련이고 덧칠해지기 십상이어서 그리 믿을 만한 것이 아니라 평소 생각해 왔다. 그래 소문을 듣고도 풋내기라 믿어 의심치 않았는데… 그게 아니었다.

"물러서란 말이다!"

노룡(怒龍). 장강사룡 중의 둘째인 문두(汶杜)가 날카롭게 소리를 지르자 그제야 수하들이 물러났다. 하백의 옷깃 하나도 베지 못하고 물러나는 수하들은 공포에 질려 있었다.

애룡(哀龍) 석이불(錫伊佛)의 월아산과 악룡(樂龍) 춘요(春妖)의 어깨도 분명히 동요하고 있었다.

"하백이라……."

희룡 조웅이 씹어뱉듯 말을 이었다.

"신안천리 노공. 그 엉터리 점쟁이가 이번엔 엉터리 점괘를 짚은 게 아니었나 보구먼. 저 이상하게 생긴 도가 마치 불타오르는 것 같아. 도대체 어디에 숨어 있다가 나타났단 말인가. 그것도 이 후진 제남의 저 잣거리로 말이야. 도저히 이해할 수 없구먼."

"대, 대형, 이 부처가 생각할 때 저 이상하게 생겨 처먹은 도는 고려 것이 확실합니다. 왜도 치고는 짧고 부드럽게 빠진 게 아무래도……."

"삼 사형, 지금 대형께서 묻는 것은 그게 아니에요."

"에?"

"어떻게 저런 실력을 가진 자가 아무런 소문도 없이 나타났느냐는 것을 묻는 거예요. 생김대로 단순하기는. 흥."

악룡 춘요의 힐난에 애룡 석이불의 눈썹이 아래로 쳐지자 노룡 문두가 고개를 끄덕이며 눈을 빛냈다.

"맞는 말이야. 오늘 잘못하면 우리 형제들이 고기밥이 되겠구먼. 돈영회의 새끼돼지… 그년이 고갤 흔들며 손사래칠 때 한 번 더 자세히 물어봤어야 했는데. 팔황맹의 살쾡이가 슬쩍 웃음을 배어 물었을 때 한 번 더 생각했어야 했는데… 꼭 함정에 걸린 것 같은 기분이구먼."

입맛을 다신 문두는 고개를 숙였다가 앞을 바라보았다.

"……!"

베어져 버린 수하들이 엎어져 수면을 떠돌고 있는 한가운데 죽간을 드리운 듯 한가롭게 도를 내린 사내. 저잣거리에서 하백이라 불리는 창백한 사내가 이쪽을 바라보고 있다.

"흠."

사내의 배경에서 불살라지는 노을, 비늘을 반짝이며 산 그림자 속에 일제히 머리 묻는 고기 떼가 흐르는 속에 아무 일 없었다는 듯 태평한 얼굴로 연신 물수제비 뜨며 고개를 기울인 저 계집은 뭔가.

'장강사룡…….'

문두는 무림에 적을 올린 자신들의 위치를 생각하기에 앞서 움츠러 드는 어깨를 어쩔 수 없었다.

희로애락(喜怒哀樂)이라 불려지는 사 형제.

제남을 가운데 두고 상류로 장청(長淸)나루까지 백 리, 하류는 호집(湖集)나루까지 백 리, 무려 이백여 리의 물길을 다스리는 수룡들. 장강수로연맹을 이루는 이십이 수채 중 서열 십위인 제남채를 이끈다.

촤악―

희룡 조웅이 철선을 소리나게 펴 들며 몸을 움츠렸다.

"밑창을 뚫어."

"알겠습니다, 대형."

문두가 손을 들었다 내렸다. 그 손을 따라 분수아미자를 품은 수하들이 개구리 엎어지듯 수면으로 빠져 들어가 흔적을 지웠다.

"어이!"

소우는 금포를 바라보았다.

칙칙하게 녹슨 철선을 펄럭이는 금포의 얼굴에서 살기는 감지되지 않았다. 한쪽 입술을 말아 올린 금포가 탐스런 수염을 쓸어 내렸다.

"좋은 칼을 지녔군. 사문을 물어봐도 되는가?"

척.

소우는 대답 대신 개문을 치켜올려 금포를 겨눴다.

순간 발끝에서 생성돼 온몸을 휘돌아 나온 무풍이 금포의 이마를 향해 뻗어 나갔다.

착!

철선이 접히면서 철선과 부딪친 무풍이 새파란 불똥을 피워 올렸다.

"역시 좋은 수법! 예기를 날려 보내 상대의 숨통을 틀어 잡는다? 이거 오늘 대단한 상대를 만났는걸?"

"……."

"다시 묻는다. 네 사문이 어디냐? 무슨 목적으로 저잣거리에서 이리 방황하고 있느냐?"

그가 다시 철선을 펴 들고 한쪽 다리를 학처럼 들어 올리자 갑자기 폭풍 같은 살기가 뿜어졌다.

"그걸 왜 그대가 상관하지?"

죽간을 새로 드리우듯 개문을 한 바퀴 돌리자 뻗어 나간 무풍의 회전 반경이 하얗게 베어졌다. 동시에 풍선처럼 크기를 키우던 살기와 무풍이 부딪쳐 셀 수 없이 많은 동심원을 노을 속에 만들었다.

"돈영회와 팔황맹에서 널 없애라 했다! 이 정도면 상관할 자격이 충분한 게 아닌가?"

"…그들이 손을 잡았나?"

다시 한 바퀴를 돈 개문이 가장 큰 동심원의 가운데 세워졌다.

추릿.

순간 정지했던 개문이 예비 동작 없이 앞으로 내밀어졌다. 개문에서 죽 늘여진 무풍과 금포의 배가 일직선으로 이어진 순간.

쾅!

붕란에 직격된 금포의 배가 산산이 부서져 노을 속으로 흐트러졌다. 엄청난 물방울이 퉁겨져 오르고 깨어진 나무판자가 비산하는 사이로 금포가 까마득한 노을 속에서 떨어져 내렸다.

깡!

철선이 비릿한 냄새를 풍기며 개문을 미끄러졌다.

"괜찮군. 정말 괜찮아!"

부딪친 반탄력으로 뒤집어져 화상의 뱃전에 올라선 금포가 어깨를 오므렸다.

출렁.

가라앉았다 원래의 수평을 회복하는 배의 흔들림에 맞춰 다시 한 번 어깨를 폈다 오므린 금포가 좌측을 바라보았다.

"…아직 멀었나!"

쨍!

순간 문두가 장검을 빼 들었고 동시에 여리가 목검을 빼 들었다.

둘의 입에서 동시에 목소리가 터져 나왔다.

"격(擊)!"

"취(聚)!"

그러자 심해에서 무엇이 크게 부딪는 소리가 수면을 흔들었다.

뚱!

동시에 배가 흔들리고 죽어 엎어진 시체들이 몸을 뒤집었다.

횡으로 일어선 물결이 종으로 깔리고 종으로 깔렸던 물결은 횡으로 일어서 기슭으로 달려간 것이다.

"뭐, 뭐냐? 이거!"

"아이들이 다 떴잖아?"

장강사룡은 물밑으로 들어갔던 수하들이 눈을 뒤집은 채 칠공에서 피를 흘리며 떠오르자 당황했다.

"물의 성질은 두 가지네요. 아래위로 흔들리는 것, 옆으로 흔들리는 것. 그것을 바꿔 버리면 사람같이 덩치가 있는 것들은 그 변화를 이기지 못해 내부가 부서져. 알았어요?"

어느새 목검을 거둔 여리가 덧니를 드러냈다.

"저, 저건 또 뭐냐?"

"고수였어?"

"청춘남녀가 아름다운 노을을 즐기는데 방해하면 안 돼요. 아유, 이 순 무식쟁이들 같으니. 좋게 말할 때 그냥 돌아가요. 술맛 떨어져."

'환술인가?'

여리의 투덜거림에 등골을 미끄러지는 땀을 의식한 희룡 조웅이 언뜻 그렇게 생각한 것은 무리가 아니었다.

삼 장이나 떨어져 있는 곳에 실물처럼 예기를 날려 보내는 도, 물의 파동을 바꿔 내부를 격탕시키는 수법은 이십 년을 칼밭에 뒹굴었어도 처음 보는 경지였다.

그의 망설임을 읽은 노룡 문두가 넌지시 목소리를 깔았다.

"대형, 어째 오늘은 득보다 실이 더 많습니다. 이쯤에서 물러나도 체모가 깎이지 않습니다. 생각해 보니 돈영회나 팔황맹이나 우리 형제들을 이용하려 한 것이 아닌가 싶습니다."

"이용?"

"그렇지 않다면 왜 저희들이 직접 나서지 우리 형제들을 끌어들였단 말입니까?"

"하백이라 하지 않았나? 하백은 뭔가? 하백은 수신(水神)이야. 놈의 목표는 결국 우리가 다스리는 물이 될 거라고."

"저… 그게 돈영회의 그 새끼돼지 년과 팔황맹의 살쾡이, 가뇌(家腦) 팽호천(彭浩踐)의 입발림에 속은 것 같습니다. 그렇지 않다면 저놈이 왜 골치 아픈 저잣거리 먼저 손을 댔겠습니까?"

"아니, 그렇지 않아. 신안천리 노공도 놈이 하백임을 인정했다는 소문이 온 제남에 다 퍼져 있네. 놈은 분명 하백이다. 사해상련주 하백. 알겠는가?"

"하오면……."

"여기서 끝장을 보세."

탁!

철선으로 뱃전을 한 번 찍은 조웅이 왼손으로 자신의 오른쪽 옆구리를 짚었다. 그리 돌아간 왼쪽 어깨가 오른쪽으로 돌아가면서 순식간에 삼 장이나 치솟아올랐다.

"여기서 말입니까?"

문두가 얼른 말을 따라붙었지만 조웅은 듣고 있지 않았다.

"칫!"

장검을 쳐든 문두도 조웅을 따라 도약했지만 그의 도약은 조웅처럼 순조롭지 못했다.

퍽!

허공에 떠오른 그의 몸이 활처럼 꺾였다.

순간 어깨를 관통해 버린 시뻘건 통증이 그를 엄습했다. 떨어져 내리면서 어깨를 만져 보니 이상한 구멍이 만져졌다. 간신히 어깨를 틀어 악룡 춘요의 배로 떨어져 내린 그가 바닥을 굴렀다.

쿠당탕!

"이 사형!"

벌떡 일어난 문두는 저쪽 수평선을 바라보았다.

슈앙—

무엇인가 맹렬한 소리를 내며 날아오고 있었다. 그것은 화살 같기도 했고 아닌 것 같기도 했다.

"피, 피해!"

동그랗게 말린 빛살, 아니면 화살이라 볼 수밖에 없는 그것이 똑바로 날아와 우현을 직격했다.

텅!

"이, 이게 뭐야?"

충격으로 배가 뒤집어질 듯 크게 흔들렸는데도 정작 무엇이 날아왔고 무엇에 맞았는지 아무런 흔적이 없었다.

그제야 춘요의 눈도 문두를 따라 저쪽 수평선에 가서 멎었다.

"나무아미타불. 사해상련에서 지원을 나왔구면."

눈치없는 애룡 석이불이 월아산을 둘러메며 한가한 염불을 외웠지만 그들의 대형인 조웅은 그리 한가하지 않았다.

팡!

계집애가 목검으로 쳐낸 물결이 뒤집혀지면서 배를 뒤로 죽 밀어냈기 때문이었다.

"이런 여우 같은!"

공격점과 착지점을 동시에 잃어버린 조웅은 당황하지 않고 수면에 뜬 수하의 등을 차고 다시 도약했다.

춥.

이제 은퇴했지만 그들의 사부는 경공으로 천하에 이름을 날린 운풍도인(雲風道人) 백리추(白狸秋)다. 그의 절기 비익일점홍(飛翼一點紅)이 조웅의 발끝에서 피어난 것이다.

스윽.

거푸 두 번의 공중제비로 가속을 더한 조웅의 철선이 좌에서 우로 길게 호선을 그리며 떨어졌다.

가각.

순간적으로 뒤집혀진 철선이 개문을 쳐내는 순간.

조웅은 재차 비익일점홍을 이용하여 하백을 타넘고 계집이 휘두른 목검을 피해 허공에서 몸을 비틀었다.

"하!"

거꾸로 떨어져 내린 조웅이 수면에 뜬 수하의 등을 차며 공처럼 다시 튀어 올랐다. 그러나 그뿐이었다.

그가 튀어 오른 정점에서 하백이 기다리고 있었다.

"좋은 재주를 가졌군."

추릿!

수직으로 내리 꽂힌 개문이 그의 어깨에 동그라미를 그렸다.

종잇장처럼 오려내진 어깨에서 핏물이 뿜어졌지만 소우는 개의치 않고 떨어져 내리는 속도 그대로 발을 뻗어 그의 목을 휘어 감았다.

우—둑!

"그렇지만 너무 느렸어."

조웅이 짚었던 시체를 차고 도약한 소우가 발을 풀며 허리를 틀었다. 그러자 목이 부러진 조웅이 풀려나 허공에 떴고, 한 바퀴를 돌아온 소우의 발이 그의 턱을 함몰시켰다.

빡!

"봐요. 당공이 각 오라버니와 애 동생을 데리고 왔어. 당공이 먹을 거만 밝히는 나쁜 녀석으로 알았는데 기특한 짓도 하네."

"……."

수평선을 바라본 소우는 개문을 노을 속으로 던졌다.

펄럭.

불규칙한 호선을 그리며 노을 속으로 잠겨드는 개문은 자세히 보지 않으면 실수로 놓친 것 같았다.

"살계(殺戒)!"

애룡 석이불도 그렇게 믿었다.

월아산을 풍차처럼 휘돌리며 퉁겨 오른 석이불은 막 자신의 배로 떨어져 내린 하백을 향해 달려들었다.

순간 하백이 시리도록 하얀 이를 드러내며 웃었다.

풋.

다음 순간 확장될 대로 확장된 석이불의 동공이 그대로 정지했다. 그리고 불덩어리를 일구는 듯했던 수면의 반짝거림이 멎었다.

뒤집혀지는 물소리가 얼어붙었고 저쪽 억새 군락에서 일제히 날아오르는 물수리들의 퍼덕거림이 뚝 끊겼다.

"보겠나?"

그리 모든 풍경이 정지해 버린 사이로 오직 하백, 미치고 싶을 정도로 시린 빛깔의 이를 가진 창백한 소우가 천천히 웃음을 지우면서 손가락을 쳐들어 허공에 하나의 원을 그리기 시작했다.

스윽.

원의 시작점과 끝점이 만나지는 시간은 억겁처럼 길게 느껴졌지만 그것이 착각에 지나지 않는 '찰나' 라는 걸 석이불은 알 수 있었다. 더불어 이렇게 모든 게 정지됐어도 하백에게로 떨어져 내리는 자신은 결코 정지하지 않았음도 알고 있었다.

그것이 치명적인 문제라는 걸 깨닫는 것도 오랜 시간이 걸리지 않았다.

원의 시작점과 끝점이 만나지는 순간.

"…그대는 베어졌다."

퍼—억!

소리와 동시에 정지해 있던 풍경이 일제히 움직이기 시작했다. 사금파리를 뿌려놓은 것처럼 수면이 반짝였고 게으른 아낙네 돌아눕듯 물결이 느리게 뒤집혔다.

끼룩끼룩.

억새 군락을 떠나는 물수리들의 수런거림이 자욱한 깃털을 날렸다. 들이켰던 노을을 게워내는 것처럼 피를 토해낸 석이불은 그제야 깨달았다.

하백이 실수로 도를 놓친 것이 아님을, 더불어 장난치듯 그린 원이 무엇을 뜻한 것인지.

"이, 이건……!"

그는 인정하지 않았다.

놓친 것이라 믿어 의심치 않았던 이상하게 휘어진 도가 노을에 달궈진 그 뜨거운 화염으로 자신의 등뼈를 바스러뜨리고 심장을 파열시키며 앞으로 내밀어진 것을.

"회(回)."

투둑, 뼈를 버리며 제 스스로의 의지를 지닌 것처럼 도가 뽑혀졌다. 그래도 인정할 수 없었다.

그렇게 뽑혀져 노을을 건너간 도가 하백의 손을 따라 천천히 하강해 피풍 사이로 사라지는 광경을.

"저, 저런 자를 우, 우리가… 상대했단 말인가?"

석이불은 멀리 수평선에서 지펴지는 푸른빛 어둠을 보았다.

어둠 속에서 불에 그을린 개들이 회색 달을 물고 뛰어다니고 있었다. 뼛가루 섞인 바람이 불어오고 죽어버린 나무에서 죽어버린 꽃이 피었다가 스러졌다.

그것들 너머 비명과 울음으로 채워진 붉은 강이 그를 기다리고 있었다.

풍덩.

"칼을 뽑았다는 것은 죽일 마음을 먹은 것이지. 더불어 죽을 각오를 했다는 이야기. 그대 칼밭은 어떤지 모르겠지만 내 칼밭의 법칙은 그렇지."

물풀 속으로 깊이 가라앉았다 솟아오른 석이불에게 소우가 속삭였지만 석이불은 듣고 있지 못했다.

"베어도 채워지지 않을 바에는 베기를 꺼려하는 것보다 베어버리는 게 옳아. 최소한 물러나지는 않을 테니까. 그래 한자리에 머물러 있지 않을 테니까. 막아두었던 둑은 터지기 위해 존재한다. 이게 내 칼밭의 법칙이었어."

"……."

소우의 말을 가만히 음미한 여리 눈이 빛났다.

"결정했군요."

"칼밭에 나선 이상 옳고 그름은 존재하지 않는다. 꿈은 누구도 그 가부(可否)를 판단하지 못해."

여리는 무슨 말인가를 해줘야 한다고 생각했지만 생각처럼 말이 나와주지 않았다.

수평선에 눈을 묻은 소우의 얼굴이 불타오르는 것처럼 보였다.

"발목을 주춤거리게 만드는 지난 일, 막연한 예감 같은 것. 이제는 믿지 않는다. 칼잡이는 칼밭에서 스스로의 법칙을 지키며 살고 또 죽는 것이다. 내가 하백이든, 백련의 아수라(阿修羅)든, 내게 주어진 소명이 무엇이든 생각하지 않는다. 난 전진할 것이고 멈추지 않는다."

"…당신."

여리가 할 수 있는 말은 이것뿐이었다. 더 많은 말들이 가슴을 두드렸지만 여리는 다 표현할 수 없었다.

"……."

소우. 둥지를 잃고 상처받았던 열 살짜리 꼬마, 혐오와 자학으로 스스로 걸어 들어간 동굴에서 구 년 동안이나 홀로 이빨을 깨물었을 꼬마의 흔적은 이제 남아 있지 않았다.

'이제 몸을 일으킨 거야, 이 사람은. 등로 언니 일과 과거의 기억이 불러일으키는 혼란하고 불투명한 고뇌. 잡을 수 없는 미련… 이 모든 것이 어쩔 수 없었음을 인정한 거야. 그걸 넘어선 거야.'

"노을이 예뻐 죽겠어."

"…그래."

소우가 팔짱을 꼈다. 그러자 살기를 잘 갈무리한 야수의 정제된 호흡이 현란한 외피로 그의 전신을 수 놓기 시작했다.

"여리는 정말 이런 노을을 본 적이 없어요."

제3화 칼밭을 구르는 달빛

묘두웅(猫頭鷹:부엉이) 막수(漠秀)는 구불거리는 지붕에 걸쳐진 안개를 바라보았다.

여름의 끄트머리였지만 안개는 언제나처럼 한 계절을 미리 당겨와 낙엽 지는 풍경을 떠올리게 만들었고, 움켜쥐면 날카로운 결정이 손금 가득 박혀 버리는 푸른빛 냉기를 품고 있었다.

"에이, 씨버랄!"

툭툭.

곱아들기 시작하는 손으로 앞섶에 얹혀진 안개를 털어낸 막수는 유난히 노랗고 큰 눈을 몇 번 끔벅거렸다.

"어떤 새끼는 뜨끈한 방에서 육과(肉果:여자의 비속어)를 까드시기에 정신없고 어떤 새끼는 허구한 날 바깥에서 이리 덜덜거리며 그 새끼의 보초를 서야 한다니… 이 무슨 개좆같은 불공평이냐 말이지."

남보다 눈이 크고 그 대가로 밤눈이 밝아서 좀 더 멀리 볼 수 있는 능력을 지닌 것은 아무리 생각해 봐도 자신이 부모를 잘 만난 덕이고 복이다.

"그런데 왜 이런 고초를 겪어야 하지? 왜 저 새끼가 내 복을 사용하느냐 이 말이야. 내 복은 어디까지나 나를 위해서 사용해야 하지 않나?"

"몰라서 묻냐?"

"……?"

"넌 졸자잖어, 새꺄."

"……!"

카악—

한 조로 움직이는 광우(狂牛) 소철(蘇鐵)이 장창 끝에 걸린 달을 바라보며 가래침을 우물거렸다.

"그러니까 주둥이 닥치고 가만히 있어, 새꺄. 개 풀 뜯어먹는 소리 작작 하라고. 난 뭐 할 말이 없어서 이러고 있는 줄 알어?"

"……."

"난 뭐여? 왜 하필이면 눈 밝은 네놈과 한 조가 됐을까? 그래 매일 뜬눈으로 밤을 새울 수밖에 없는 신세잖어. 왜 네놈의 복이 나를 이렇게 비참한 구렁텅이로 밀어 넣느냐 이 말이여. 불공평하기로만 따진다면 네놈보다 내가 더 개좆같은 겨."

"……."

소철의 민대머리에 얹혀진 서리를 본 막수는 단지 눈이 좀 밝아서 멀리 볼 수 있다는 것만 빼고는 도무지 보탬이 안 되는 이 알량한 복이 과연 복인가를 생각했다.

그리고 그로 인해 불행에 빠진 자신보다 더 불행에 빠진 몰골을 하고 있는 소철의 신세를 가늠했다.

"난 그저⋯ 당최 이해가 안 가서 말이야."

"이해 안 가는 걸 이해하려 노력하면 이해되냐?"

"무슨?"

"생각해 봐, 새꺄. 네가 눈만 좋지 머리도 좋냐? 넌 새꺄, 우리 칠공자파에서 알아주는 돌머리잖여. 돌 굴려봐야 덜걱이는 소리만 요란하지 무슨 내용이 있어, 새꺄."

"으⋯ 미친 소."

"⋯⋯!"

"돌머리에 마빡 쪼개지고 싶냐?"

카―악!

험악한 막수의 기세에 할 말이 없어진 소철이 또 가래를 끌어 올렸다. 목만 아프지 가래는 시원하게 나와주지 않았다.

"에이, 씨펄. 되는 일이 하나도 없다니까."

퉤!

"망이나 잘 봐, 새꺄."

"어디 가는데?"

"복 받으러 간다, 새꺄."

말끝마다 욕을 갖다 붙이는 소철이 제법 날렵한 동작으로 아래로 사라지자 막수는 문득 이렇게 밤과 낮이 뒤바뀐 생활을 한 기간이 얼마인가를 셈하기 시작했다.

"흠."

'꼭 석 달 하고도 스무 날이 흘렀구먼.'

막수는 멍하니 안개에 흐르는 달을 바라보았다.

툭하면 칼부림을 일삼던 용각사가 황하를 넘어온 우성 목귀파의 창에 철저하게 뭉개지고 난 것이 어제 같은데 벌써 여섯 번이나 달이 기울고 또 한 번이 기울고 있었다.

"음?"

달에서 눈을 뗀 막수가 눈을 가운데로 좁혔다.

먹물처럼 어둠이 풀어진 전방은 잘 보이지 않았다. 그래도 스멀거리며 지붕을 넘는 안개에 섞인… 뭔가 아주 이질적인 냄새가 그의 신경을 건드렸다.

킁킁.

그것은 말의 투레질 소리 같기도 했고 말 특유의 비린 땀 냄새 같기도 했다. 혹은 사람의 오래된 피비린내, 병장기에 슬어 있는 녹 냄새 같았다. 그러나 막수는 눈을 크게 뜨는 대신 바닥에 주저앉아 버렸다.

"너무 피곤한 나머지 이젠 헛내가 맡아지는 게야."

세 겹으로 깔아놓은 외곽 경계선을 뚫고 이곳 내전으로 침입할 말이 어디 있고 사람이 어디 있단 말인가.

칠공자파 수령, 환영투 강위는 하루아침에 용각사와 틈사파 연합 세력이 분질러지자 서둘러 제남 최대 세력 돈영회와 손을 합쳐 노도처럼 남진하던 목귀파를 가로막았다.

"햐… 사해상련? 웃기는 소리 말라고 해. 놈들은 목귀파야. 아무 곳이나 평지처럼 말을 달리고 전쟁터에서나 쓰는 삼첨양인도를 휘두르며 작두를 흔들어대는 무식한 깡촌 놈들이지. 햐… 이름을 바꾼다고 깡촌 파락호들이 갑자기 대처상인 되나? 좆피리 불지 말라고!"

칠성(七星)을 문신한 뭉툭한 짱구머리로 산맥처럼 장대한 어깨와 근육을 흔들며 강위는 사해상련을 비웃었다.

그래도 두려운지 용각사의 팽련호처럼 서둘러 자신의 호위대를 조직했다.

지금은 시일도 제법 흘렀고 사해상련도 별스런 조짐을 보이지 않아 긴장이 풀어졌지만 처음엔 소두목이라 해도 그의 오 장 안으로는 접근할 수 없었을 만큼 경계가 삼엄했다.

"외곽에 펼쳐진 경계선과 내전 입구에 펼쳐진 두 겹의 경계선을 뚫기란 불가능해. 혹 귀신이라면 모를까."

막수는 소철을 기다리며 그가 화주라도 한 병 가지고 오길 바랐다. 그러나 이루어질 수 없는 바람이라는 건 그도 알고 있었다.

미친 소, 소철은 별호 그대로 바위를 으스러트리는 완력만 믿는 망종으로 머리를 굴리기보다 제 주먹 크기만 신봉하는 녀석이었다.

"에이, 추워. 씨버랄."

까무룩 잠들었다 깨어난 막수는 어깨를 움츠리며 불퉁거렸다.

사방은 축축한 어둠. 달이 보이지 않았다.

"음."

시간이 얼마나 흘렀는지 가늠할 수 없어 주위를 둘러보니 소철도 보이지 않았다.

"이 자식이 나만 보초를 세워놓고……."

보나마나 녀석은 대정로 어귀에 있는 화복객점(華福客店)에서 싸구려 기녀와 곤드레 화(火) 만드레 주(酒)를 외치고 있을 게 분명했다.

"에이……."

울컥해진 심정으로 눈을 몇 번 끔벅거린 막수는 불현듯 아래가 궁금해졌다. 왜 그런 생각이 들었는지 막수는 엉금엉금 추녀로 기어가 아래를 쳐다보았다.

"흡!"

개구리 젖혀지듯 얼른 몸을 뒤집은 막수는 먹물을 이겨놓은 것 같은 하늘을 멍하니 쳐다보았다.

"저, 저게 다 뭐냐!"

순간적으로 본 것이라 흐릿했지만 좌우로 벌어져 어둠과 안개를 정연하게 갈라 들어오는 것은 분명 철기들이었다.

저마포로 감싼 발굽, 솜을 틀어막은 방울. 그렇게 소리와 빛을 삭제한 채 황천의 사자처럼 숨죽여 몰려드는 철기들.

막수는 누운 그대로 허리로 손을 가져갔다.

'아, 아, 이 씨버랄 것!'

절망에 찬 막수는 속으로 부르짖었다.

이런 경우를 대비한 명적은 소철이 가졌기 때문이다.

'어떡한다?'

갑자기 심장에서 뿜어진 피가 오므라진 혈관을 두드리며 온몸을 치달기 시작했다. 좌에서 우로, 우에서 좌로 후득거리며 그리 미친 말처럼 내닫던 피가 얼어붙은 것은 한순간이었다.

"누, 누구?"

"쉿!"

목에 드리워진 삼첨양인도가 어둠 속에서 시퍼런 빛을 발했다.

"살고 싶나?"

마음보다 먼저 끄덕여지는 고개를 막수는 이해할 수 없었다.

"그럼 조용히 일어나 꿇어."

"어… 훼는데?"

쿵!

풀어진 동공으로 어두운 안개 속을 비척거리고 있던 광우 소철은 자신의 이마를 때린 무엇을 멀거니 바라보았다.

"…니… 이게 뭐랴. 씨불."

사각으로 쌓아 올려진 무엇이 뒤로 눕는가 싶더니 벌떡 일어섰고 이내 흐릿해지면서 다가왔다.

쿵!

다시 섬광이 번쩍 일며 콧등이 화끈해지는 느낌에 소철은 분노했다. 술을 좀 먹었다고, 눈 밝은 것만 빼놓으면 아무짝에도 쓸모없는 위인 묘두응 막수가 주먹질을 했다고 생각한 것이다.

"이… 씨불. 니런 개조카튼 것이……."

소철은 힘 좋은 것만 믿는 파락호답게 막수가 숨어 있는 물건에 손을 대고 힘껏 밀었다.

"어? 버어티이네. 됴아! 네 노미 힘을 키운 모냥인디… 에?"

뜨뜻하고 찝찔한 무엇이 입 안으로 흘러들어, 밀기를 멈추고 코밑을 만져 보니 미끌미끌했다.

눈으로 손을 가져간 소철은 고개부터 흔들었다.

아무래도 술이 과한 모양이었다. 천하의 싸움꾼 소철이 부엉이의 솜주먹을 맞아 코피를 흘릴 리 없다.

"그래도 이것은… 코피가 맞능겨."

잘 돌아가지 않는 혀를 이리저리 꼬아 말을 만든 소철의 눈빛이 붉게 물들기 시작했다.

늘어졌던 볼 살이 당겨 올라가고 수염이 일어서면서 두툼한 윗입술과 아랫입술 사이에서 맷돌 갈리는 소리가 빠져나왔다.

뿌득.

"벙이… 부, 부엉이. 너 오늘 죽었다!"

몇 발자국 뒤로 물러섰다 몸을 잔뜩 웅크린 소철은 물건을 향해 뛰어들었다. 사실 돌머리는 막수만이 아니었다.

머리를 써야 할 때 머리를 안 쓰는 돌머리가 막수라면, 소철은 머리를 쓰지 말아야 할 때 꼭 이리 머리를 쓰는 칠공자파 공인 돌머리였다.

쿵쿵쿵!

이마가 으깨지면서도 소철은 박치기를 멈추지 않았다.

박치기할 때마다 번개가 번쩍거리고 코에서 뭔가 비릿한 냄새가 흘러나와 앞섶을 물들였지만, 엉망으로 술에 취한 소철은 자신에게 지금 박치기당하는 상대가 설마 담벼락일 것이라고는 추호도 생각하지 못했다.

고집스런 소처럼 박치기를 거듭하던 소철이 제정신을 차린 것은 오
랜 시간이 지난 후였다.

"하! 이 새끼 좀 봐?"

"보초를 세워놨더니… 아예 바닥에 자빠져 자네요?"

누군가 둘이 떠드는 소리에 퍼뜩 정신을 차린 소철이 곰곰이 자신의
상태를 점검해 보니 어떻게 된 일인지 바닥에 큰대 자로 누워 있었다.
깨질 듯 아픈 이마는 또 뭔가.

"이제 깊이 잠든 척까지 하네."

"이 새끼 이거 간덩이가 퉁퉁 부었구먼. 야, 고영(高永). 이 개새끼
누구야? 술까지 처먹은 것 같은데."

"내전 이선(二線) 지붕에 세워놓은 보초 녀석인데요."

"부엉이랑 한 조로 세워놨다는 그 돌대가리?"

"미친 소라고도 합니다만."

"깨워, 당장!"

말이 떨어지는 것과 동시에 소철의 옆구리로 곡괭이 꽂히듯 발이 내
리 꽂혔다.

퍽!

"일어나, 새꺄!"

달궈진 철판에 콩이 튀는 것처럼 일어난 소철은 일단 고개부터 수그
렸다. 어쩌자고 수령이 거하는 본채 깊은 곳까지 들어왔단 말인가. 앞
에 서 있는 두 사람은 그도 잘 아는 사이였다.

붉은 머리칼을 두렵게 날리고 있는 자는 적발귀(赤髮鬼) 천금방(千錦

芳). 그는 네 명의 소두목 중 성격이 제일 악랄해서 수령 강위의 오른 팔이라 자타가 인정하는 자였다. 그 옆의 뱁새눈은 자신의 직속 대형 인 틈도(闖刀) 고영(高瑛).

"뭐 했냐?"

틈도 고영이 아래위를 훑어 내리면서 다가오자 소철은 벌벌 떨었다. 무슨 할 말이 있을 것인가.

"아, 아무 짓도 안 했사옵니다."

막수 몰래 한잔 걸쳤고 그 일로 둘 사이에 시비가 생겨 어떻게 하다 보니 수령께서 거하시는 본채의 후미진 담벼락 아래 누워 있었다는 말 을… 어찌 할 것인가.

"수령께 불만있냐?"

"아, 아니옵니다, 대형."

"아냐, 내가 볼 때 넌 분명 무슨 불만이 있어."

"아, 아니옵니다! 소인 놈이 어떻게 감히……!"

"이 개새꺄! 그럼 왜 수령께서 계시는 본채 담벼락에 박치기를 하고 지랄했냐? 그리고 보란 듯 벌렁 누워서 자빠져 자?"

"……."

"이런 싹수머리없는 새끼!"

퍽! 퍽!

"야, 이 개새꺄! 주정하려면 객점에서 하지 왜 수령님 처소에까지 난 입한 거냐. 엉? 너 오늘 잘 걸렸다!"

둥글게 말린 소철의 우람한 덩치로 자갈이 부려지듯 쏟아지는 틈도 고영의 발과 주먹은 메웠다. 소철은 비명도 지르지 못하고 고스란히 두들겨 맞는 수밖에 없었다.

"으으……."

무차별적인 매타작이 끝나고 덩그러니 남겨진 소철은 자신의 발끝에 그려진 금을 바라보았다.

"헉헉! 너 이 자리에서 한 발자국도 움직이지 마. 움직이면 그만 살고 싶다는 뜻으로 알겠다."

한 줄로 죽 그려진 금에서 고영이 겁주는 소리가 올라와 이제 막 부어오르기 시작한 얼굴과 살집을 파고들었다.

"씨불… 더럽게 춥네."

소철은 멍하니 본채의 안쪽에 켜져 있는 말간 불빛을 보았다. 저 불빛이 타고 있는 안과 자신이 서 있는 밖의 경계는 매미 날개보다 얇은 창호지였지만 영원히 다가갈 수 없는 거리였다.

소철은 저렇게 따뜻하고 말간 불빛을 받으며 수령 강위가 현재 안고 있을 계집을 생각했다.

'양 부인(梁婦人).'

그녀가 며느리로 들어간 양씨 문중은 대대로 금(金)을 숭상해 온 제남의 대표적인 상인 문중이다. 얼굴 반반하고 성격 또한 밝았던 그녀가, 단지 얼굴 반반하고 어쩌면 벌 떼처럼 달려들지도 모르는 집안이 없다는 이유만으로 금두(金頭) 양현서(梁鉉瑞) 눈에 들어 소금두(小金頭) 양사헌(梁思憲)의 부인이 된 것은… 초장을 뛰노는 말처럼 자유로웠던 그녀에게는 불행의 시작이었을 것이다.

"후유."

소철은 한숨을 쉬었다.

대체 여자의 유전은 어느 정도까지 자신을 망가뜨리는가.

산야에 조용히 핀 국화를 닮으라는 뜻의 추국(秋菊)이라 불렸던 계집애는 진짜 추국처럼 아름답게 자라나 그만한 또래였던 소철에게 기쁨을 안겨주었다.

봄이면 창꽃을 으깨 물들인 입술을 내밀며 예쁜가 봐달라 매달렸고 여름이면 후미진 폭포에서 같이 목욕하자 졸랐다.

그때, 그리 인어처럼 퍼덕거리며 조르던 얼굴을 타고 흐르던 물방울, 젖은 속눈썹과 퍼렇게 변한 입술을 소철은 잊을 수 없었다.

"지랄 같은 안개……."

사과를 베어 물며 까르륵 웃던 그녀가… 눈 위에 발을 올려놓고 뽀드득, 소리에 귀를 기울이던 그녀가 저 불빛 속에 있다.

시집가기 전날, 그동안 고마웠다며 몸을 열어주고 울었던 추국이, 이제는 남의 부인이 된 추국이 남편 아닌 사내와 살을 섞으며 저기 있고… 그녀의 첫 사내인 나는 이렇게 얻어맞으며 보초를 선다.

"아파 죽겠다, 씨불."

바닥에 쭈그리고 앉은 소철은 구름 속에 가려진 달을 보았다. 아무리 생각해도 자신은 추국에게 잘못한 게 없었다.

거대한 금력 앞에서 가난한 은애가 무슨 소용이 있으랴.

추국도 마찬가지였겠지만 그 역시 무력했다.

아니, 그는 무력하지 않았다.

추국이 양씨 문중의 사람이 된 날, 양씨 문중의 집사에게 받은 몇 푼의 돈으로 화가(花家)를 전전하며 창기들과 살을 섞고 술을 마셨으며 자신도 모를 소리를 지르며 미친 소처럼 날뛰었다.

그러다 누구와 시비가 붙었고 정신을 차려보니 제남부중의 형옥 안이었다. 곤장 스무 대를 맞으며 소철은 자신이 왜 형옥에 있는지를 비로소 알았다.

추국이 양사헌과 첫날밤을 보내는 양씨 문중, 양가장(梁家莊)에 난입해서 상당량의 기물까지 파괴한 모양이었다.

"음?"

소철은 부어올라 이제는 잘 보이지도 않는 눈으로 앞을 바라보았다. 순간 본채와 외부를 가로막은 대문이 약간 기울어지는 듯한 느낌이더니 화탄이 작렬하는 것처럼 엄청난 굉음이 일었다.

콰―앙!

"처, 철기?!"

멍해진 소철은 자신의 좌우로 갈라져 들어오는 말과 사람들을 그저 바라보기만 했다.

"강위에게 전해라, 내가 왔다고."

시퍼런 피비린내를 풍기며 다가온 사내가 말했다.

"뉘, 뉘슈?"

"하백이다."

2

소철은 본채의 댓돌 위에서 망설였다.

대문이 박살 나는 굉음에도 불구하고 본채는 창호지에 누운 불빛만 아련히 흔들릴 뿐 조용했다.

저 불빛 번진 창호지 너머엔,

닿으면 금방 솜털 일어서고 소름이 돋던 피부를 지녔던 추국이 있다. 사슴처럼 선한 눈망울로 울면서 이별을 이야기했던 그녀.

덜떨어진 첫 사내가 부린 난동 때문에 희망과 행복이 넘쳐야 마땅한 신혼을 소박과 냉대로 맞바꾸어 버린 추국.

시집을 갔다는 것 때문에, 그래 첫날밤을 지냈기 때문에 첫 사내에게 다시 돌아오지 못한 그녀… 시댁이 명망있는 가문이란 이유로 냉대와 설움을 강요당하며 목석처럼 살아야 했던 그녀가 몇 번의 굽이를 거쳐 명망과 전혀 상관이 없는 첫 사내가 속한 집단의 수령에게 바쳐진 것이다.

'추국!'

"씨불, 개 같은 기분이여."

나직하게 투덜거린 소철은 수령과 한 몸처럼 움직이는 소두목들이나 대형들이 튀어나오기만 기다렸다. 다른 사내의 몸에 깔린 첫 여인을 볼 용기가 생겨나지 않았다.

그러나 그녀는 그렇지 않으리라.

"간만이군요, 우린 한 동네 살았지요?"

첫날, 가마에서 내린 추국이 강위의 팔에 매달리며 꽂아버린 물음에 소철은 몇 날 며칠 폭음했지만 그녀가 꽂아버린 비수는 깊었고 완고해서 사라지길 거부했다.

"도망가, 우리."

시집가기 전, 몸을 나누고 이별을 고하면서 그녀는 말했었다.
그러나 소철은 같이 도망가기보다 끼니 걱정 없는 부잣집으로 추국을 보내야 한다는 이상한 사명감에 불타 있었다.
잡아두는 건 은애가 아니라 욕심이다. 행복을 위해 보내주는 것만이 은애라 작심하고 추국의 간절한 눈망울을 외면했다.
추국을 보낸 뒤에야 소철은 추국을 얻기 위해 고향을 평생 등져야 하고 타관에서 몸을 부딪기며 살아야 한다는 두려움이 추국에 대한 은애를 압도했다는 걸 알았다.
"내가 미쳤던 겨. 용기가 없었던 놈이었어."
하늘을 보니 밤 중 가장 어둡고 깊은 시각, 먼동이 살아지기 직전이었다. 그래 뜬눈으로 밤을 지새웠을 사람들이 가장 견디기 힘든 때, 엉거주춤 서서 뒷머리를 긁적이는 소철에게 소두목들이나 대형들은 보이지 않았다.
척.
별수없어진 소철은 대청에 발을 올려놓았다.
뒤에는 주인처럼 마당의 한가운데를 차지하고 철기들의 삼엄한 호위를 받으며 태사의에 몸을 뒤로 눕힌 하백, 사해상련주가 있다.

호랑이, 혹은 표범에게서나 맡아지는 오색 현란한 살기를 잘 갈무리한 그 사내가 좌우에 주작기를 날리며 팔짱을 끼고 앉아 있는 것이다.

문고리를 잡기 전 소철은 허리부터 수그렸다.

"저……."

"무슨 일인가요. 대가께서는 곤히 주무시는데요."

안에서 추국이 먼저 말을 건네왔다.

순간 마음에 무언가가 뚝, 떨어졌다. 으스러지는 파도처럼 격하게 마음을 흔든 그것은 오래전에 잃어버린 설렘 같았다.

아니, 설렘이었다. 떨리는 목소리로 소철은 입을 열었다.

"저어……."

"소철님."

"마, 말씀하세유. 마, 마님."

"아직 이년 주변을 배회하고 있나요?"

소철은 대답하지 못했다.

"……."

마음에 가득 차 있던 설렘이 한순간 목으로 기어올라 와 무슨 말을 만들어내고 있었지만 소철은 고개를 흔들어 그 말을 삼키고 침묵했다.

"…이년은 그때의 순수했던 추국이 아니에요. 그리고 나에게 미안해할 필요 없어요. 여자의 팔자는 아무도 장담하지 못해요. 소철님, 술 마시고 자학한다 해서 지금 이년이 그때의 추국이 될 수 없어요. 그때의 추국을 기억한다면 지금의 추국은 잊어요."

"마, 마님."

"알아요, 당신이 왜 이 새벽에 본채에 들어왔는지. 하지만 꼭 당신에게 말해 주고 싶었어요. 이년이 이리된 게 당신 탓이 아니란 것을. 아직까지 이년은… 행복해요."

"……."

"그럼 대가를 깨우겠어요."

소철은 수그렸던 허리도 펴지 못했고 고개도 들 수 없었다.

다시 목을 넘어온 말도 삼키지 못했고 그렇다고 뱉어내지도 못했다. 그저 가슴을 부여잡고 무릎을 떨면서 대청의 어긋난 판자 사이로 떨어진 눈물을 발로 비벼 지웠다.

"뭐냐! 이 새벽에?"

부스럭거리는 소리와 함께 수령 강위의 가래 끓는 목소리가 창호지를 벌겋게 물들였지만 소철은 듣고 있지 못했다.

"기침하셨는가, 강위. 이른 새벽에 좀 염치없는 소리 같지만 우린 자네의 구역을 접수하러 왔네!"

하백 뒤에 버티고 선 염소수염이 낸 카랑카랑한 목소리도 듣지 못했다. 순간 문짝이 부서져 나갔다.

콰─당!

사방으로 비산하는 파편을 고스란히 어깨에 받은 소철은 비로소 고개를 들었다. 시커먼 털 가득한 강위 뒤편에서 똑바로 자신을 바라보는 상처 입은 새… 추국이 보였다.

"뭐냐?"

"기, 기습이다!"

그제야 소두목들과 대형들이 우르르 달려나와 그를 스치고 마당에 내려섰고 강위도 우람한 상체를 흔들며 대청으로 나왔다.

"추, 추국!"

소철은 자신도 모르게 추국을 향해 팔을 벌렸다.

세월의 고초에도 불구하고 추국은 처음처럼 순결해 보였고 마지막처럼 아름다워 보였다.

"어쭈… 저 새끼 좀 봐?"

안으로 발을 들여놓은 소철을 본 틈도 고영이 눈을 부라렸지만 갑자기 밀어닥친 사해상련의 기세에 질린 나머지 아무도 신경 쓰지 못했다. 소철은 텅 빈 눈망울로 자신을 바라보는 추국의 야윈 어깨를 잡았다.

"어여… 일어나."

"……."

고개를 떨어뜨린 추국이 입술을 깨물었다.

그녀의 볼에 선명히 깨물려진 어금니 자국이 드러났다.

그 떨리는 자국을 떨리는 손으로 덮고 소철은 목의 저 아래에서 우러난 목소리로 다시 채근했다.

"가자… 네가 원하는 곳으로."

"늦었어요, 소철님."

그래… 어쩌면, 아니. 그렇지 않다.

이제라도 예전의 은애를 다시 시작할 수 있다면 타관에서 바보가 되어도 좋으리. 배를 곯은들, 냉기 버석한 바닥에 몸을 뉘인들 어떠랴. 나의 온기로 언 너를 녹이고 너의 온기로 나도 얼지 않으리. 부드러운 살결, 향기로운 귓불, 힘주어 안으면 금방이라도 바스러질 듯 파닥거리는 네 심장 소리. 넌 몰랐을 것이다.

너와 첫 입맞춤하던 날,

난 세상을 다 얻은 것 같이 의기양양했고 자랑스러웠다.

역하가 다 얼었을 정도로 추웠다, 그날. 그러나 난 추위를 느낄 수 없었다. 감격에 겨운 나머지 어떻게 집에 돌아왔는지 몰랐다.

"늦지 않았어."

"늦었어요."

"아녀."

소철은 생각하지 않았다, 이제껏 없던 용기가 왜 생겨났는지. 고개를 든 추국의 눈이 왜 커지는지.

"놀고 있어, 이 개새끼!"

픽!

천장에 닿을 듯이 치켜올려졌던 고영의 박도가 소철의 어깨를 빠개고 등을 긁어 내렸다. 다시 올려진 박도가 한 바퀴 돌아서 장작 패듯 정수리에 박혔다.

칵!

"소철님!"

소철은 입을 가린 추국이 뭐라 울부짖는 모습을 보았다.

눈송이처럼 투명했던 추국의 얼굴에 팥알 같은 반점이 수없이 생겨나면서 사방이 흐려지고 있었다.

소철은 그 팥알 같은 반점이 자신이 뿜어낸 핏방울이고 생명이 다해 사방이 그렇게 보인다는 걸 이해하지 못했다.

"소철님!"

쓰러지면서도 소철은 달려오는 추국을 보고 있었다.

"이 쌍년!"

박도를 소매에 문질러 피를 닦아낸 고영의 돌려차기가 그대로 추국의 볼에 박혔다.

픽!

저만치 뒤로 나가떨어진 추국이 일어나 다시 소철에게 달려왔다. 순간 장난하듯 내밀어진 박도가 추국의 얇은 침의를 헤치고 가슴을 좌우로 젖히며 명치 깊숙이 박혔다.

쿡.

양팔을 휘저었지만 추국은 소철을 만질 수 없었다.

고영이 발을 올려 추국의 가슴에 대고 박도를 쑥 뽑았다.

이어 열십자로 휘둘러진 박도가 추국의 얼굴을 쪼개 바닥에 흩뿌렸다.

"송구하옵니다."

박도를 거둔 고영이 강위에게 고개를 숙였다.

"총애하시는 계집을 죽인 죄 달게 받겠사옵니다, 대가."

안을 흘깃 본 강위가 눈을 고영의 숙여진 이마에 박았다.

"아니다, 고영."

고영이 약간 고개를 들면서 허리를 더 굽혔다.

"햐… 한 동리에 살았다고 저년이 나불거릴 때부터 눈치는 채고 있었다. 결국 통정(通情)하는 사이였나? 햐… 천한 것들은 짐승만도 못해. 그래 아무하고나 흘레를 붙지. 잘했다!'

"감사하옵니다."

고영이 물러나자 강위가 눈을 좁혔다.

댓돌을 스쳐 마당으로 건너간 그의 눈이 우선 본 것은 안개를 털어

내며 어둠 속에서도 선명하게 펄럭이는 깃발이었다.

"하백!"

"이게 손님 대접인가?"

펄럭이는 깃발 아래 비스듬히 앉아 있는 하백이 웃었다.

하백이 웃음을 지우자 사방을 얼렸던 차고 넘칠 듯한 냉기가 한순간 사라졌다. 그걸 기다린 것처럼 하백의 좌측에서 귀가 비정상적으로 커다란 염소수염이 어울리지도 않게 엄숙한 표정을 지으며 두루마리를 좍, 펼쳤다.

"아(我) 현신 하백이며 대사해상련의 주인은 칠공자파 수령 강위에게 가르침 내리나니 여(汝) 강위는 마땅히 옷매무새를 단정히 하고 귀를 정갈히 씻고 세이경청할지어다."

"으?"

거침없이 읽어 내리는 염소수염의 기세에 도무지 무슨 소리를 하는지 알 수 없어진 강위가 멍하니 적발귀 천금방을 보았다.

"에?"

적발귀 천금방이 틈도 고영을 봤고 틈도 고영은 평소 식자임을 은근히 내세우던 소두목 금구(金龜) 가충(佳充)을 봤다.

가충이 이마를 쭈그러뜨렸다.

"…자고로 본데없는 저잣거리라 하나 무수한 이권과 그 이권에 상응하는 예의가 교통하므로 반듯한 처신이 그 어느 곳보다 절실한 곳이거늘, 여는 지닌 바 완력과 원숭이보다 못한 몇 가지 재주로 파락호들을 규합, 저잣거리의 인화를 깨고 배를 채웠으니 그 죄가 자못 적지 않다 할 것이다."

"누가 원숭이란 소리냐?"

강위가 묻자 이마를 쭈그러뜨린 가충이 반문했다.

"예?"

"무슨 소리냐고?"

"나, 나쁜 놈이라는데요?"

"누가?"

강위의 일그러진 눈을 바라본 가충은 조개처럼 입을 다물었다.

강위는 사철 황사가 몰려다니고 붉은 수수밭 끝 간 데 없이 펼쳐진 계주(桂州) 출신답게 무식했다.

더불어 거칠기 한량없고 뚝심 또한 대단했다. 힘 좋고 성격 거친 자 대부분 그런 것처럼 철탑 같은 덩치였지만 그 덩치에 안 어울리게 일 수에 팔방을 때릴 수 있는 현란한 주먹을 지니고 있다.

그런 강위에게 대놓고 '네가 나쁜 놈'이라고 말해 줄 만치 가충은 고지식하지 않았다.

뿌득.

강위의 다섯 손가락이 손금 쪽으로 오그려 붙으며 벌겋게 달아올랐다.

"햐… 결국 내가 원숭이란 말이지? 나쁜 놈이란 소리지?"

주르륵.

가충은 등골을 타고 굴러 떨어지는 식은땀을 의식했다.

저 주먹이 돌을 으스러뜨리고 나무에 구멍을 뚫는다는 환영권(幻影拳). 강위의 오늘을 있게 한 무쇠 주먹이었기 때문이다.

그런 주먹을 옆구리에 오그려 붙인 강위가 땅을 울리며 걸어오자 우림은 더 엄숙하게 목소리를 굳혀 강위를 질타했다.

"…더불어 여는 갖은 공갈과 협박으로 저잣거리의 상인들을 위협하여 그들이 가진 예의와 질서를 흐리고 인심을 농단했으니 시정의 모든 사람들이 여의 폭력으로부터 압제를 받고 고통을 호소하고 있노라. 이에 사해상련의 주인이시며 현신 하백이신……."

저잣거리라도 세력 간의 싸움이 분명한 이상 명분이 있어야 하고 명분이 있는 이상 절차가 있어야 하며, 그 절차에서 예의를 지켜야 한다는 논리를 펼친 사람은 학문의 깊이를 측량할 수 없는 서생이면서도 어울리지 않게 객점을 운영하는 은자 하후굉이었다.

이에 저잣거리 구석구석을 다니며 사람들이 경외하는 하백에 대한 신화를 퍼뜨려 사해상련의 입지를 단번에 세운 기이한 점쟁이 외사 노공이 합세한 첫 작품이 바로 이 격문이었다.

마주치면 습관처럼 티격이는 하후굉과 노공이 모처럼 마음을 합쳐 한 식경 만에 뚝딱, 만든 격문치고는 명문이었다.

그러나 우림은 격문의 나머지를 다 읽어 내려가지 못했다.

"그만 하세요, 내사."

"아닙니다, 련주. 아직 반도 못 읽어……."

"저잣거리에는 저잣거리의 언어가 있습니다."

우림은 조용히 쳐들려진 소우의 손등을 보았다.

햇빛이 반대 편에 걸려 있는 것같이 하얀 손.

잎맥처럼 뼈를 싸고도는 혈관의 무수한 가지가 보이고 푸른 힘줄이 내달리는 투명한 그 손이 한순간 구부러져 강위를 향했다.

다음 순간 하후굉과 노공이 일천구절의 문장으로도 표현하지 못한 직접적인 언어가 소우의 붉은 입술을 비집고 흘러나왔다.

"그대는 졌다, 강위. 꿇어!"

동시에 강위의 환영권이 팔방에서 끌어 모은 안개를 폭풍처럼 찢어 발기며 휘둘러졌다.

"미친 소리!"

우웅—

주먹보다 먼저 끈적하게 응결된 안개가 날아와 소우를 잡아 태사의에 묶어놓았다. 이어 사방 이 장 안에 있는 흙먼지와 마른 이파리들이 일제히 날아올랐고 그것들을 바스러뜨리는 흰 궤적으로 무쇠를 다져 놓은 것 같은 강위의 주먹이 날아들었다.

팡!

앉은 자세 그대로 손을 세운 소우는 주먹을 막았다.

텁.

그러자 강위의 주먹이 펴졌다. 동시에 쇠갈고리 같은 약력을 가진 손가락이 퉁겨져, 달라붙은 소우 손을 뒤로 밀어냈다.

척.

손을 회전시킨 소우는 강위의 손을 따라가 바닥을 마주쳤다.

순간 강위의 손가락이 꺾여져 손등으로 기어올라 왔고 그렇게 기어올라 온 손가락을 쳐낸 소우가 손목을 비틀어 다시 펴부어지는 강위의 주먹을 잡았다. 주먹을 뺀 강위가 어깨를 눕혔다.

동시에 반대쪽 주먹을 뻗어 소우의 인후에 박았다.

부욱.

젖은 창호지처럼 안개가 찢어지면서 권풍에 휘말린 소우의 머리칼

몇 가닥이 끊어져 호선으로 돌아가는 강위 주먹에 걸렸다. 그것을 털어낸 강위 주먹이 재차 날아왔고 소우가 그 주먹을 잡아갔다.

투툭툭탁.

영리한 뱀들처럼 손과 주먹이 밀고 당기며 따라붙고 어긋나며 세워졌다. 곁에서 보기엔 단 몇 번의 단순한 주먹질과 방어였지만 뒤집어지고 젖혀지는 주먹과 손의 대결은 현란했다.

그 속에는 자로 잰 듯 날카로운 공격과 정확한 방어가 맞물려 단숨에 십여 개의 매듭이 만들어지고 다시 풀어지며 재차 꼬아지는 필살기가 들어 있었다.

"이익!"

강위는 전력을 다한 주먹이 매번 벽에 막히자 뒤로 물러나 소우를 살폈다. 그의 눈에 비친 소우, 하백이라 지음받은 자는 작두로 대변되는 피와 공포의 대명사 목귀 거연창을 믿고 함부로 날뛰는 철부지이거나 몽상가가 아니었다.

생김이 소문을 앞서지 못하고 소문이 실체를 앞서지 못하는 자. 제법 한 수 한다 하는 무림인이라도 상대하길 꺼리는 환영권을 한 손으로, 그것도 앉아서 감당하는 자였다.

대체 어디서 나타난 자일까? 왜 저런 상승공부를 지니고 무림에 속하지 못하고 이런 저잣거리를 욕심 내는 것일까.

"더 하겠나?"

"무, 물론!"

강위는 등골을 쇠 구슬처럼 차갑게 구르는 땀을 의식하면서 정신을 가다듬었다.

"두 가지만 묻겠다, 하백."

"대답할 수 있는 거라면."

"인근에 깔아놓은 수하들의 숫자가 오십이 넘었다. 그들을 어떻게 돌파했나?"

대답 대신 빙그레 웃은 하백이 뒤를 가리켰다.

그러자 정연하게 서 있던 철기들이 좌우로 갈라졌다. 그 뒤에 포박당해 꿇려진 수하들이 보였다.

"싸움이 장기전으로 접어들자 그대는 수하들 단속을 게을리 했다. 뿐만 아니라 주색잡기에 빠졌어. 생각해 봐. 세상 어느 수하가 수령이 계집질로 밤을 새는데 두 눈 시퍼렇게 부릅뜨고 충성하겠나? 그래서 그대는 변변한 싸움 한번 못해보고 진 것이다."

"하… 그래? 좋다. 왜 내 구역을 욕심 내는 것이냐?"

"질문을 바로 해주기를, 강위. 우리 사해상련은 그대의 구역만을 상대하는 것이 아니다. 더불어 그것이 욕심이란 언어로 표현되는 것을 원치 않는다."

"건방진 애송이!"

"그렇게 두 눈 부릅뜨고 이를 갈며 살의 따위를 품는다고 결론에 이를까? 그대에겐 아직 선택의 여지가 있다. 꿇을 것인가, 아니면 죽을 것인가. 그대가 타파에게 그렇게 강요했듯 나 또한 내 칼밭에서 그 외의 다른 선택이란 존재치 않는다."

"이익!"

순간적으로 내밀어진 강위의 오른 주먹이 다시 안개를 찢어발겼다. 그 주먹을 간단하게 틀어쥔 소우가 어깨를 뒤로 뺐다. 앞으로 쏠린 강위가 급히 왼손으로 오른 주먹을 감싸 안으며 탄퇴(彈腿), 즉 발을 뻗어 땅의 한 치 위 소우의 발목을 후려갈겼다.

텁.

전력을 다한 탄퇴가 간단하게 밟혔다.

발을 빼낸 강위가 이번엔 왼발을 내밀면서 양손을 밖으로 돌렸다. 동시에 오른 주먹이 펴졌다. 주먹으로 변한 왼손이 꽃잎처럼 펼쳐진 그 오른 손바닥을 감고 구부러져 소우의 턱밑에서 안개를 퉁겨 올렸다.

팡!

"이제 장난은 그만 하자!"

탄퇴를 밟을 때처럼 치솟아오른 주먹을 간단하게 내리누른 소우 왼손이 강위 명치에 깊이 박혔다.

퍽!

순간 구부러져 있던 손가락이 펴지면서 명치를 가격했고 이어 박판을 두드리는 소리가 사방을 뒤흔들었다.

따따땅!

무풍에 직격된 강위 등이 터지면서 핏물이 폭발했다.

감기는 안개를 떨어버린 소우는 앉은 자세 그대로 발을 날려 강위의 턱뼈를 부수고 목뼈의 결속을 헤집어 신경 다발을 절단했다.

빠각!

목뼈가 어긋나는 소리는 짧고 경쾌했다.

그러나 내심 그의 환영권과 완력을 믿고 있던 틈도 고영을 비롯한 칠공자파의 남은 무리들에게는 평생 동안 지워지지 않을 끔찍한 소리였다.

회전을 멈춘 팽이처럼 바닥에 주저앉아 버린 강위를 잠시 바라본 소우가 검지를 까닥였다.

"앞으로 나와라."

"저, 저 말이옵니까?"

틈도 고영은 일단 넓죽 엎드렸다.

소철과 추국을 단칼에 베어버릴 때의 위풍당당했던 기세는 찾아볼 수 없는 몰골인 그가 오줌을 지리면서 기어왔다.

"그대는 꽤 가혹한 자더군. 설마 보초나 설 수밖에 없는 자의 생명과 마음이, 보초를 서지 않아도 되는 자의 칼끝에 달려 있다 생각한 것은 아니겠지?"

"무, 물론입니다요, 하, 합하(閣下)."

"합하?"

"그, 그렇사옵니다."

더욱 바닥에 몸을 눕힌 고영은 자신이 무슨 소리를 하는지도 모르고 울부짖었다.

"난 벼슬아치 따위가 아니다."

"소인같이 미련한 놈에겐 그 이상이옵니다요, 합하."

"부탁 하나 할까?"

"……?"

조심스럽게 눈을 든 고영은 어쩌면 살길이 생길지 모른다는 기대를 담고 하백을 우러러보았다.

"이름이 뭔가?"

하백의 볼에 미세한 실금이 생겨나고 있었다.

"고, 고영이옵니다요."

"고영."

"예, 합하."

"살고 싶은가?"

"예."

"그럼 그대가 베어버린 저 둘을 살려내라."

고영이 땅에 머리를 찧었다.

쿵!

"죽을죄를 지었습니다!"

"알아."

"사, 살려주시옵소서."

"살려주고 싶다."

싱그럽기까지 한 웃음 속에서 하백이 일단 긍정했다.

"그러나 세상은 의외로 단순하고 공평하다. 그대는 알지 못하겠지만 그대는 그동안 그런 세상에서 살아왔고 내 칼밭의 법칙 또한 그러하다. 목숨 빚은 목숨으로 갚아야 하는 게 아닐까?"

"……."

"자결할 용기가 없다면 도와주지."

순간 여인의 것이 분명한 향기가 고영의 코를 점령했다.

쉬익.

안개를 가르며 치솟은 두위주의 거대한 철부(鐵斧:도끼)가 미명이 불살라지는 하늘을 한 바퀴 돌아 고영의 뒷머리를 박살 냈다.

픽!

뇌수가 튀어 오르고 핏물이 안개에 엎질러졌다.

"적발귀 천금방, 귀면 모용수, 살(殺)! 금구 가충, 생(生)!"

칠공자파에 대한 치밀한 조사를 바탕으로 우림이 칠공자파 소두목들의 생사를 일일이 호명했다. 그러자 본채에 몰려 있던 칠공자파 수뇌들이 일제히 병기를 빼 들었다.

"하야!"

그들에게 밀려들어 간 철기들이 시퍼런 불똥을 피워 올리는 소리를 들으며 소우는 피비린내 엎질러진 안개를 깊이 들이마셨다.

'…그래.'

돈영회와 함께 제남의 저잣거리를 오 분(五分)해 온 칠공자파는 이렇게 무너졌다. 더불어 애각 형제가 맡은 고룡회도 무너진다. 이제 막 불타오르기 시작한 미명이 거두어지고 찬란한 아침 햇살이 안개에 드릴 쯤이면 손발이 몽땅 잘린 돈영회만 덩그러니 남을 것이다.

삐―익!

소우는 고개를 들었다.

고룡회(孤龍會)가 자리한 동쪽 하늘의 미명으로 흰 궤적을 그리며 빨려 들어가듯 사라지는 몇 개의 명적이 보였다.

3

"총관. 지금 불장난한 놈을 끌고 와!"

고룡회 수령 풍백호 감충세는 밤새 뜬눈이었다.

시골의 텁텁한 흙먼지와 산적들의 등이나 쳐먹고 살던 목귀파에게 용각사가 분질러지던 날 생긴 불면은 이제 고질이 된 것 같았다.

목귀파가 사해상련으로 바뀌고 그 주인이 거연창이 아니라 새파란 애송이라는 게 밝혀지면서 더 심각해진 불면은 용각사가 분질러질 때 함께 반쯤 분질러진 틈사파를 발 빠르게 통합해 외곽에 깔았어도 마찬가지였다.

"설마… 무슨 일이야 있겠사옵니까?"

황촉에 가려 더 험상궂게 보이는 눈을 본 총관 목염수(木鹽手) 왕획(王劃)이 술병을 들었다.

쪼로록.

"이건 정상이 아니다."

감충세는 고개를 털었다.

병에서 흘러나온 술이 잔에 담기듯, 고룡회는 현재 외곽에 포진해 있던 상인들부터 이탈이 일어나고 있었다.

덩치 큰 자들은 덩치 때문에 쉽게 발을 빼지 못했지만 그 아래에서 물목을 받던 자들이 아무런 통보 없이 사해상련에 투신해서 사사건건 고룡회와 마찰을 빚었다.

꿀꺽.

옥수수를 발효시켜 만든 술이 이렇게 쓸 줄 몰랐던 감충세는 손마디를 꺾었다.

우둑.

'이래선 안 된다.'

삼십 몇 년 동안 애써 지켜온 거래선의 반이 단 석 달 사이에 사해상련으로 넘어갔다. 이 상태로 두 달만 더 가면 마침내 고룡회는 빈 껍데기만 남아 고사하고 말 것이다.

'이래서는 안 된다, 안 되고말고.'

"결국 돈영회, 그 여우 같은 년에게 손을 내밀어야 하나?"

전대 회주였던 아버지를 가둬 아사시키고 형을 암습해 차지한 조직이 무너지는 꼴을 속절없이 봐야 한다니. 이리 눈을 멀쩡히 뜨고 있는데… 묶여진 것처럼 아무런 행동도 취하지 못한 채 대책없이 술이나 마시며 영락을 해야 한다니.

쪼로록.

"이미 늦었사옵니다, 대가."

"뭐라?"

술병을 세운 목염수 왕획이 안타까운 눈으로 감충세의 이마를 더듬었다. 그러자 이마에서 간들이던 황촉불이 밀려나고 어린아이처럼 접힌 감충세의 이마가 완전히 드러났다.

"돈영회는 우리에게 손을 빌려주는 수고를 하지 않을 것이옵니다. 손을 빌려주기보다는 완전한 복종을 원할 것이옵니다. 대가께서도 한번 생각해 보소서. 돈영회 대랑은 철혈녀(鐵血女)가 아니옵니까? 가만있어도 사해상련과 제남을 양분할 수 있는데 굳이 피를 흘릴 이유가 있겠사옵니까?"

"이가 없으면 잇몸이 시린 법 아닌가?"

"돈영회의 이는 우리 고룡회가 아니옵니다."

"허면?"

감충세는 고요히 가라앉은 왕획의 얼굴에 눈을 주었다.

술의 제조와 판매를 독점해 온 고룡회에 일곱 살에 들어와 강산이 세 번 바뀌고 주인이 두 번 바뀌도록 묵묵히 충성해 온 총관에게 드리워진 수심은 생각보다 깊었다.

"진숙달을 아시옵니까?"

"진숙달?"

감충세가 눈을 끔벅였다.

"북역하의 덜떨어진 총관 녀석을 말하는가?"

"그렇사옵니다, 대가. 돈영회는 이미 그를 인질로 잡고 있사옵니다. 소문에 의하면 사해상련주 하백은 그자에게 혈육과도 같은 정을 느낀다 하옵니다."

"그런가?"

"예. 뿐만 아니라 돈영회는 진숙달을 잡아놓고 그의 노모에게는 사람을 붙여 극진히 봉양하고 있다 하옵니다. 물론 돈영회가 그럴 이유는 없사옵니다. 그럼에도 불구하고 돈영회가 그리 행동하는 것은… 추측컨대 사해상련과 돈영회 사이에 우리가 모르는 그 무엇이 존재한다는 이야기가 되옵니다."

"흠!"

"대가, 유심히 살펴보지 않아도 아실 것이옵니다. 천하의 돈영회가, 그 피도 눈물도 없는 철혈녀가 어느 날 갑자기 뛰어들어 온 사해상련을 그냥 방치하고 있사옵니다."

"……."

"사해상련 또한 제일 먼저 돈영회를 깨부숴야 함에도 불구하고 용각사만 절단 내고 멈춰 있사옵니다. 물론 두 세력이 교차하는 곳에서 끊임없는 마찰이 일지만 그게 전면전으로 이어지지 않사옵니다. 그것은 두 세력이 그만큼 자제하고 있다는 이야기가 되옵니다.”

“그래… 나도 두 세력이 먼저 붙으리라 생각했지. 아마 칠공자파 돌대가리 강위도 그리 생각하고 애당초 돈영회에 붙었을 거야. 이런 소강 상태를 유지할 줄 꿈엔들 알았겠나?”

철렁철렁.

술병을 흔들어 양을 확인한 감충세가 술병을 입에 물었다.

꿀꺽꿀꺽.

“캬—아! 더럽게 쓰구먼.”

탕, 소리나게 술병을 내리꽂은 감충세와 왕획 눈이 서로 얽혔다. 감충세 입에서 먼저 말이 튀어나왔다.

“이제 어떡할까, 총관?”

오랜 시간이 지난 후에 왕획이 대답했다.

“팔황맹과 상의해 봐야겠사옵니다.”

운영상의 여러 부분을 트집 잡아 적잖은 은자를 요구하는 팔황맹 제남지부였지만 무조건 복종을 요구할 돈영회보다 나았다.

나름대로 마음을 정한 왕획은 문고리로 손을 뻗었다.

“쇠뿔도 단김에 빼랬다고… 팔황맹에 다녀오겠사옵니다.”

“그들이 응해줄까?”

“우리 자금력이 어느 정도인가에 따라 결정되지 않겠사옵니까?”

“치사하고 더럽군!”

“……”

왕획이 처량하게 투덜거렸다.

"우선은 살고 봐야 되지 않겠사옵니까?"

이렇게 세력과 세력이 도움을 주고받을 경우, 상대에게 무엇을 요구하고 상대가 무엇을 요구할지 이해득실을 따져 일을 추진하는 게 정상이었지만 지금 상황은 그런 걸 일일이 따질 정도로 한가하지 않았다.

그러나 왕획은 그마저도 이미 많이 늦었다는 걸 차가운 문고리를 잡았을 때 예감했다.

삐익—

멀리 중문 쪽에서 다시 명적이 공기를 물어뜯는 소리가 들렸고 그 소리를 따라붙은 엄청난 굉음이 황촉을 후려쳤다.

콰당탕!

"요즘은 이리 허술한 나무가 문제여."

황혈거도에 찍혀 산산이 바스러진 문짝을 밟은 애각구려가 투덜거렸다. 순간 애각구충이 무슨 말을 하려다 말고 거푸 세 번 거궁을 퉁겼다.

퉁! 퉁! 퉁!

쇠 구슬처럼 말려진 무시가 요란한 소리를 내며 날아가 장검을 치켜들고 달려들던 민대머리들의 가슴에 박혔다.

"팔십 근짜리 거도에 남아날 문짝이 어딨어?"

가슴을 관통당한 민대머리들이 뒹굴었고 그 뒤를 따르던 민대머리들이 좌우로 갈라지다 바닥을 휩쓸어 올린 도세에 낙엽처럼 이지러졌다. 뒤를 본 애각구려가 손가락을 앞으로 꽂았다.

"쓸어버려!"

"하!"

달려들어 가는 철기들 뒤에 대고 애각구충이 외쳤다.

"분지르지 않으면 끝이 안 나! 저항하는 놈들은 가차없이 베어 넘기도록. 특히 술 빚는 자들과 문서를 잘 챙기고 기물은 접시 하나 남기지 말고 모두 파괴혀. 어서 움직여!"

두둑.

애각 형제를 중심에 세운 철기들이 좌우로 갈라졌다 싶은 순간 일제히 발을 쳐들고 앞으로 달려들어 갔다.

깡깡깡!

고룡회 본전 청주루(淸酒樓)의 너른 앞마당이 삽시간에 비명과 기물 부서지는 소리로 차 올랐다.

"민대머리에 금환만 번쩍이면 뭐 하능겨. 저잣거리 코흘리개들이라면 먹힐지 모르지. 저런 요란한 위세는 이제 신물난다. 그치?"

"그래도 덩치는 죄다 물소만하네. 이놈들은 쇠기름만 처먹었나? 겨우 입에 풀칠만 해도 감지덕지하는 세상이 아녀? 그런데 뭘 처먹고 덩치가 이렇지?"

퉁.

무심코 놓아버린 것 같은 시위의 저 앞에서 낭아곤(狼牙棍)을 든 민대머리가 뒤로 넘어갔다. 그의 몸을 짓밟고 철기 다섯이 난입해 민대머리들의 퇴로를 차단했다.

"자알 하는구먼."

퍽!

우측에서 달려든 민대머리를 잡아 가볍게 땅에 꽂은 애각구려가 널브러진 민대머리의 가슴을 밟았다.

와직.

"흐흐흐. 너, 돌대가리지?"

대답은 바로 나왔다.

"흑, 아, 아니옵니다."

"근데 말여, 상대가 안 되는 줄 뻔히 알면서 왜 깝쳤는데?"

"주, 죽을죄를……."

애각구려가 슬쩍 발을 들었다.

"그럼 뒤로 기어가 조용히 찌그러져 있어."

민대머리 눈에 비친 애각구려는 지옥에서 기어나온 악귀였다.

부스스한 머리칼과 고슴도치 같은 수염. 도저히 사람이라고는 믿어지지 않는 덩치와 돌처럼 묵직한 발. 그의 거도는 날이 세워져 있지 않았다.

매질 자국 그대로 드러난 도신이 상상도 못할 만큼 넓었고 거무튀튀했다. 그 일자로 뚝, 잘린 뭉툭한 도첨이 허공에 몇 개의 동그라미를 그렸다.

휘리리링―

동그라미들에서 생성된 귀신의 울부짖음이 안개를 밀었다 끌어들인 순간.

콰콰꽝!

전면에 놓여진 가산(假山)이 통째로 날아갔다.

돌이 날고 흙덩이가 헝클어지는 사이로 뿌리째 뽑힌 꽃들과 난초들이 화살처럼 사방으로 비산했다.

"좋게 말할 때 모두 대가리 숙여라."

그러나 멈칫거리는 민대머리들 사이에서 예리한 비웃음이 날아왔다.

"홍!"

"……?"

도신에 붙은 비웃음을 떨어버린 애각구려는 퉁방울 같은 눈을 굴렸다.

"으?"

"이봐, 돼지 형제. 제법 한가락 한다 이건가?"

민대머리들 앞에 무엇인가 일렁였다 싶은 순간 민대머리들의 허리가 일제히 꺾였다.

"주모(主母)를 뵙습니다!"

"이 병신 같은 새끼!"

퍽!

오늘 경계를 책임진 민대머리 황우(黃牛)의 턱이 돌아갔다.

비틀거린 황우가 바로 섰다.

"이 새꺄! 너 저런 돼지들에게 중문이 뚫리도록 뭐 하고 있었어? 낮엔 계집 사타구니를 파먹고 밤엔 놀음에 팔려 중문을 내줘? 너같이 멍청한 새끼를 위해 고룡희가 존재하는지 아나?"

"아, 아니옵니다."

믿을 수 없게도 사내처럼 쪽쪄 올린 머리 아래, 분칠한 얼굴 선이 고운 여인이었다.

몸을 감싼 비단옷에 수 놓아진 모란처럼 우아한 맵시, 담비피로 만든 푸른 당혜(唐鞋)가 뿌연 선을 그리며 황우의 가슴에 들어박혔다.

퍽!

가슴을 오그린 황우가 반발 물러섰다.

퍽!

또 한 발 물러선 황우가 허리를 꺾었다.

치솟아오른 당혜가 황우의 펑퍼짐한 등에 꽂혔다.

쾅!

"이 개새끼를 치워!"

거품 물고 버르적거리는 황우를 민대머리들이 끌어내자 여인이 애각 형제에게 몸을 꼿꼿이 세웠다.

"난 고룡회 안주인이다. 너희들은 사해상련 촌뜨기들이겠지?"

"에?"

"음?"

애각 형제가 서로를 보았다.

"덩치와 병기를 보아하니 네놈들을 대충 알겠다. 덩치, 넌 혈웅귀(血雄鬼)란 멍청이고 사마귀, 넌 호궁귀(狐弓鬼)란 여우가 틀림없다. 우릴 먹으러 왔느냐?"

갑자기 칼이 난무하는 싸움터에 뛰어들어 호통 치는 여인에게 당황한 둘의 시선이 허공에서 다시 얽혔다.

"혈웅귀가 무슨 뜻이여?"

애각구려의 물음에 종점없이 엉켜든 시선을 먼저 빼낸 애각구충이 고개를 기울였다.

"피칠갑을 한 곰 귀신이란 뜻이우. 붉은 털을 가진 곰 귀신이란 뜻도 되지. 뭐, 별로 틀린 말은 아닌 것 같수. 히히!"

"뭐?"

애각구려가 얼굴을 붉혔다. 지난 몇 달 사이에 붙여진 저잣거리의 별호는 안 맞는 옷을 입은 것처럼 생경했고, 기분 나빴다.

"그럼 호궁귀는?"

"커―흠! 한마디로 말씀드리자면 호랑이 눈빛 같은 활을 가진 귀인이란 뜻이우."

"아닌 것 같은데?"

"참, 형은. 아, 호랑이 호(虎) 자 호궁귀 아뉴?"

"저년이 여우라고 그랬잖어."

"그, 그랬수? 난 못 들었는데."

"아우야."

"마, 말씀하슈."

찔끔한 애각구충이 제 형을 올려다봤다.

"이 형이 귀머거린 줄 아냐?"

"에이, 누가 귀머거리랬수?"

다시 눈을 마주친 둘은 약속한 것처럼 여인을 봤다.

철기들에게 밀린 민대머리들이 여인을 에워싸듯 서 있었다.

"끙… 잡아서 확실히 물어보자."

"좋아."

거궁를 울러멘 애각구충이 나섰다.

내키지 않는 걸음이어서 그런지 엉거주춤한 모습이 '여우 같은 활 귀신'이란 뜻의 호궁귀와 유사한 그림자를 만들고 있었다.

"흠."

웃음을 지운 애각구려가 몸을 긴장시켰다.

내사 우림의 조사에 따르면 고룡회주 감충세에겐 한 명의 부인과 세 명의 첩이 있는데 세 명의 첩은 그리 문제될 게 없지만 한 명의 부인이 문제였다.

'사두화(蛇頭花) 왕영취(王英取).'

하남이 친정인 이 부인은 성격이 맵고 찬 것은 물론, 하남에서도 명문으로 꼽히는 왕가장(王家莊) 출신답게 소림(少林)과 연이 닿아 상당한 권술(拳術)을 지녔기 때문이다.

지금은 관부의 비호를 바탕으로 팔황맹에 속한 신흥 무가와 지역 세가가 위세를 부리지만, 백련결사의 오의를 조심스레 호흡하던 오룡련 치세 때는 소림 같은 전통 문파 속가들도 활발한 활동을 해 문파의 살림을 상당 부분 책임질 수 있었다.

그러나 팔황맹이 세력을 잡자 손발이 끊긴 다른 속가들처럼 왕가장도 무너졌다.

삼 일 내리 걸어도 경계가 보이지 않는다던 전답이 남의 손으로 넘어가자 열두 개의 창고가 바닥을 드러냈다.

이에 삼백에 이르는 가솔들이 먹거리를 찾아 뿔뿔이 흩어졌고 손에 물 한 방울 묻히지 않던 왕가장의 노부인과 며느리들은 풀뿌리를 캐러 산야를 헤맸다.

일이 그 지경에까지 이르자 자존심만으로 세상을 살았던 장주는 잡초 무성한 장을 등지고 소림에 귀의했다.

빚쟁이들에게 몰려 장을 내준 나머지 식구들은 거리를 떠돌 수밖에 없었다.

그런 사정을 거쳐 감충세의 부인이 된 여인.

저잣거리에서 '뱀 더리를 지닌 꽃'으로 불리는 왕영취는 어슬렁거리며 다가오는 사마귀를 자세히 보았다.

'저 비루먹은 날 건달 같은 새끼가… 감히!'

덩치는 저리 비루먹은 것처럼 보이고 짐승 가죽을 걸친 모양이 촌무지랭이처럼 보여도 헝클어진 머리카락 사이로 보이는 두 눈이 별처럼 맑고 선명했다.

"항복하고 싶은 생각 없는 겨?"

씨익.

삼 장 정도의 거리에서 어슬렁거림을 멈춘 사마귀가 웃었다.

그러자 몇 가닥 나지 않은 수염이 조금 흔들리면서 고른 치아가 벌어져 깡마른 볼 살에 주름을 만들었다.

"우리는 네놈들과 원한 진 일이 없다."

"맞어."

"그런데 왜 이리 핍박하는 게냐?"

왕영취는 일단 가슴 쪽으로 힘껏 올렸다 내린 오른발 끝으로 땅을 짚었다. 그리고 옆구리에 붙였던 손을 앞으로 내밀었다.

스윽.

순간 주먹을 우그려 쥔 손이 사마귀를 향해 직선으로 뻗어 나갔고 자연스럽게 나머지 손이 들여와 가슴을 보호했다.

겉멋 섞이지 않은 정직한 삽추연격(揷搥連擊).

하지만 여인의 몸에서 일어난 거라고는 믿지 못할 엄청난 살기가 날개 치듯 일어났다.

"대답해 봐, 여우. 왜 우리를 이리 핍박하는 것이냐?"

"에이 씨, 얼굴이 간지럽잖어."

장난스럽게 말을 내뱉은 애각구충도 내심 긴장해서 여인을 노려봤다.

"요동에 장백천산이 있걸랑. 그 산에 호랑이가 천 마리도 넘어. 당신도 알다시피 호랑이는 사나운 짐승이여."

"무슨 생뚱한 소리냐?"

애각구충 어깨에 누워 있던 거궁이 뱀처럼 미끄러지면서 세워지자 신경이 곤두선 왕영취가 소리쳤다.

그러자 살 없는 시위를 잡은 애각구충이 이맛살을 찌푸렸다.

"싹수머리 없이 말 끊지 말어. 근데 그 천 마리도 넘는 호랑이들이 싸우지 않고 잘 지내능겨. 왜 그럴까?"

"……."

"이유를 알아봤더니 호랑이들도 대장이 있지 뭐여. 왜 핍박하냐고? 것과 이유가 같어. 한마디로 일산일호(一山一虎)! 히히. 이 문자가 맞능겨? 뭐, 어쨌든 제남이라는 산에 대장 호랑이는 우리 사해상련 한 마리면 족하다… 뭐, 이런 뜻인데. 커흠."

"미친 새끼!"

말을 해놓고 보니 사마귀는 정말 미친 녀석 같았다.

거무튀튀한 궁대에 빼곡한 고문자가 좀 특이하긴 해도 단순한 철궁을 확대시켜 놓은 그냥 철궁 아닌가.

살 없는 활이라면 잘해봐야 철로 만든 봉(棒)에 지나지 않는다.

그런 봉에 시위까지 달아 살이 있는 척 당기고 있는 저 사기꾼 같은 모습이라니.

'웃기고 있네.'

발끝을 든 왕영취가 주먹을 장(掌)으로 바꾸면서 거리의 압축을 준비했다. 다섯 살 때부터 시작한 소림권이 아닌가.

저잣거리의 어떤 상대도 일수에 거꾸러뜨릴 자신이 있었다.

사마귀가 장난처럼 시위를 놓았다.

퉁.

순간 조심스러운 여자의 본능이 발동된 왕영취는 멈칫했다.

툭, 손바닥에 무엇이 와 닿은 소리는 작고 무심했지만 무의미하진 않았다.

손바닥을 파고든 무엇이 쇄골을 때리는 묵직한 고통.

왕영취는 비명을 지르며 자지러졌다.

"악!"

단번에 가슴을 타고 발끝까지 퍼진 고통이 다시 전신을 맴돌아 올라와 손바닥으로 빠져나갔다. 얼른 자세를 잡은 왕영취가 손바닥을 보니 아무런 흔적이 없었다.

"무, 무슨 사술이냐?"

"히―힛! 살이 없다고 활을 무시하면 안 되능겨."

크릭.

재차 시위를 당긴 미친 사마귀가 약 올리듯 이죽거렸다. 거리를 물린 왕영취는 이를 갈아붙였다.

"오라. 네놈의 별호가 왜 호궁귀인가 했더니!"

"맞어. 호랑이 눈빛 같은 활 귀인이 바로 나여."

"흥."

"왜, 떫어?"

"여우처럼 암습하는 활 귀신이란 뜻이겠지."

"에이 씨."

퉁.

다시 고통이 박힐까 두려운 나머지 왕영취는 소리를 피해 옆으로 몸을 기울였다 이내 비틀거렸다.

"히히히. 그냥 이번엔 그냥 한번 퉁겨본 겨. 겁은 많아서."

"이익!"

"이번에도 가짜라 생각하는 건 아니지?"

크릭!

시위를 당긴 사마귀의 얼굴이 진지해졌다.

"아줌마, 애쓰지 말고 빨리 남편 데려와!"

"총관, 저게 뭔가?"

"글쎄요, 소인도 당최 처음 보는 것이라서……."

기묘한 대치를 하고 있는 둘을 숨어서 본 두 사람이 서로의 얼굴을 뚫어져라 바라보았다.

"내 마누라는 고수야. 그런데 저 이상하게 생겨 처먹은 놈에게 꼼짝 못한다? 이게 어떻게 된 일이야?"

"더구나 빈 활에 말이옵니다."

"빈 활이라?"

"예, 빈 활 말이옵니다."

"자네……."

잠시 침묵한 감충세가 수염을 떨었다.

"지금 염장 지르나?"

"아, 아니옵니다."

"주둥이 함부로 놀리지 마. 난 상관없지만 내 마누라 귀에 들어가면 자네는 바로 죽음이라고."

"잘 아옵니다."

"그나저나 저것들이 뭐야? 말을 탄다는 소린 들었지만 이건 아예 철기병들이 아닌가?"

감충세의 과장에 왕획은 쓴 입맛을 다셨다.

돈영회 회주 공릉이 사내가 분명하다고 사람들이 오해하듯 고룡회의 실질적인 회주 또한 이리 숨어 벌벌 떠는 비겁한 감충세가 아니라 지금 당차게 사해상련을 막고 있는 왕영취였다.

미남에다 달변가이며 무공에도 뛰어났던 형에 비해 동생인 감충세는 덩치만 크지 뭐 하나 제대로 하는 게 없어 언제나 집안의 미움을 독식했다.

머리라도 좋았으면 그나마 미움을 덜 받을 수 있었는데 머리까지 시원치 않은 주제에 주색간 밝혀 스무 살이 넘도록 아비에게 회초리를 맞았다.

어느 날, 회초리가 부러지도록 매를 맞은 감충세가 타고난 신력으로 아비를 번쩍 들어 주고(酒庫:술 창고)에 집어 던지기 전까지 왕획은 감충세를 그저 덜떨어진 멍청이로 알고 있었다.

그러나 감충세는 생각처럼 덜떨어진 멍청이가 아니었다.

편애에 대한 분노를 마음속에 숨긴 한 마리 이리였다.

감충세는 마침 외유 중이던 형을 쫓아가 죽 그릇에 독약을 풀어 넣는 만행을 부린 후, 아비가 갇혀 있는 주고를 석 달 만에 열었다. 술에 절여진 아비의 시신을 발로 뭉개며 감충세는 피식피식 웃었다.

"저년도 소금에 절여."

아비를 보고 울부짖는 어미마저 잔인하게 살해한 감충세는 수하들의 머리를 밀게 하고 참람하기 그지없게 용이 양각된 환을 채워 관리했다.

그때까지만 해도 왕획은 이 왕영취의 존재를 몰랐다.

"내 마누라다! 이제부터 고룡회는 내 마누라 것이다."

감충세가 고룡회의 모든 것을 접수한 날, 어쩌면 종씨일지도 모르는 왕영취를 소개받았을 때에야 왕획은 이 불행한 사단의 근원이 바로 왕영취의 아름다운 입술이었다는 것을 알 수 있었다.

"휴우."

문득 그때 일이 생각난 왕획은 고개를 가로저었다.

여전히 덜떨어진 이리, 감충세가 식은땀을 흘리며 물어왔다.

"총관이 보기엔 어떻게 될 것 같은가?"

"글쎄요."

"허참 내, 이렇게 답답할 데가. 총관이 모르면 누가 아는가?"

"묘한 녀석들을 만났사옵니다, 대가."

"음?"

감충세를 물끄러미 바라본 왕획이 말을 이었다.

"추측컨대 저 녀석들은 사해상련주 하백의 혈육들일 것이옵니다. 하백에 대한 소문이야 대가께서도 잘 알고 계실 것이고… 저 녀석들 또한 하백 못지않은 고수들이라 듣고 있사옵니다."

"그래서?"

"예?"

감충세가 얼굴을 붉혔다.

"내 마누라가 진단 말인가?"

"단지 가능성을 말씀드렸을 뿐이옵니다."

"흠. 그래?"

한순간 감충세의 핏발 선 눈이 가까이 온다 싶더니 무엇이 어긋나는 굉장한 소리가 왕획을 강타했다.

빡!

왕획는 가까스로 부여잡은 기둥에 몸을 지탱했다.

갑자기 뿌옇게 변해 버린 세상. 먼 데 있는 게 당겨지고 가까이 있는 게 멀어지는 현기증과 함께 와락, 코피가 쏟아졌다.

"총관, 빈말이라도 그런 싹수머리없는 소릴 하지 마. 내 마누라가 들었으면 총관은 당장 죽음이라니까."

자신의 이마를 멋쩍게 문지른 감충세가 다시 물어왔다.

"총관이 보기엔 어떻게 될 것 같은가, 응?"

팡!

기둥에 난 구멍을 자세히 본 감충세가 입을 다물었다.

"어이, 아줌마. 움직이지 말어. 신경질나면 칵, 뇌버리는 수가 있어."

이 무슨 꼴인가.

삽추연격(揷捶連擊)에서 꼼짝할 수 없는 왕영취는 입술을 깨물었다. 그러자 마보로 구부러진 무릎이 고통을 호소했고 직선으로 뻗은 팔은 아예 감각이 없었다.

고통에 밀려 작은 움직임이라도 보이면 미친 사마귀의 시위가 바로 흔들렸다.

"사술 부리지 말고 정당히 대결하자, 호궁귀!"

"히힛! 아줌마, 난 이게 정당한 겨."

"이 미친놈."

"그러니까 남편을 데리고 나오래두?"

"남편은 없다. 내가 고룡회 회주다!"

"에이, 누굴 바보로 아네. 풍백호 감충세가 아줌마 남편이잖어. 민대머리에 덩치가 통나무 같은 자 말여. 저기 기둥 뒤에 숨어 있는 것 같은데?"

"……!"

왕영취는 사마귀가 말을 할 때마다 활이 조금씩 흔들리는 것을 감지했다. 그렇다면 아예 기회가 없는 게 아니다.

말과 흔들림의 사이를 파고들어 가 가슴을 때릴 수 있다면.

'넓은 게 세상이라더니…….'

나름대로 가진 바 무공을 자부하던 왕영취는 사마귀에게서 전혀 새로운 무(武)의 지평을 보았다.

쇠락했지만 아직 일절로 인정받는 소림의 정교한 장(掌)과 권각술(拳脚術)은 이 보이지 않는 화살에 무용이었다.

소리없이 들이닥치는 형체없는 화살은 아름드리 기둥을 관통해 버릴 정도의 강한 파괴력을 가졌고 직선은 물론 곡선으로도 연사가 가능했다.

"좋다. 내 남편을 부르마."

선선히 대꾸한 왕영취가 어깨를 틀었다.

동시에 길게 치켜올려진 발이 우아한 호선을 그리며 애각구충을 파고들었다.

이에 대응한 애각구충이 한 발을 뒤로 흘리고 허리를 튼 순간.

"차압!"

단숨에 거리를 좁혀온 왕영취가 양손을 세워 앞으로 밀었다.

허리와 함께 비틀어진 그 양 손바닥에 누런빛이 어른거렸고 이내 엄청난 폭음이 일어났다.

콰쾅!

소림 항마호접장(降魔胡蝶掌).

비연회추로 이리저리 피하는 애각구충을 따라붙으며 재차 폭음이 이어졌다.

쾅!

추녀가 날아갔다.

쾅쾅!

기와장이 튀고 용마루가 패었다.

쾅!

기둥이 기울어졌다.

"하아. 하아."

뿌연 먼지를 뒤집어쓴 왕영취가 허리를 수그리고 거친 숨을 뱉어냈다. 호접장을 쳐내느라 무리하게 끌어올린 내공이 미친 말처럼 마구 내달린 것이다.

뿌득.

잠시 숨을 고른 왕영취는 다시 공격하려고 허리를 폈다.

그리고 주저앉았다.

쓰욱—

하루살이 떼가 한곳에 집중하는 것처럼 산산이 부서진 어둠이 중앙의 흰 점을 향해 휘돌고 있었다. 그 엄청난 원심력은 이 세상의 것이 아닌 것 같았다.

그 바람에 사방 오 장의 어둠이 크게 기울면서 요동 쳤다.

어둠을 다 빨아들인 흰 점이 점점 확대된다 싶은 순간.

퍽!

몸 저 아래에서 무엇인가 커다란 것이 부서지는 소리가 요란했다. 본능적으로 왕영취는 그것이 무엇인지를 가늠하려 했다.

그러나 마음뿐이었다.

구멍난 뇌수는 더 이상 어떤 생각도 할 수 없었고 그 뇌수를 싸고 있던 주름은 고통의 알갱이만 쫓아 붉게 내달렸기 때문이다.

주르르.

피를 한 줌 토해낸 왕영취는 자신의 손을 내려다보았다.

보이지 않았다. 그리 보이지 않는 것은 손만이 아니었다. 차라리 다행이라고 생각한 그녀가 뒤로 몸을 눕혔다.

털썩.

"하, 항복!"

위태하게 기울어진 기둥에서 기어나온 고룡회 감충세가 손을 번쩍 쳐들었다.

철썩같이 믿었던 부인 왕영취가 빈 철궁에 저 세상으로 가버리자 제 목숨 하나 살리고자 고작 생각한 것이 항복이었다.

그러나 총관 왕획은 달랐다.

"흠."

그는 평생 목숨처럼 귀히 지켜온 주정(酒精)을 넘겨주지 않기로 작정한 것이다.

주정은 술을 제조하는 집안에서 술을 빚을 때 가장 중심이 되는 결정이어서 극비로 취급해 문서로 작성되지 않고 오로지 구술로만 전해 내려온다.

그래 고룡회의 생명은 지저분한 감충세가 아니라 이 주정이었다.

"대가, 소생은 오늘 예서 뼈를 묻겠사옵니다."

왕획의 말에 큰 충격을 받아 마땅한 감충세였지만 감충세는 역시 단순하고 무지한 자였다.

충격은커녕 차라리 잘됐다는 표정으로 이리 말했기 때문이다.

"맘대로 하라구, 난 살고 싶으니까."

그 말에 정작 어이없어진 사람이 있었다.

세상에 뭐 이런 놈이 다 있나 하는 표정으로 한참이나 감충세를 내려다본 애각구려가 거도를 땅에 박았다.

쿡.

"약간 맛이 간 놈이네?"

"약간이 아니라 한참이나 간 놈 같은데?"

어이가 없기는 애각구충도 다르지 않았다.

그렇다면 이놈은 그동안 왕영취의 등에 얹혀 세상을 살아왔다는 소문이 진실이었던가, 하는 의문이 일면서 가슴 한쪽이 씁쓸해져 온 것이다.

죽어 나자빠진 제 마누라의 피비린내가 아직 이리 더운데 이 자식은 눈물 한 방울 보이지 않고 뻔뻔하게 목숨을 구걸한다?

대단해도 보통 대단한 놈이 아니었다.

'과연 분지를 가치가 있는 놈일까?'

널브러져 벌벌 떨고 있는 감충세에게 내심 고개를 저은 애각구충은 거궁을 등에 꽂았다.

"쩝."

입맛이 아주 썼다.

그리고 감충세 곁을 오연히 지키는 중늙은이를 보았다.

이마 한가운데 손톱만한 점이 박힌 중늙은이는 언뜻 봐도 대단한 고집쟁이였다.

"귀공은 뉘쇼?"

"총관 왕획이외다."

'왕획이라……'

"흠."

내사 우림이 전해준 정보에 따르면 이 왕획이란 자야말로 사해상련에서 꼭 필요하다 점찍은 자였다.

주정을 쥐고 있는 것도 그렇지만 앞으로 고룡회를 운영하려면 반드시 있어야만 하는 자가 아니던가.

"죽여주시오. 난 이 고룡회와 운명을 같이하겠소이다."

이미 죽음을 각오한 왕획의 결심은 완강했다.

꼬장꼬장한 얼굴값을 하는 것인지 모르겠지만 아무튼 진심이 담겨 있었다. 이에 마음이 불편해진 애각 형제가 서로를 보았다.

"반드시 분질러야 할 놈은 분지를 가치가 없고 살려야 할 자는 분지름을 원하고 있으니… 참 심란하다, 그치?"

애각구충이 고개를 끄덕였다.

"맞는 말이유."

"흠."

노공이나 하후굉처럼 남을 설득할 만한 말주변을 갖지 못한 그들 형제는 뭐라 말도 못하고 망설였다.

한참 머리를 쥐어짠 애각구려가 문득 애각구충을 봤다.

"왜, 좋은 생각이 떠올랐수?"

"내사께서는 지금 대주와 함께 계시고 중사께서는 본전에 계신다. 그럼 외사께서는 어디에 계실까?"

"글쎄?"

"이런, 바보. 설마 그 소심한 외사께서 우리 형제만 이곳으로 보냈을 리 없잖아?"

"음?"

"아무래도 눈치를 채신 것 같구먼. 끌끌."

아래의 상황이 훤히 내려다보이는 지붕에 앉아 있는 노공이 썩은 이빨을 허물었다.

그 말에 역시 아래를 주시하던 하후굉이 얼른 고개를 움츠렸다.

"내려가서야 되는 일이옵니까?"

"뭐, 군이 그럴 필요까지야."

뭔가를 한참 생각한 노공이 에라, 모르겠다는 몸짓으로 벌렁 누웠다. 이에 답답해진 하후굉이 곁의 강염을 보았다.

"무슨 생각이 있으신 게지요. 외사께서 저러시면 신경을 뚝 끊어버리시는 것이 만수무강에 제일 이롭습니다."

그동안 노공의 장난에 지칠 대로 지친 강염이 하후굉에게 입술을 삐죽 내밀었다.

"에잉. 젊은것이 저따위 생각만 하고 있어서야, 원."

벌떡 일어난 노공이 강염을 꾸짖었다.

"……?"

"이놈아! 만수무강은 아무나 찾느냐? 병든 자, 노약자, 부녀자들이나 찾는 것이야."

"흠."

강염은 여전히 시큰둥인데 얼른 달려든 사람은 하후굉이었다.

"거참, 새로운 의미로 다가오는 말씀이옵니다. 계속 말씀해 보시지요. 마땅한 반박거리가 있으면 소생도 한마디 하겠사옵니다."

"됐네."

잔뜩 토라진 노공이 다시 벌렁 누웠다.

"거참, 안개가 정말 심하네. 이래서야 원 성군(星君:별)님의 낯짝도 못 보겠구먼."

"……."

괜히 면박당한 하후굉이 강염을 거친 시선을 아래로 내렸다. 이에 가만있기가 무료해진 강염도 애각 형제를 내려다보았다.

"으음."

안개 사이로 새벽이 오고 있었다.

4

"이것이 무엇이옵니까?"

고룡회 숙수 왕구(王九)는 주머니를 보고 물었다.

"음?"

주머니를 떨군 감충세가 한쪽 눈을 찡긋했다.

"음식은 나름의 독특한 향기가 있는 법이지. 그러니 아무 소리 말고 넣게. 이것이 다 우리 고룡회를 위한 일이니까."

주머니를 열자 푸른빛이 날 정도로 정제된 흰 분말이 접시에 쏟아졌다. 왠지 섬뜩한 느낌이 든 왕구는 떨리는 손가락으로 분말의 맛을 조금 가늠했다.

"이것은… 비상(砒霜:독약)이 아니옵니까?"

극히 조심스런 왕구의 물음에 감충세가 고개를 끄덕였다.

"저들에게는 독약이지만 우리 고룡회에게는 보약이지. 어떻게 지켜온 가업인데… 예서 문 닫을 수는 없지 않나?"

"……."

"이 감충세는 반드시 저들을 걸어낼 것이야. 돈영회가 안 받아주면 팔황맹의 꼬리라도 붙잡고 매달리겠단 말이지. 그러기 위해서 저 두 촌뜨기들 머리가 꼭 필요하다."

"……."

갈라진 문틈으로 뜰을 살펴본 왕구의 미간이 심하게 경련했다. 총관 왕획을 상석에 앉힌 두 사람, 애각 형제는 참 순박하게 보였다. 그들의 무위가 두려운 것은 사실이었지만 그것은 어디까지나 싸움에 임했을 때였고 지금 정작 두려운 사람은 바로 감충세였다.

"술과 음식에 골고루 섞게."

어딘가에서 자신들을 지켜보고 있으리라 은근히 믿었던 외사 노공은 결국 나타나지 않았다.

그래 별수없어진 애각 형제는 우선 싸움 때문에 잔뜩 헝클어진 장내를 정리하고 총관 왕획을 설득하고자 했다.

그러나 왕획은 죽음을 각오한 자답게 완고했다.

이에 말주변없는 두 형제는 서로의 눈치만 보다 뭐라도 먹으며 이야기를 나누는 것이 좋겠다 싶어 감충세에게 몇 가지 음식을 차려 오라 시켰던 것이다.

"으음."

음식 나오기를 기다리는 동안 애각 형제의 눈과 왕획의 눈이 허공에서 몇 번 엉켰다 떨어졌다. 무슨 말이라도 붙이고 싶어 입술을 달싹이는 애각 형제와 달리 개구리처럼 입술을 딱 붙인 왕획은 도통 말이 없었다.

기다리다 못한 애각구충이 먼저 입을 열었다.

"저… 왕 총관."

"말씀해 보시오."

"아시다시피 우린 파락호들이 아뉴. 조금 지내보면 아시겠지만 우린 어디까지나 장사를 목적으로 하는 상인연맹이란 말유. 아시겠수?"

"…일없소이다."

"아, 일단 겪어보고 그런 말씀을 하시라니까?"

"일없다 했소이다."

"이보슈, 총관."

텅.

보다 못한 애각구려가 탁자를 치며 말을 붙였지만 왕획은 변화없이 고개만 내저을 뿐이었다. 애각 형제는 부화를 꾹꾹 눌러 참았다. 평소 같으면 멱살이라도 잡고 윽박 질렀겠지만 오늘은 상대가 다른 것이다.

다시 몇 번의 부름과 몇 번의 고개 저음을 거쳐 마침내 왕획이 입을 열었다.

"난 말이외다."

"……."

"코흘리개 때부터 시작해 평생 고룡회 밥을 먹었소이다. 아시겠소? 고룡회 전대 회주께서 짝을 지어주셔서 삼 남매를 두었으며 얼마 전 그 아이들을 분가시켰소이다. 그래 이제 죽어도 여한없는 나이가 됐다 이 말이외다."

"……."

"그런 내가 이 늘그막에 무슨 엄청난 영화를 누리자고 고룡회를 배신한단 말이오? 나는 그런 노욕을 부려 손가락질받고 싶지 않소이다. 그렇다고 어설픈 충신 흉내를 내려는 것이 아니오. 난 단지 내게 전해진 주정을 움직이고 싶지 않소이다. 왜냐하면 그것은 어디까지나 고룡회 것이기 때문이오."

"……."

"당신께서 애써 지켜오신 주정을 넘겨주시며 전대 회주께서는 내게 당부하셨소이다. 이것이 바로 고룡회 생명이니 잘 지키라고. 난 아직 그분의 당부를 어제 일처럼 생생히 기억하고 있소이다. 그분께서 비명에 가시고 고룡회는 새 주인을 맞았지만 난 이 주정을 새 주인께도 넘겨주지 않았소이다."

말을 마친 왕획의 눈이 아련해졌다. 아들보다 더 자신을 미더워한 전대 회주와의 따뜻했던 기억이 그의 눈과 볼, 수염과 입술에서 묻어났다.

그때의 자부와 자랑스러움으로 주정을 보듬으며 왕획은 이때까지 살아온 것이다.

"우씨."

반박할 말을 찾지 못한 애각구려가 머리칼을 벅벅 쓸어 올렸다.

"흠."

애각구충이라고 반박할 말이 있는 게 아니었다.

그는 왕획의 고집스런 표정에서 문득 자신들의 영원한 스승을 떠올렸다. 마음이 언제나 한자리에 고정돼 있어 한 치도 흔들리는 법이 없으셨던 스승.

그래 언제나 스스로에게 준열했고 엄중하셨던 스승, 고명경.

그리고 생각했다.

야비하고 비열한 줄만 알았던 타부가치[漢人] 중에도 절개와 지조있는 자가 있구나.

"히유."

도무지 해답이 떠오르지 않은 애각구충은 그저 긴 한숨을 쉬었다. 그의 곁으로 왕구를 앞세운 감충세가 다가와 손을 비볐다.

"헤헤. 많이 시장하실 텐데 우선 요기라도 하시면서 좌담을 하심이 옳지 않겠사옵니까?"

"이제야 성군님께서 보이는구면."

코를 드렁거리던 외사 노공이 번쩍 눈을 떴다.

그 말에 강염과 하후굉이 하늘을 보았지만 하늘은 입술을 꼭 깨문 안개만 더 가득해서 별 부스러기 한 점 보이지 않는다.

의아해진 하후굉이 강염에게 물었다.

"강 아우, 자네 눈에는 별이 보이는가?"

시큰둥하게 강염이 대답했다.

"안 보이는데요."

"음?"

다시 하늘을 본 하후굉은 노공에게 물었다.

"외사 어른, 대체 성군님이 어디 있단 말씀이시옵니까?"

"으?"

"소생의 눈에는 물처럼 흐르는 안개만 보이옵니다."

"당연하지."

툭툭.

안개 달라붙은 수염을 몇 번 턴 노공이 슬그머니 일어났다.

"흐암! 자네가 무슨 천리안을 지닌 것도 아닌데 어찌 저 깊은 안개를 뚫고 성군님을 볼 수 있겠는가."

"……?"

긴장으로 어깨를 잔뜩 움츠린 노공을 본 강엽은 자신도 모르게 아래를 가늠했다.

"이 술로 말씀드리면, 본 가가 특별히 태산에 사람을 보내 이백 년 묵은 적송에서 채취한 송정(松情)을 삼 년 말려 빚은 적송아(赤松牙)이옵니다. 사내가 먹으면 양기를 돋우고 계집이 먹으면 피부가 비단결이 됩지요."

황촉에 이빨을 번쩍인 감충세가 술병을 기울였다.

쪼로록.

"자, 쭈─욱 한잔 들이키시옵소서."

그러자 적송아에서 우러난 향기가 뜰에 가득해졌다.

그 정갈함이 왕획과 자신들 사이 놓인 엄청난 거리를 좁힌 느낌이
든 애각구려는 별다른 의심 없이 잔을 쳐들었다.

"왕 총관도 같이 한잔하시구려."

순간 감충세의 눈이 희열로 번득였다.

"어서 드시옵소서. 헤헤."

애각구충의 잔에도 적송와를 따른 감충세는 비굴하게 웃었다. 적송
을 우려내서 그런지 술은 한 모금의 핏물 같았다.

"총관도 한잔……."

쪼록.

왕획의 잔까지 채운 감충세는 호기롭게 주담자를 내려놓았다. 그러
자 탕, 소리를 낸 주담자에서 튄 술 방울이 탁자를 적셨다. 그것을 본
왕획이 눈을 치켜떴다.

"……!"

왕획과 눈이 마주친 감충세는 뜨끔했다. 언제나 조용히 맡은 일을
무리없이 처리하던 자신의 총관 왕획의 눈에 커다랗게 지펴진 불덩어
리를 본 것이다.

그 불덩어리는 비열한 가주에 대한 분노였고, 그런 가주를 이때까지
보필해 온 자신에 대한 분노였다.

그래 당장이라도 잔을 엎을 것처럼 보였던 왕획은 조용히 자신의 잔
을 두 손으로 받쳐 올렸다. 그런 다음 술을 마시기 직전인 애각 형제에
게 말했다.

"두 분께서는 잠깐 이 늙은이의 말씀을 들어보시오."

"으?"

"예?"

엉거주춤 술잔을 내린 애각 형제가 왕획의 입술을 주시했다. 순간 감충세가 얼굴을 흙빛으로 굳혔지만 왕획은 개의치 않고 말을 이었다.

"두 분께서도 아시다시피 우리 고룡회는 술의 제조와 판매를 독점하여 커온 가문으로 술에 관계된 모든 일 처리가 타의 추종을 불허하외다. 물론 주법(酒法:술 마시는 법)도 예외가 아니오."

"총관!"

과연 어떤 의도로 왕획이 저런 말을 하는지 눈치 챈 감충세가 쥐어짜는 소리를 냈지만 왕획은 말을 계속했다.

"우리 고룡회 주법은 다른 일반 가문과 매우 상이하오. 술 한 잔을 마셔도 철저한 예법에 따라 마신다, 이 말이외다. 우선 손님들 잔에 술을 채운 다음 주인 잔에 술을 채우는 것까지는 일반 가문과 크게 다를 바 없소이다. 문제는 그 다음이란 말이지요."

"으음."

"계속해 보슈."

"먼저 삼 잔을 주인이 마신 다음에야 손님들께서 마실 수 있소이다. 그 이유는 다름이 아니오. 첫잔은 술이 잘 우러났나를 확인키 위해 마시는 것이고, 둘째 잔은 술에 이물이 첨가되지 않았나 확인키 위해 마시는 것이며, 셋째 잔은 속이 얼마큼 편한가 확인키 위해 마시는 것이라오."

왕획은 일단 한 잔을 먼저 꿀꺽 삼켰다.

"술은 그런대로 잘 우러났소이다. 다만 몇 시진 성급하게 봉인을 풀어 찬 공기와 닿은 기척이 좀 있지만 그리 큰 문제는 아니올시다."

쪼록.

자작으로 따른 두 번째 술을 삼킨 그가 인상을 잔뜩 찌푸리자 애각구려가 애각구충을 봤다.

"……."

순간 간신히 얼굴을 편 왕획이 말을 이었다.

"이런, 이물이 아주 많이 섞여 있소이다. 이는 필시 누가 보관을 잘 못해서 이물이 섞였거나 해코지를 작심하고 이물을 넣은 것이라오. 이 이물은 술맛과 전혀 상관없지만 그렇다고 아예 상관이 없는 것도 아니외다."

"……."

이번에는 애각구충이 애각구려를 봤다.

꿀걱.

마지막 세 번째 술을 삼킨 그가 비틀거리며 일어섰다.

"이물로 인해 속이 끊어질듯 아프고 목이 타 들어가는 것 같소이다. 심장의 박동이 걷잡을 수 없이 빨라지고 눈앞이 점점 어두워지오. 혈관이 오그라들면서 관절이란 관절이 다 뒤틀리는구려. 해서 이 술은 사람이 먹어서는 절대 아니 되는… 독주임이 틀림없소이다."

주르륵.

하얗게 부릅뜬 눈으로 핏물 한 점을 게워낸 그가 천천히 뒤로 넘어졌다.

쿵!

반동으로 탁자가 튀어 올랐다. 이어 충격을 못 이긴 주담자가 뚜껑을 달칵이며 한쪽으로 기울어졌다.

그 기울어짐이 내려와 주담자가 바로 앉기 직전, 벼락같이 뽑혀진 애각구려의 거도가 감충세의 어깨로 떨어졌다.

　퍽!

　"이리 안개가 긴 날은 성군님께서 없으신 날인가?"

　긴장을 푼 노공이 하후굉에게 물었다. 그 물음이 끝나자 갑자기 피비린내가 진동해서 흘끗 아래를 본 하후굉이 깜짝 놀라 되물었다.

　"무슨 말씀이시옵니까?"

　"안개와 성군님은 아무 상관 없네."

　"예?"

　"안개가 끼어도 성군님께서는 늘 그 자리이시지. 다만 사람의 어리석은 눈이 그것을 못 보고 안개 탓을 하는 게야. 우리 사해상련은 이제 안개를 탓하면 안 되네. 안개 너머에 계신 성군님을 똑바로 직시할 수 있는 안목을 길러야 한다는 이야기이지."

　"당최 무슨 말씀이온지 소생은⋯⋯."

　하후굉이 머리를 긁적였지만 노공은 점점 더 모를 소리만 했다.

　"이제 고룡회는 완전히 분질러졌네."

　"⋯⋯?"

　"일이 이리 잘 풀릴 줄 모르고 노신은 많이 염려했지. 지금 분지르기에는 그 재주와 지조가 아까운 사람이어서 말이야. 그래 장차 화근이 될 줄 뻔히 알면서도 차마 분지를 수 없었는데⋯ 저 스스로 저리 뚝 분질러졌구먼."

　"⋯⋯."

"에잉, 이래서 사람 앞은 한 치도 안 보인다는 게야. 사람 앞에 놓인 운명의 기이한 비틀림을 귀신인들 어찌 알까. 쯧쯧."

"……?"

"……."

거도를 늘어뜨린 채 애각구려는 침묵했다.

어깨와 허리가 양단된 감충세를 거들떠보지 않았다.

혈조를 타고 주르르 흘러내린 굵은 핏물이 물방울 돋는 소리를 냈다.

똑똑똑.

그 소리를 귀에 박은 애각구충도 침묵했다. 그는 술잔에 달라붙은 눈을 떼지 못했다. 그러자 마음의 저 아래에서 실타래처럼 얽혀 있던 언어 몇 줄이 기어올라 와 술잔을 감싸 안았다.

'지금 이 술잔 속에 든 것은 술이 아니라 죽음이다. 한 근도 아니 되는 이 술의 무게가 삶과 죽음을 나눴다!'

그래 술을 마시지 않은 이쪽은 삶, 술을 마신 저쪽은 죽음.

그 엄중한 경계가 겨우 술 한 잔 무게라는 것을 애각구충은 깨달았다.

"ㅎㅎㅎ……."

비틀린 웃음, 혹은 탄식은 애각구려가 먼저 터뜨렸다.

5

"고룡회를 분지를 때는 파죽지세였사옵니다."

"칠공자파 역시 제대로 대응치 못하고 무릎을 꿇었사옵니다."

어젯밤부터 새벽까지 일어난 일을 보고하는 관노와 지음은 고개를 들지 못했다. 용각사에서 칼밥을 먹다 적련사에게 소속되었고 적련사가 돈영회로 투신함으로써 덩달아 돈영회 일원이 돼 더듬이 역할을 하게 된 그들은 그 정도로 위치가 미미했다.

적어도 이 자리에서만큼은.

먼지 한 점 묻어 있지 않은 긴 탁자로 가운데를 가른 대전.

왼쪽은 팔황맹 제남지부 인물 넷과 관부 인물 하나가 앉아 있고 오른쪽은 돈영회 소두목 일곱이 앉아 있는 것이다.

"알았다, 물러가도록."

소두목 중 이인자 격인 천파궁(天波弓) 가효(可曉)가 관노와 지음을 내보냈다. 밖으로 나온 관노와 지음은 서로를 보았다.

"초라하다. 씨팔."

"이리 목숨을 연명하고 있는 것만으로 고맙게 생각해야 해."

관노의 타이름에 지음이 갑자기 눈을 빛냈다.

"우리 기분도 그렇지 않은데, 어디 가서 한번 할까?"

"……!"

"혹시 알아? 하고 나면 이 찜찜한 기분이 싹 풀어질지?"

"너 이 자식… 진짜 죽고 싶니?"

탁자의 시작점.

금박을 입힌 태사의에 깊이 앉은 돈영회주 공릉은 자신의 좌우에 철탑처럼 선 돈영쌍부(豚影雙斧)에게 눈짓을 했다.

"나누어 드리게."

순간 구 척에 달하는 키와 칠십 근짜리 금부(金斧:금 도끼) 두 자루를 등에 진 돈영쌍부가 좌우로 갈라졌다. 그들의 품에서 꺼내진 똑같은 죽간이 장내에 모여 있는 사람들 앞에 놓여졌다.

"……."

죽간을 본 사람들은 약속이라도 한 것처럼 제각각의 표정을 한 번씩 짓고 일제히 공릉을 주시했다.

잠시 사이를 두었던 공릉이 천천히 입을 열었다.

"결국 일이 예까지 왔소이다. 용각사와 틈사파가 분질러질 당시만 해도 자고 나면 주인이 바뀌는 이 저잣거리에서 그럴 수도 있는 일이 려니 생각했는데 말이외다."

"흠."

"그래 우성 목귀파가 목귀대가 되고 그 목귀대가 사해상련이 됐다는 소리를 들었어도 일이 이 지경까지 이르리라고는 미처 생각지 못했소이다."

뱃속에서 충분히 우려내진 공릉의 목소리가 장중하게 천장을 울렸다. 그런 공릉의 말은 더 이상 이어지지 못했다.

공릉의 맞은편 중앙에 앉은 인물이 독수리처럼 눈을 빛내며 끼어든 것이다.

팔황맹 제남지부 이인자 가뇌(家腦) 팽호천(彭浩踐)이었다.

"허면 대랑께서는 그들을 그저 단순한 파락호들로 생각하셨다… 뭐, 이런 말씀이 아니시오?"

"그렇소이다."

일단 긍정을 한 공릉은 팽호천의 눈 그늘 저 아래 도사린 칙칙한 살기를 감지했다.

비웃음이 발려진 그 살기는 매우 비릿해서 언제든 수면 위로 올라와 한껏 피보라를 뿌릴 수 있음을 여실히 보여주고 있었다.

"호오."

검은 돼지를 연상시킬 만큼 낯빛이 검고 뚱뚱한 팽호천은 두툼한 눈썹에 함몰된 실눈을 살짝 휘며 너스레를 떨었다.

"천하의 대랑께서 그런 실수를 다 하시다니요? 이 팽 모는 도무지 믿어지지 않소이다. 이제 늙으신 게요?"

"글쎄올시다."

공릉은 일견 농담처럼 들리는 팽호천의 명백한 힐난에 당장 낯빛을 바꿀 정도로 성격이 녹록하지 않았다.

그러나 공릉의 오랜 호위 돈영쌍부는 그렇지 않았다.

그들의 손이 번득 금광을 한 번 발했다 싶은 순간, 그들의 등에서 뽑혀진 금부 두 자루가 기묘한 호선을 그리며 천장 높이 날아올랐다 탁자로 떨어져 내렸다.

쩡!

"대랑께 불손한 자는 누구를 막론하고 죽는다."

"대랑께 대드는 자는 고하를 막론하고 죽인다."

얼굴이 한 치도 다르지 않아 누가 봐도 쌍둥이임이 분명한 돈영쌍부가 동시에 소리를 냈다.

팔황맹 제남지부 쪽도 가만히 있지 않았다.

팽호천의 좌우에서 검은 그림자가 일렁이더니 불쑥 푸르스름한 환수도 네 자루가 드러났다.

"우리 팽문사괴(彭門四怪) 역시 주인께 불손한 자를 두고 보는 성격이 아니지."

따로 떼어놓고 본다면 각자의 생김을 구별하지 못하고 한 명이라 생각할 정도로 닮은 노인들 넷이 잡은 환수도가 천장에 몇 개의 현란한 도영을 그렸다.

스윽―

이에 돈영쌍부가 다시 금부를 뽑아 들었고 팽문사괴가 기이한 자세로 천장의 환수도를 끌어내렸다.

두 병기가 불똥을 퉁기며 막 부딪칠 찰나.

"그만둬!"

한 손을 든 공릉이 돈영쌍부를 제지했고 팽호천 역시 팽문사괴를 제지했다.

"과연 돈영쌍부외다."

어색한 침묵이 흐른 뒤 먼저 침묵을 깬 사람은 팽호천이었다.

"금부 두 자루면 일천의 대군이 두렵지 않다던 소문을 내 믿지 않았었는데, 이리 직접 보니 소문이 크게 축소됐다는 것을 알겠소이다. 저분들은 과거 오룡련 시절, 무림에서 금부쌍군(金斧雙君)이라 불리던 분들이 아니시오?"

팽호천의 물음을 공릉이 인정했다.

"역시 팽 공께서는 치밀하시오. 한때는 그리 불렸소이다. 나 또한 저 네 분을 잘 알고 있지요."

"흠."

"넷이면서 하나이고 하나이면서 넷인 도귀들. 이십 년 전 하북에서 원의 잔당들이 기승을 부릴 때 관군 일만이 감당치 못한 그들을 단 삼 일 만에 제압했다 들었소이다."

치밀함이라면 공릉도 팽호천 못지않았다.

그래 일단 서로가 가진 무력을 인정한 그들은 바로 본론으로 들어갔다.

"대랑께서는 이제 저들 사해상련을 어찌하실 작정이시오?"

"더 이상 밀고 들어오지 않는다면 당분간 관망해 볼 작정이외다. 뭐, 굳이 피를 볼 이유도 없지만 저잣거리를 이리 이 분해서 다스리는 것도 그리 나쁘지 않지요."

먼저 신경전을 시작한 사람은 공릉이었다.

"팽 공께서도 아시다시피 우리 돈영회는 그간 용각사에게 손해를 많이 봤소이다. 그놈들은 참 무식하게 덤벼들었어요. 아무리 저잣거리라지만 강호임이 확실하고 그래 나름의 철학이 있소이다. 그놈들은 그것을 무시하고 개 떼처럼 덤벼들었어요."

"흠."

"소문에 의하면 귀 측 팔황맹이 뒤를 봐줘서 그랬다고도 하고. 아, 물론 소문을 전적으로 믿어서는 안 되겠지만 그렇다고 무시해 버릴 수도 없는 일이 아니겠소? 난 마음이 약한 여인네라 더 소문을 믿는지도 모르지. 뭐, 이제 다 지나간 이야기니까 농담처럼 그냥 한번 해보는 소리요.”

말을 마친 공릉은 팽호천의 대답을 기다리며 눈을 감았다.

“……”

즉답을 미룬 팽호천은 잠시 천장을 보았다.

그러자 황금 돼지가 구름을 희롱하는 광경이 양각된 천장에서 오래된 먼지가 부스스 흘러내렸다.

“험. 대랑.”

일단 목소리를 낮춰 진지함을 가장한 팽호천은 공릉을 불렀다.

굳이 공릉이 이 자리에서 넌지시 농담을 빙자해 용각사의 뒤를 어느정도 봐준 팔황맹의 역할을 새삼스럽게 강조한 것은 특유의 노회함에서 우러나온 판단이 틀림없었다.

이를테면 앞으로 시작될 사해상련과의 싸움에서 팔황맹을 앞장세우기 위한 술책임을 간파한 것이다.

그것을 눈치 채지 못할 팽호천이 아니었다.

“대랑께서도 말씀하셨다시피 지난 이야기는 그저 농담으로 치부하는 것이 좋을 듯하오. 곰곰이 따지고 들면 우리 쪽이 매우 섭섭하지만 내 듣지 않은 것으로 하리다.”

“으음.”

살짝 눈을 떠 팽호천을 한 번 본 공릉이 다시 눈을 감았다.

팽호천은 개의치 않고 말을 계속했다.

“죽간을 보아하니 그간 대랑께서는 이 사해상련뿐 아니라 조선 상단인 고려원과 왜인 상단인 아라이구미까지 샅샅이 파악하고 계시오이다. 물론 고려원이나 아라이구미가 이 제남에 있기는 하오만 대랑의 저잣거리와 무관한 세력이오. 그런데 왜 이런 수고가 필요했던 게요?"

속이 다 드러나 보이는 팽호천의 물음 또한 공릉의 속내와 마찬가지였다. 팔황맹은 이번 싸움에 자신들이 앞장설 이유가 없음을 대변하고 있었다.

"지금 저잣거리와 무관한 세력이라 하셨소?"

천천히 눈을 뜬 공릉은 다시 팽호천의 깊게 함몰된 눈을 주시했다. 팽호천이 대답했다.

"그렇소이다. 그들은 각자의 나라로부터 조공무역을 대행하는 집단이오. 물론 그 몇 배의 물목을 따로 유통시키는 것을 내 모르지 않지만, 그것은 대랑과 전혀 상관없는 일이오이다. 따라서 그들과 사해상련이란 조무래기들과는 아무 연관 없는 일이오."

"그렇게 생각하면 그렇겠지요."

일단 긍정을 한 공릉은 태사의에서 몸을 일으켰다. 뒷짐을 지고 몇 발자국 거닐던 그녀가 문득 팽호천을 바라봤다.

"팽 공께서는 정녕 사해상련주 하백에 대해서 아무것도 모르시오? 알고도 모르는 체하시는 것인지 정말 모르시는 것인지 이 늙은이는 그것을 측량키 어렵구려."

"모르지는 않소이다. 그렇다고 안다고 말하기도 뭐하오이다."

마주 일어선 팽호천이 대답하자 공릉은 특유의 칙칙하고 불투명한 눈으로 한동안 팽호천의 어깨 너머를 가늠했다.

"흠."

공릉의 이상한 눈빛을 받은 팽호천은 뒤를 보고 싶은 생각이 들었지만 꾹 참고 말을 이었다.

"사해상련주 하백. 본명 소우. 이십 세. 서현 상촌 출신. 아비는 염쟁이. 어미는 가출해 생사 불명. 십 년 전 제남에 잠시 정착. 그 후 행방불명되었다 우성 목귀파를 이끌고 남하. 병기는 고려에서 제작된 장도를 사용."

"……."

"세간에서 하백의 현신이라는 평을 받으나 조작된 것이 분명함. 치밀하고 잔혹한 성격의 전형적인 파락호. 이것이 본 팔황맹 제남지부에서 파악한 놈의 전부요. 여기에 보탤 것이 더 있소이까?"

"내 귀를 믿을 수 없구려, 천하의 팔황맹에서 녀석에 대해 진정 그리 알고 있으리라고는. 그 정도야 저잣거리의 코흘리개들에게 물어보면 대번 아는 일이 아니오?"

자존심을 긁은 공릉은 팽호천이 걸려들기를 기다렸지만 팽호천은 걸려들지 않았다.

"으음."

"흠."

어색한 침묵이 두 사람 사이를 배회했다.

그러나 두 사람 중 누구도 입을 열 기미가 보이지 않았다.

자연스럽게 생겨난 긴장이 실내를 메우기 시작했다. 이에 호응한 돈영쌍부가 금부를 번쩍이자 기다렸다는 듯 팽문사괴가 환수도를 틀어쥐었다.

척.

순간 살을 저며 버리고도 남을 만큼의 살기가 자욱하게 일어나 천장을 떠돌았다. 동시에 공릉과 팽호천의 눈빛이 허공에서 몇 번 엉겼다 뒤집어지고 떨어졌다 붙기를 거듭했다.

그러나 이런 긴장은 그리 오래 이어지지 못했다.

"두 분께서는 고정하시오."

이때까지 한마디도 안 하고 묵묵히 자리를 지킨 인물이 마침내 끼어든 것이다.

그는 바로 제남지부에서 형률의 집행을 총괄하는 벼슬아치, 추관(推官:검찰관) 유소기(柳蘇基)였다. 관료 특유의 갸름한 손으로 기름진 수염을 슬슬 쓸어 내린 그가 말했다.

"본인이 보건대 두 분께서는 지금 사해상련을 매우 두려워하고 계신 것 같소이다. 그 근본도 없는 파락호 조직을 말이오. 그래 서로 앞장서기를 꺼려하시는 것이 아니오니까?"

"큼."

반박할 말을 찾지 못한 팽호천이 먼저 코를 실룩거렸다.

"추관께서는 말씀이 좀 과하시오이다."

"절대 그렇지 않소이다."

관인을 떨걱이며 일어난 유소기는 팽호천과 공릉을 지그시 바라보았다. 순간 그의 몸에서 일어난 위엄이 팽호천과 공릉을 찍어눌렀다. 그 위세에 밀린 둘은 아무 소리 못하고 착석했다.

'제기랄.'

깍지 낀 두 손을 탁자에 올린 팽호천은 내심 툴툴거렸다.

벼슬은 일개 추관에 불과하지만 유소기는 추관 이상이다.

황도에서 부임한, 그래 제남 사정에 어두운 타 벼슬아치들을 한 손에 틀어쥐고 있는 것이다.

"본인이 보기에도 매우 시건방진 놈이 틀림없소이다. 그만한 무리를 이끈다면 무엇보다 관부와 사이가 좋아야 하는 법. 그래 어지간하면 문안을 올 만도 하건만 아직까지 코빼기도 비치질 않고 있으니 말이오."

"큼."

"포두들을 풀어 놈의 뒷조사를 할까 하다 그만두었소이다. 파락호한 놈 때려잡을 빌미야 얼마든 만들면 되는 일이 아니겠소?'

순간 팽호천과 공릉의 눈이 경련했다.

유소기의 말이 매우 의미심장했던 것이다. '너희들이 못 나선다면 관이 대신 나서서 때려잡겠으니 은전이나 넉넉히 준비해 두라'는 뜻이었기 때문이다.

이에 자존심이 상한 사람은 공릉이 아니라 팽호천이었다.

천하에 군림하는 팔황맹이 지방의 말단 벼슬아치에게 농락당하고 있다는 생각을 아니 할 수 없는 상황. 부화를 감춘 그가 하하 웃으며 말했다.

"유 대인, 그러잖아도 공무가 바쁘실 텐데 우리가 그런 귀찮음을 드려서야 어디 백성 된 체면이 서겠소이까? 대인께서는 이번 일에 과히 괘념치 마시고 억울한 백성들의 한이나 풀어주소서. 이 팽 모가 놈을 만나겠소이다."

                    *   *   *

본의 아니게 돈영회 차기 회주로 낙점된 적련사 적산월은 지금 주방에 쪼그려 앉아 있다.

"아가씨께서 좋아하시는 회과육(回鍋肉:돼지고기 요리의 하나)의 맛을 좌우하는 요소는 딱 세 가지지요. 첫째, 돼지의 어느 부위를 고르느냐. 둘째, 삶는 데 시간이 얼마나 걸리나. 셋째, 무엇으로 버무리는가."

"……."

김이 무럭무럭 나는 솥에서 숙련된 동작으로 돼지고기를 꺼낸 진숙달은 기름 솥에 얼른 몇 점의 장작을 더 집어넣었다. 그러자 바글거리며 기름이 끓어올랐다.

똑똑똑.

적당한 크기로 자른 돼지고기를 이 끓는 기름에 털어 넣고 진숙달은 이마의 땀을 훔칠 사이도 없이 산초와 회향, 계피 등속을 부지런히 챙겼다.

"고기는 쫄깃쫄깃한 사태를 써요. 삶는 시간은 짧을수록 좋아요. 길면 고기가 질겨지거든. 그리고 센 불에 바짝 튀기면 씹히는 맛이 기가 막혀요. 버무리는 것은 지역마다 조금씩 다르지만 나는 이렇게 회향을 주재료로……."

"이봐요, 아저씨."

자신을 빤히 쳐다보는 적산월을 본 진숙달은 천천히 손을 멈췄다. 그와 눈이 마주치자 늘어진 머리칼을 훅 걷어 올린 적산월이 푸수수 웃었다.

"아저씨는 지금 나한테 인질로 잡혀 있는 거예요. 몰라요?"

"큼."

적산월의 눈을 피한 진숙달은 묵묵히 기름 솥에 뜬 돼지고기를 건졌다.

"그러니 아저씨가 내게 이리 잘해줄 필요 없어요. 그래 내가 좋아하는 음식을 만들겠다 매일 주방에 나와 이런 짓을 안 해도 된다구요. 아저씨는 그것도 몰라요? 아저씨 혹시 바보 아니에요?"

"……"

잠깐 손을 멈췄던 진숙달은 다시 부지런해졌다.

일단 기름에 튀겨낸 돼지고기에서 기름을 쪽 빼냈고 그것을 쓱쓱 버무려서 보기 좋게 접시에 담았다.

그 다음 어디서 구했는지 삶은 죽순 몇 개를 접시에 꽂았다.

"한번 먹어봐요, 맛이 괜찮은지."

불쑥 내밀어진 접시를 외면한 적산월은 자꾸만 흘러내리는 머리칼을 쓸어 올리며 자기도 모르게 입술을 깨물었다.

대체 나의 무엇이 이 사람을 이리 변화시킨 것인가. 나는 또 왜 이 사람의 음식을 매정하게 거절치 못하는 것인가.

적산월은 후회하고 있었다.

처음부터 일이 이리될 줄 알았다면 진숙달을 인질로 잡지 않았을 것이다. 진숙달은 자신이 총관으로 있는 북역하의 주인이자 은자로 소문난 하후굉을 닮아서인지 진중했고 초연했다.

인질임에도 인질처럼 행동하지 않았고, 몇 가지 고문에도 의연했다.

그래서였을까?

평소 같으면 절대 생기지 않았을 감정이 문득 생겨난 적산월은 아들이 돌아오지 않음을 걱정하는 노모를 안심시켰고 나름대로 봉양했다.

아울러 곡간에 가두었던 진숙달에게 어느 정도의 자유를 허락했다. 사실 소우의 사해상련이 바로 밀고 들어왔다면……

'나는 결코 이 아저씨를 살려두지 않았을 것이야.'

그 마음이 지금도 마찬가지일까? 해답은 명확치 않았다.

왜 그리 해답이 명확하지 않은지 시간 날 때마다 곰곰이 생각했지만 언제나 결론은 없었다.

"난 말이죠, 아저씨. 나이는 이리 어려도 세파에 많이 시달린 년이에요. 안 해본 일이 없어요. 이 정도만 이야기해도 알죠?"

"……."

적산월의 물음에 대답은 없었다.

"여자가 안 해본 일이 없다는 것은 갈 데까지 다 갔다는 이야기예요. 그래 여자로서 아무 쓸모가 없다는 이야기지요. 내가 왜 이런 이야기를 아저씨에게 하는지 알아요?"

"……."

진숙달이 지금 어떤 표정을 짓고 있을지 잠시 가늠해 본 적산월은 말을 이었다.

"내게 어떤 식으로든 관심을 가지지 말라는 경고예요."

"……."

"난 어차피 정숙하지도 않고, 그렇다고 사내에게 아양이나 떨어가며 기대 살 팔자가 아니에요. 난 저잣거리에서 살다 저잣거리에서 죽을 테니까."

"…그런 걱정은 하지 않아도 돼."

한동안 적산월을 내려다본 진숙달이 천천히 입을 열었다.

갑작스런 반말에 놀란 적산월은 멍하니 진숙달을 올려다봤다. 그러자 마치 여동생에게 그러하듯 쪼그려 앉은 진숙달이 적산월의 눈을 자세히 들여다봤다.

"……."

무릎을 싸안은 적산월은 고개를 푹 숙였다.

"난 내가 만든 음식을 네가 맛있게 먹어주는 것이 고마웠을 뿐이야. 왜 그리 고마운지는 나도 잘 몰라."

"……."

"언젠가는 알게 되겠지, 네가 왜 인질인 나를 함부로 대하지 못하는가, 내가 왜 너에게 음식을 먹이고 싶어하는가를 말이야."

"이익!"

말이 끝나기 무섭게 벌떡 일어난 적산월은 진숙달의 손에 들린 회과육을 빼앗아 내동댕이쳤다.

쨍그랑!

"난 첩으로 몇 바퀴틀 돈 년이야!"

"……."

"거리에서 몸도 팔았고 사람도 여럿 죽였단 말야! 그런 내게 네까짓 게 뭔데 잘해주는 거야! 오라! 이때까지 장가를 못 갔으니 너, 이 더러운 몸뚱이가 욕심나서 그러는 거니? 한번 벌려줄까?"

짝!

거품 물고 발광하던 적산월의 턱이 돌아갔다.

"익!"

강편을 뽑아 든 적산월은 다시 멍해졌다.

강편을 무시하듯 불쑥 내밀어진 회과육 때문이었다.

"먹어."

진숙달이 말했다.

"……."

"네가 성질이 더러운 것은 진작에 알았어. 그러니 어서 먹어. 그래야 기운이 생겨서 성질도 마음껏 부릴 수 있는 거야."

제4화 한없이 이어진 길

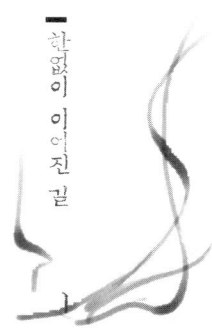

한없이 이어진 길

제남부중이 웅장하게 웅크린 대정로 중앙에서 좌측으로 난 골목을 따라 한 이천 보쯤 들어가면, 멀끔한 상점과 새 편액들이 즐비한 대정로와 전혀 상이한 풍경이 나타난다.

개와 돼지, 닭들이 더러운 진흙탕을 뛰어다니는 사이로 허물어진 벽돌과 갈기갈기 찢어진 천막들, 깨진 도자기와 달걀 껍질.

썩어가는 널빤지들 위로 병든 창기들과 거지들, 버려진 아이들이 퀭한 눈알을 굴리며 해바라기를 하는 풍경.

이곳이 바로 제남의 최대 빈민가인 평동(平東)거다.

은전 한 닢 만져 보기가 하늘에 걸린 별을 따는 일처럼 어려운 거리지만 이곳에 사는 자들도 사람인 이상 먹어야 살기에 은전 이외의 것을 거래하고 구하는 데는 이 거리가 제일이었다.

은전을 제외하면 이곳에서 거래되지 않는 물목은 없었다.

이를테면 특이한 식성을 가진 자들이 즐기는 사람 신체 각 부위, 돼지 양물, 모기 눈알을 포함하여 회춘을 원하는 늙은이들을 위한 동녀동남(童女童男:어린 계집아이와 사내아이), 그 아이들의 배설물에 이르기까지 없는 것이 없는 곳이었다.

이 피폐하고 살벌한 곳에서 십 년째 사람 고기를 팔아온 조포(趙鋪)는 오늘따라 유난히 신경질적이었다.

"어이, 씨버랄. 이 새끼 눈알은 왜 이리 노란 거야. 마치 술에 푹 담갔다 꺼내놓은 것 같네. 이러면 제값을 못 받지. 찜찜해서 어떤 놈이 이런 눈알을 날름 먹겠냐고."

평상에 눕혀진 시체에서 눈알을 뽑아 살펴보며 구시렁거린 그가 그릇에 눈알을 팽개쳤다. 동시에 저쪽에서 부스스한 머리칼로 멍하니 이쪽을 보는 여인을 불렀다.

"야! 너, 이것 가져다 시원하게 국 한 사발 끓여와라."

"……."

"야. 서방님 말씀이 안 들려?"

그제야 비척비척 다가온 여인이 더러운 손을 내밀어 그릇을 낚아챘다. 그 기세가 얼마나 매몰차던지 조포는 그릇에 담긴 눈알이 위로 퉁길까 봐 몹시 염려하지 않을 수 없었다.

"야, 이년아. 살살 다뤄! 흙 묻으면 맛이 떨어진단 말이다. 어디서 굴러먹다 왔는지 모르겠지만, 너 서방님 아주 잘 만난 줄 알아라. 내가 널 잡아 팔지 않는 것만도 고마워해야 한다, 이년아!"

"……."

횡 돌아서 부엌으로 들어가는 여인을 한동안 바라본 조포는 피 묻은 손을 두툼한 배에 쓱 문지르며 말했다.

"그래도 계집이라고 굴러온 주제에 팅기기는! 얼른 살 찌워서 잡아야겠다. 저런 계집이야 이 거리에 차고도 넘치니. 큼."

쓱쓱.

손바닥만한 육도를 숫돌에 벼린 조포는 시체를 손대려다 말고 문득 여인을 만난 날을 떠올렸다.

그날은 마침 제남의 밤거리와 저잣거리를 쥐고 흔들던 파락호들이 한바탕 전쟁을 벌인 날이라 거리가 뒤숭숭했다.

역수거리에 둥지를 튼 사해상련이란 신생 조직이 오래전부터 제남을 지배하던 유서 깊은 조직 넷을 차례로 분지르고 마침내 돈영회 면전에 육박한 사태가 벌어진 것이다.

그래 평동거리에서 제법 큰소리치는 입장인 조포는 그로 인해 자신이 사는 평동거리로 불어올 바람도 가늠할 겸 역수거리로 발을 옮기던 중에 만난 여인이었다.

미친 여인이 분명했다. 땟국물 질질 흐르는 남루한 차림의 여인은 가슴에 조그만 보퉁이를 안고 부지런히 거리를 배회하고 있었다. 가끔 하늘을 보며 무슨 말인가를 하는 것 같았지만 그가 알아들을 수 있는 말이 아니었다.

슬그머니 다가간 조포는 인육을 파는 자답게 여인을 꾀어 이곳으로 데려온 것이다.

그가 여인을 꾀는 방법은 단순했다.

여인이 지닌 보퉁이를 빼앗아 냅다 뛰었으니까.

고래고래 소리를 지르며 여인이 좇아오는 동안 무료해진 조포는 보퉁이를 열어보았다.

그리고 한동안 벌린 입을 다물지 못했다.

옷가지가 들어 있으리라 짐작한 보퉁이는 마른 꽃 이파리가 가득했던 것이다.

"우리 아기 줄 거야."

멍하니 서 있는 사이에 얼른 달려들어 보퉁이를 뺏은 여인이 하얗게 눈을 흘기며 말했다.

"흠."

꽃 이파리에서 뿜어진 향기가 마음을 아찔하게 흔들었던 그날을 지워 버린 조포는 주섬주섬 목탄으로 시체의 부위를 나누고 육도를 집어 들다 말고 또 구시렁거렸다.

"어이, 씨버랄. 정말이지 피골만 상접한 새끼구먼. 잘 발라내야 되겠어. 이런 새끼는 괜히 가죽만 두꺼워 이만저만 속을 썩이는 게 아니야. 이래서 굶어 죽은 놈은 별 재미가 없다니까."

입맛을 쩝쩝 다신 조포는 막 연기가 오르는 부엌 쪽을 향해 소리쳤다.

"야! 대충 끓이면 안 돼! 잔불로 슬슬 끓이다 김이 오르기 시작하면 센 불로 세 번 넘칠 때까지 끓여! 소금은 넣지 마!"

요리법에 대해 더 소리 지르려던 조포는 무심코 자신이 밟은 그림자를 보았다.

"으?"

천천히 고개를 들어 그림자에서 눈을 뗀 조포가 그림자의 주인을 보았다. 그러자 주름진 얼굴에 번쩍이는 기름기와 누런 이빨을 한 번 쓱 내보인 그림자의 주인이 칙칙하게 번쩍이는 눈알을 굴리며 물었다.

"자네가 인살귀(人殺鬼) 조포인가?"

"……."

"꾀꼬리가 개굴개굴 울더라고 나를 이리 보내신 분께서 자네에게 전하라더구먼."

인상과 달리 지독한 탁음이었다. 꿀꺽 침을 삼킨 조포가 얼른 눈빛을 낮췄다.

"하명하소서."

"사해상련주 하백을 아시는가?"

"……."

"소공(小公)께서 그의 뇌수와 심장을 드시고 싶다 하셨네."

그림자가 대정로와 이어진 길을 밟고 사라진 뒤,

조포는 부지런히 시체를 해부하여 살과 가죽, 장기를 분리해 걸방에 널고 천장에서 무엇인가를 꺼냈다.

부스럭.

천장의 균열에서 꺼내진 그것은 검신이 붉게 녹슨 기형면도(奇形綿刀)였다. 면도의 네 갈래로 갈라진 끝에서 이 세상 물건이 아닌 것 같은 섬뜩한 기운이 풍겼다.

추읍.

입술에 침을 한 번 바른 조포는 면도를 뒤집어 보며 황홀한 표정을 지었다. 뜰로 나온 조포는 자신의 집, 추녀 밑에 조등(弔燈)을 내걸고 평상에 앉아 눈을 감았다.

휘잉—

얼마 지나지 않아 조포를 중심으로 하나씩 둘씩 사람들이 생겨나기 시작했다. 유령처럼 생겨난 그들은 삭제된 것처럼 무심했다.

그러나 그들의 어깨에는 오랜 살업을 수행해 온 자들이 풍기는 냄새, 그래 금방이라도 튀어나올 듯한 죽은 자들의 비틀린 아우성이 올라앉아 있었다.

끝도 없이 불쑥불쑥 생겨나던 행렬이 마침내 끊어진 순간.

그들의 중심에 앉아 묵상에 잠긴 듯했던 조포가 눈을 번쩍 떴다.

"어른께서… 우리에게 피를 원하신다."

생겨난 자들을 훑어본 조포가 입을 열었다.

"명(命)."

무표정한 자들이 조포에게 다음 말을 재촉했다.

잠시 사이를 두었던 조포가 천천히 일어섰다.

"사해상련주 하백을 때려잡는다."

"명."

무표정한 자들을 이끌고 조포가 사라진 자리에 여인이 나타났다. 그녀가 들고 있는 그릇에서 비릿한 김이 올라왔다.

눈을 내려 위에 뜬 눈알을 맥없이 바라본 여인이 웃었다.

"끼끼끼."

무엇에 억눌린 소리였지만 웃음소리가 분명했다.

그러나 여인은 울고 있었다. 두 줄의 굵은 눈물이 더러운 볼을 타고 아래로 흘러내렸다.

"빨리 우리 아가를 찾아야 하는데……."

*　　　*　　　*

들판의 이쪽과 저쪽을 이으며 내달리는 바람결에 가을이 묻어 있다. 나뭇잎 사이로 비치는 나른한 햇빛에도, 그 햇빛을 등에 진 농투성이들의 얼굴에도 가을이 보여지고 있었다.

"뭐 해요?"

벌컥 문을 열고 들어온 여리가 물었지만 소우는 창밖의 풍경에 묻힌 눈을 거두지 않았다.

"음?"

대체 무엇을 보기에 사람이 온 것도 모를 정도로 정신을 놓고 있담?

"이제 좀 있으면 수확의 계절이야."

큰 소리를 질러 소우를 깜짝 놀래주려던 여리는 심호흡을 하지 않으면 안 되었다. 소우는 정신을 놓고 있던 것이 아니었다.

가슴을 콩콩 두드린 여리는 소우를 따라 창밖으로 눈을 주었다.

"……."

잔잔한 물 비늘 떠다니는 역하, 그 너머 아스라이 보여지는 황하는 계절을 나누는 경계선 같아 보였다.

물빛이 그래서인지 황하 인근은 황토빛이었고 바람을 타고 이리로 달려오는 들판은 초록빛이었다.

"계절은 사람과 많이 달라요."

일단 운을 뗀 여리는 마음이 아렸다. 온기가 감돌았던, 그래 덩달아 마음이 따뜻했었는데… 소우는 얼마 전부터 냉정하고 잔혹했던 예전 모습으로 돌아갔다.

여리는 그것이 못내 아쉬운 것이다.

"생각해 봐요. 와야 할 때 정확히 오고, 가야 할 때 정확하게 가요. 오는 모습이 반갑고… 가는 모습도 추하지 않아요."

"……."

지금 보이는 얼굴도 마찬가지였다.

깊은 탄식이 묻어 있는 얼굴에 손대면 금방이라도 시커멓게 묻어날 듯한 우울이 얼룩져 있다.

"왜 사람들은 상처를 안고 사는지 몰라. 여리는 사람들의 행동에서 그 상처를 볼 때가 있어. 그 상처의 가시에 찔려 아파하는 사람들을 볼 때가 있어요. 듣고 있어요?"

"…그래."

들판에 묻은 눈 그대로 소우가 대답했다.

"상처는 왜 서로 나누지 못하죠?"

"……."

여리도 들판에 눈을 묻었다.

"왜 혼자만이 가져야 하고 책임을 져야 해요? 가시가 다른 사람까지 찌를 수 있으니까? 그렇다고 생각하면 세상사가, 사람이 산다는 것 자체가 너무 비참하게 느껴져요."

"……."

"여리는 이해하지 못하겠어. '고통'의 반대말은 '기쁨'이잖아. 여리는 지금 '기쁜' 상황이 맞아요. 당신도 확실히 기쁜 상황이에요. 그런데 왜 이 아련한 '고통'이 없어지지 않아요?"

"……."

"오늘도 여리만 떠드는군요."

소우는 침묵했다.

여리가 무엇 때문에 이런 이야기를 꺼냈는지 짐작했기에.

자신이 고룡회와 칠공자파를 장악하고 구역을 늘리는 데 온 힘을 쏟는 동안 여리는 부지런히 춘야월을 출입하고 있었다.

아마 지금도 춘야월에 다녀온 길일 것이다.

등로에게 무공을 가르쳐 준다는 핑계로 여리는 그리 춘야월을 출입하지만 소우는 알고 있었다.

'이해하고 싶은 거야.'

태어나 한 번도 험한 꼴을 겪지 않은, 그래 순수한 여리로서는 지금 벌어지고 있는 이 상황이 모두 이해되지 않았을 것이다.

더불어 등로와 소우 자신에게 드리워진 고뇌를 납득할 수 없었을 것이다. 그래 보다 깊이 알고 싶어 그리한다는 것을.

"뭐라고 말 좀 해봐요, 당신!"

쥐어짜듯 소리친 여리를 본 소우가 무심히 말했다.

"새벽에 길을 나선 자는 길에 대해 고민하지 않아."

"……."

"오직 목적지만 생각해. 지금 걷고 있는 길이 가시밭길이고 피를 철철 흘리는 자라면 더욱. 그래야 잊을 수 있어… 아픔을."

"잊는다는 말은 결국 없어지지 않는다는 말이잖아요?"

"…그래."

"……."

"기뻤던 순간이 없어지지 않는다면 아팠던 순간 역시 없어지지 않는 거야. 가려질 뿐이지."

여리가 소우를 보았다.

"정말 그렇담 여리는 너무 슬퍼요."

"그래."

돌아선 소우 볼에 잠깐 생겼던 실금이 지워졌다.

"누나는 아직도 얼음장인가?"

"알면서 뭘……."

말꼬리를 흐린 여리도 돌아섰다. 그러자 탁자 위로 한껏 기울어진 햇빛이 흔들렸다.

여리는 내심 한숨을 쉬었다.

"후유─"

혼자 쓰기에는 지나치게 넓은 방.

삭막함을 없앤다고 난(蘭)과 수석(壽石) 몇 점을 들여놓았지만 여전히 삭막해 보이는 것은 어쩔 수 없었다.

장식이랍시고 중앙에 드리워 놓은 휘장 저쪽에 어설퍼 보이는 이불 한 채, 세로로 쌓아놓은 서책 몇 권이 소우의 살림이라면 살림이었다.

"잠은 잘 자요?"

"그럭저럭."

"힘들지 않아요?"

"모두 다 잘해주고 있으니까."

"식사는 어때요?"

제남을 반 이상 차지한 사해상련주가 겨우 백채 한 가지에 소면 몇 줄로 식사한다면 아무도 믿지 않을 것이다.

그러나 소우는 지휘부와의 회식 때를 제외하고 그것을 고집했다. 그것도 늘 남겼고 어떤 날은 아예 손을 안 대는 날도 있었다.

그만큼 마음의 고통이 심한 것이다.

여리는 그것을 알기에 이리 볼 때마다 물었다.

"먹을 만해요?"

"아주 맛있어."

지난번 물었을 때와 똑같은 대답이 나왔다.

여리는 지난번과 똑같은 질문을 또 해야 했다.

처지가 달라지면 옷부터 신경 쓰는 법인데 소우는 아니었다.

풍산촌에서 입고 온 옷을 아직 벗지 못하고 있었다. 다행히 두 벌이어서 더러워지면 갈아입었지만 한결같은 차림이었다.

"옷은 아직 편해요?"

"그래."

역시 똑같은 대답이었다. 그러자 두 손을 든 표정으로 멍하니 소우를 본 여리가 소우를 불렀다.

"봐요."

"……."

소우가 여리를 봤다.

"다른 궁상은 다 참아줄 수 있는데 옷 궁상만큼은 못 참아요. 그러니 당장 나가요. 어울리는 것으로 몇 벌 사야겠어요."

여리의 성화에 마지못해 따라 나가는 소우를 본 내사 우림은 조용히 문을 닫고 돌아섰다.

"자, 회의를 시작합시다."

착석한 우림은 중사 거연창과 외사 노공에게 먼저 말했다.

"련주께서는 잠시 출타하셨습니다."

"출타요?"

노공이 퉁방울 같은 눈알을 굴리며 물어오고 거연창의 송충이눈썹이 꿈틀했다.

당공과 춘야월을 다녀온 이후 구역을 넓힐 때 말고는 만리향을 벗어난 적 없는 소우였기에 그들의 놀람은 당연했다.

"대체 누구와 같이 나가셨다는 말씀이외까?"

노공이었다.

"아가씨와 같이 나가셨소이다."

"그렇다면 호위도 없이 나가셨다 이 말씀이외까?"

"그렇소이다."

"허!"

깜짝 놀란 노공이 거연창을 보았다.

"옳지 않소이다. 지난번에도 역하에서 장강… 뭐라 하는 자들에게 암습을 받으셨지 않소이까? 아무리 무적이라도 잔매질에는 장사가 없는 법이오이다. 어서 호위를 붙이세요, 중사."

"아, 알겠소이다."

벌떡 일어선 거연창을 우림이 제지했다.

"뭐 별일이야 있겠소이까? 따로 호위를 붙이지 않아도 천지가 다 우리 사해상련의 구역이외다. 설마 돈영회의 구역으로 가실 리 없지 않소이까?"

"끙. 대체 무슨 볼일이 있으신 게요?"

노공은 점점 더 불안해지는 모양이었다.

"글쎄올시다."

"허."

노공이 탄식했지만 우림은 알 듯 모를 듯 지은 미소를 풀지 않았다.

"에헴. 그간 우리 사해상련은 참 많이 성장했소이다."

일단 이리 운을 뗀 우림은 조금 사이를 두었다 말을 이었다.

"관부를 배경 삼은 돈영회를 궁지에 몰 정도로 크게 성장을 했다는 말이오이다. 우리에게 속한 상인들도 큰 문제 없이 일을 잘 풀어 나가는 중이고… 에, 한마디로 말씀드리면 무탈하게 흘러왔다… 뭐, 이 말씀이지요."

"……."

"그에 반해 런주께서는 점점 더 침잠하시는 것 같소이다. 전보다 더 말이 없어지신 것은 물론 도무지 웃으시는 표정을 보지 못했소이다. 물론 런주님 사정으로 그리하시겠지만 이런 변화는 당최 바람직하지 않다고 생각하는 바이외다."

"그것은 내사의 말씀이 지당하오이다."

엉거주춤 다시 자리에 앉은 거연창도 긍정했다.

우림이 말을 계속했다.

"그래 이제는 런주께서 한발 뒤로 물러나셔서 관망만 하셔도 될 정도로 우리는 성장했소이다. 다시 말씀드리면 이 성장의 열매를 조금 맛보셔도 되는 상태란 말이외다. 언제까지 전면에 나서서 말단처럼 피를 묻혀가며 싸우시게 둘 것이오니까?"

"……."

"그래 이 미련한 자의 소견으로는 이번 기회에 련주님의 장래에 관해 심각한 결정을 내려야 한다고 생각하외다. 다시 말씀을 드리면 에헴, 성혼을 시켜드리자… 뭐, 이런 말씀입지요. 그리되면 련주께서도 전면에 나서는 일을 재고하시게 될 것이오이다."

"……."

"어떻게 생각하시오이까?"

우림이 묻자 손가락을 몇 번 짚어본 노공이 머리를 흔들었다.

"끙."

한 번 더 손가락을 짚어본 노공은 우림에게 엉뚱한 소리를 했다.

"이보우, 내사. 오늘 우리가 회의하는 것이 그것 때문이오? 이상하다. 노신은 아닌 것으로 아는데?"

이유는 모르겠지만 노공은 소우의 성혼에 명백한 반대였다.

그 마음을 눈치 못 챌 우림이 아니었다.

"에헴."

우림은 몇 마디 더 하려다 그만두었다.

천하에 제일 가는 고집불통을 뽑는다면 장원을 하고도 남을 노공이다. 설득당할 상대가 아닌 것이다.

그래 머쓱해진 우림은 오늘 이리 모인 본래의 목적을 상기했다.

"에… 그럼 성혼 이야기는 추후에 다시 거론하기로 하고, 아무튼 그리 알고 계시는 것이 좋겠소이다. 흠. 오늘 우리가 이리 모인 목적은 여러분들께서 잘 아시다시피 오룡련의 합류 요청을 받아들일 것이냐 하는 문제를 상의하고자 모였소이다."

말이 끝나자 저쪽 구석에서 한 사람이 천천히 일어섰다.

"이 늙은이가 바로 진강봉이외다."

"……."

우림과 노공, 거연창이 그를 보았다.

"일전에 이 늙은이가 춘야월에서 귀 측의 련주를 뵈었소이다. 당시 련주께 이 늙은이가 오룡련의 합류를 요청드렸으나 련주께서 가부를 명확히 말씀하지 않으셨기에 이리 부득불 찾아왔소이다."

"소태처럼 쓰군요… 이 후아주."

당시 소우는 말했다.

진강봉은 이 말을 '마음 내키지 않지만 어쩔 수 없이 받아들이겠다'로 받아들였다. 그래 오늘까지 사해상련의 기별을 기다리다 직접 찾아온 것이다.

"으흠."

진강봉은 차마 우림과 눈을 맞추지 못했다. 자신이 초라해 보였다. 자신이 생각해도 자신에게 오룡련 시절 위세는 간 곳이 없었다. 똥을 주물러 온 십 년 세월에 함몰되어 보이지 않는 것이다.

"에헴."

간신히 그와 눈을 맞춘 우림이 말을 시작했다.

"그러잖아도 련주께서 귀 측의 말씀을 많이 하셨소이다."

"……."

"그러나 쉽게 결정을 내릴 사항이 아니기에 차일피일 시간만 보내고 있었소이다. 우선 그 점을 정중히 사과드리는 바이오, 대두웅."

우림의 사과를 시작으로 본격적인 이야기가 오가기 시작했다.

2

나귀를 앞세운 선남선녀가 담소를 나누며 거니는 모습은 사정이 그렇지 못한 자들에게 괜한 감정을 불러일으킨다.

사십이 다 돼가는 나이에도 마땅한 혼처가 없어 울화병이 걸린 왕용(王容) 입장에서 보자면 더욱 눈꼴 시린 것이다.

"큼… 저것들이 누구 염장을 지르나?"

옷 수선꾼 조삼도 그런 생각을 안 할 수 없었다.

그는 일전에 본 춘야월 예기 냉월을 잊지 못했다. 자신에게 정중히 고개를 숙이던 냉월의 아름다운 모습이 자꾸 떠올랐다.

그래 산더미처럼 일이 밀렸어도 마음이 심란해서 도무지 일할 기분이 아니었다.

생각다 못한 조삼은 자신과 처지가 똑같은 왕용의 점방으로 건너와 막 신세 한탄을 하려던 참이었다.

"요즘 아이들은 우리가 클 때와 전혀 달라. 어떻게 다들 저리 훤칠

하고 예쁜지 모르겠단 말씀이야."

후룩.

차를 한 모금 삼킨 조삼이 말했다.

뽕나무 잎이 우러난 차는 변함없이 푸르렀지만 지금 그의 마음처럼 미지근했고 씁쓸했다.

'언제 세월이 이리 흘렀는지, 원.'

그리 미지근하고 씁쓸한 마음인 것은 그들의 시선을 한 몸에 받는 소우도 마찬가지였다.

햇빛 강렬한 대낮, 솥에서 끓어오르는 기름, 끊임없이 어디론가 흘러가고 오는 사람들, 호객 하는 장사꾼들과 손님들 간의 실랑이로 가득한 이 저잣거리는 건조했다.

익숙하지 않았으며 낯설었고 뜨거웠다.

사람들의 한가운데 파묻힌 소우는 이방인처럼 고독해 보였다.

그러나 여리는 아니었다.

"맡아볼래요? 이게 사람이 살아가는 냄새 같아요. 밀고 당기고 부딪치고 흥정하면서 다들 이렇게 사는가 봐요. 여리는 그냥 아무 생각 없이 사람들의 물결에 이리 흘러다니면서 살았음 싶어."

"……"

"그럼 여리도 모르는 사이에 엄마가 되고 할머니가 돼 있겠지? 흡. 지금 여리가 무슨 이상한 소리를……."

얼른 입을 막고 얼굴을 붉힌 여리가 소우에게 박힌 눈을 빼 땅을 바라봤다.

"여리는 정말 푼수야. 그쵸?"

다시 고개를 든 여리가 소우를 봤다.

책장처럼 부드럽게 넘어가는 머리카락, 어디를 유심히 바라보고 있지만 다시 보면 딱히 어디를 보고 있다고 말할 수 없는 눈으로 소우가 대답했다.

"…아냐."

왕용은 자신의 점방을 향해 다가오는 두 사람을 빤히 보면서도 선뜻 일어나지 않았다.

"으음."

그늘에 있어도 땀띠가 마구 퍼부어지는 늦여름이다.

그런데 사내는 마치 한겨울처럼 검은 피풍을 둘렀고 머리칼 또한 상투를 치지 않아 미친년의 그것처럼 휘날린다.

그럼에도 한 번도 햇빛을 받지 않은 사람처럼 얼굴이 창백하다.

"허!"

조구 또한 일어날 생각을 갖지 못했다.

그것은 여인의 차림, 화려한 모란 몇 송이 수 놓인 경장과 귀한 담비피 단화 때문이 아니었다.

맵시있게 머리를 틀어 올려 성숙함을 가장했지만 그래서 더 어려 보이는 여인의 얼굴 때문이다.

말할 때마다 언뜻언뜻 보이는 덧니의 눈부심 때문인지도 몰랐다.

'거참… 요즘은 왜 이리 미인들만 보이누.'

푸륵푸륵.

당공이 아는 체할 때까지 조구와 왕용은 그리 넋을 놓고 있었다. 손톱만한 이빨을 먼저 내보인 당공은 두 사람이 아무런 반응이 없자 코를 마구 벌름거렸다.

그제야 정신을 차린 왕용이 크게 소리쳤다.

"어서 업셔!"

"근사한 옷 다 꺼내와요."

"정말 보기 좋은 모습이야, 그치?"

길 건너에서 옷을 고르는 소우와 여리가 훤히 보이는 객점 이층. 지음이 침을 쓱 닦고 관노에게 물었다.

관노가 화주를 들이켰다.

"캬!"

목을 죄어오는 화주가 햇빛처럼 개운했다.

"넌 어째 점점 철이 더 없어지는 것 같다?"

안주를 먹고 다시 한 잔의 술을 더 들이킨 관노가 잔을 내려놓았다.

탁.

"야, 지음. 네 나이가 몇이야? 열아홉이면 적은 나이가 아니라고. 그런데 꼭 열두 살짜리 같은 생각만 하고 있으니… 참, 큰일이다. 누가 널 남편 삼을지 모르겠지만 그 여자 참 안됐다."

우적우적.

손바닥만한 백채 한줄기가 관노 입에서 부서졌다.

"큼."

얼굴을 붉힌 지음은 씩씩대다 화주병을 입에 물었다.

꺽꺽꺽.

"그리 먹으니 맛있니?"

병을 빼자 대뜸 관노가 물었지만 지음은 대답할 수 없었다.

급히 집어넣은 화주가 아래로 내려가는 척하다 돌연 솟구쳐 올라왔기 때문이다.

"우엑!"

간신히 화주를 삼킨 지음은 금방 정신이 몽롱해졌다.

갑자기 서너 개로 보이는 화주병, 관노 얼굴도 일그러져 보인다. 몇 날 밤을 새우고 끼니도 제대로 못 찾아 먹었더니 화주 몇 모금에도 이리 금방 취하는 것이다.

"이 씨팔."

굳은 혀를 욕으로 푼 지음이 따졌다.

"너 지금 뭐라 그랬니? 누가 날 남편 삼을지 모른다공? 야, 관노. 네가 그리 말하면 이 낭군께서 아주 섭하지. 널 조강지처로 생각하고 있는데. 난 널 매일 갖고 싶단 말이야. 알어?"

"내가 물건이니? 가지고 말고 하게?"

툭 쏘아붙인 관노는 지음이 머리를 흔들며 뭐라거나 말거나 아래를 주시했다. 순간 나귀가 이쪽을 흘끔 올려다봤다.

푸륵!

'헉!'

뜨끔해진 관노는 얼른 나귀를 외면했다.

기름진 잿빛 털과 유난히 큰 귀를 가진 녀석을 처음 보는 것이 아니다. 언제나 사해상련주 하백과 함께 움직이는 동물, 그래 그런지 매우 괴팍해 보이는 녀석이었다.

푸히히.

다시 녀석을 내려다본 관노는 기가 막혀 하마터면 벌떡 일어설 뻔했다. 짐작대로 녀석은 보통 나귀가 아니었다.

관노가 자신을 외면해 버리자 바로 기이한 소리를 내 관노의 시선을 붙드는 데 성공했다. 그리고,

툿툿툿툿.

'저 미물이?'

뿌옇게 퉁겨지는 침방울을 본 관노는 분노했다.

그렇다고 한낱 짐승과 싸우기도 뭣해서 꾹 참으려니 속에서 천불이 나는 것 같았다. 관노는 건방진 녀석과 눈싸움을 시작했다.

"야. 씨팔! 너, 지금 내 말이 안 들려?"

여태 혼자 떠들던 지음이 소리쳤지만 관노는 꿈쩍 않고 아래만 주시했다. 벌떡 일어선 지음은 탁자부터 냅다 엎었다.

와르르.

"……"

그제야 관노가 조용히 지음을 보았다.

"너, 내 조강지처 할 거야 말 거야, 앙?"

"화려하면서도 경박하지 않은 옷은 없어요?"

덧니가 보일 때마다 자지러질 것 같은 마음을 추스르느라 왕용은 지금 정신이 없었다.

그리 정신없기는 조삼도 다르지 않았다.

새 옷을 꺼내온다는 핑계를 대고 안채로 들어온 조삼은 아예 창에 구멍을 내고 밖의 덧니를 뚫어져라 쳐다보았다.

그리고 곁의 사내가 과연 누구일까 생각했다.

검은 피풍과 장도. 창백한 얼굴이 얼음장을 배어 문 듯한 자.

"하백?"

스륵.

순간 천장에서 기어 내려온 은사가 조삼의 목을 감았다.

"큭!"

깜짝 놀란 조삼은 얼른 목을 부여잡았지만 은사는 사정없었다. 압력을 이기지 못한 조삼은 바닥을 뒹굴며 입을 벌렸다.

툭.

은사에 잘려진 머리가 방을 뒹굴었다. 잠시 후 흥건한 핏물을 밟고 나타난 그림자가 싸늘해진 그 머리를 주워 들었다.

"흠."

갈고리 같은 손이 잘려진 목의 단면에 박혔다. 이내 다른 손이 다가와 종잇장보다 더 얇은 면도를 그 머리에 들이댔다.

스윽.

귀 뒤쪽부터 그어 나가기 시작한 면도가 이마를 지나 다시 반대쪽 귀 뒤에서 멈췄다.

순간 목의 단면에 박혔던 손이 불끈 일어섰고 툭 떨어진 조삼의 얼굴 가죽이 그 손등에 올라앉았다.

"크큭!"

소리 죽여 한 번 웃은 그림자가 사라졌다. 동시에 척 늘어진 은사가 제 스스로의 의지처럼 조삼의 몸뚱이를 감아 올렸다.

이런 사정을 밖에서 안다는 것은 불가능했다.

마침내 왕용은 당최 나올 기미가 안 보이는 조삼을 기다리다 지치고 끊임없이 재촉하는 덧니에게 지쳤다. 그래 자신이 직접 안채로 들어가 옷을 골라오기로 마음먹었다.

"잠시만 기다리시면 됩니다. 소인이 후딱 다녀오겠습니다요."

얼른 등을 돌린 왕용은 이제야 나오는 조삼을 발견하고 버럭 소리부터 질렀다.

"아저씨! 지금 얼마나 바쁜데 이리 늦장을 부리시는 게요?"

조삼 얼굴빛이 전과 달리 좀 창백한 게 마음에 걸렸지만 왕용은 그리 신경 쓰지 않았다.

나이 먹었어도 조삼은 아직 자신과 같은 미혼.

그 사정을 모르는 사람이 본다면 주책이라 생각할지 모르지만 사내로서 미인을 보고 얼굴이 변하는 것은 지극히 정상이다.

그런저런 생각으로 조삼에게 다가간 왕용은 어이없었다.

"아니, 아저씨. 지금 빈손이 아니오?"

빈손으로 나올 거면 무엇 때문에 안채에 들어갔단 말인가?

순간 빠르게 다가온 조삼이 어깨로 왕용을 툭 밀쳤다.

"억?"

갑작스런 변화에 놀란 왕용이 조삼을 보았을 때 소매에 묻어놓았던 양손을 척 뺀 조삼은 소우에게 쇄도한 다음이었다.

쫘앙!

"이게 무슨 소리야!"

관노에게 주정하던 지음은 제풀에 놀라 엉덩방아를 찧었다.

벌떡 일어나 소리가 들려온 곳을 보니 하백이 들어 있는 점방이 지붕째 터져 나가고 있었다.

깨어진 기와가 사방으로 비산하고 뿌옇게 흙덩이가 날아오르는 것으로 봐 누군가 강력한 화탄(火彈:폭약)을 터뜨린 것이 틀림없었다.

"물러서, 이 바보야!"

우박처럼 떨어지는 기와 조각에 몇 대 얻어맞은 지음이 휘청거리자 관노가 달려들어 지음을 뒤로 끌어냈다.

쾅쾅!

연속해서 터지는 굉음은 그들이 들어 있는 객점의 기와까지 송두리째 말아 올리고도 부족해 탁자를 뒤엎고 그릇을 부쉈다.

이에 한가한 식사를 즐기던 사람들이 비명을 지르며 아래로 내달았다.

"아악!"

"으아!"

지옥이 따로 없고 아수라장이 따로 없었다.

그것은 거리도 마찬가지였다. 물건을 흥정하고 구경하던 사람들이 폭풍에 휩쓸려 날아갔다. 벽이 허물어지고 현판이 날았다.

바구니에 든 닭들이 목을 꺾고 떨어졌고 돼지가 뒤집어졌다.

'이런 제기랄!'

기둥에 의지해 간신히 정신을 차린 관노는 어금니를 깨물었다. 하백의 일거수일투족을 감시하란 명을 받아 이리 감시하는 처지지만 이것은 너무하는 짓이었다. 사람들 가득한 거리 한가운데에서 저리 무책임하게 화탄을 터뜨리다니.

"대체 누가 이런 무식한 짓을 벌인 거야!"

네 발로 기어간 관노는 아래를 내려다보았다.

순간 뿌연 먼지 속에서 천지를 다 사위어 버릴 듯한 강렬한 빛이 일어났다. 그 빛이 무엇을 의미하는지 깨달은 관노는 얼른 몸을 굴렸고 귀를 틀어막았다.

콰―앙!

한 자나 위로 퉁겨졌던 관노가 충격을 이기지 못하고 피를 토했다. 사정은 지음이 더 심했다. 어디에 부딪쳤는지 머리가 크게 깨진 지음은 벌레처럼 꿈틀거리며 피를 게워냈다.

"지음!"

비틀비틀 지음에게 달려간 관노가 지음의 얼굴을 쓸며 엉엉 울었다. 너무 엄청난 충격 앞에서 몸 날래기로 유명한 관노는 이리 무력했다. 머리 속이 하얗게 비어버린 것이다.

"눈 떠, 지음! 응? 눈 뜨고 정신 차리란 말이야!"

지음은 관노의 말을 들을 수 없었다.

고막이 터져 버린 것이다. 잠시 후 고통에 몸부림치며 끊임없이 피를 게워내던 지음이 천천히 정지했다.

"내가 네 조강지처 할게. 제발 눈을 떠, 지음. 응?"

지음에게 얼굴을 갖다 댄 관노가 더 크게 울었다.

그러나 지음은 눈을 뜨지 못했다.

사정은 소우도 다르지 않았다.

점방 주인과 교차한 창백한 중늙은이가 쇄도하려고 막 어깨를 구부린 찰나, 이상한 낌새를 눈치 챈 소우는 아무것도 모르는 여리를 안고 뒤로 물러났다.

"큭."

순간 누런 이빨을 보인 중늙은이가 쇄도했고 그의 가슴에서 엄청난 빛덩어리가 폭사된 것이다.

그가 쇄도해 오는 속도에 맞추어 거푸 삼 장을 물러난 소우는 상대가 암기 따위를 쓰지 않는 자라는 것을 그때 알아챘지만 늦은 알아챔이었다.

개문에 댔던 손을 벌려 폭사된 빛으로부터 여리를 보호한 소우는 몸을 뒤집었다.

순간 시커먼 것이 달려들어 폭사된 빛을 가로막았다.

소우는 그것이 무엇인지 알아챘다.

"당공!"

부름과 동시에 굉음이 일었다.

쾅!

순간 소우는 똑똑히 보았다.

당공을 산산이 분해한 굉음이 붉게 치솟는 비현실적인 광경을. 당공의 피보라를 헤집으며 소우는 외쳤다.

"당—공!"

그러나 소우는 당공의 살점 하나도 주울 수 없었다.

화탄은 하나가 아니었다. 자욱한 피보라 속에서 작은 섬광이 번쩍했다 싶은 순간, 재차 일어난 엄청난 굉음이 천지를 찢어발겼다.

쾅! 쾅!

굉음이 몸을 보호하려고 치달려 온 무풍과 가슴 어림에서 충돌했다. 파문처럼 번지는 진동에 쥐어짜진 핏물이 울컥 넘어왔고 귀가 멍멍해졌다.

후두두둑.

빗금을 그으며 떨어진 기왓장과 벽돌, 흙덩이가 등을 두들겼다. 사람들의 비명 소리가, 닭들의 허무한 날갯짓이, 돼지 엎어지는 소리가 아스라이 들렸다.

"당—공!"

목이 터져라 당공을 부른 소우는 여리를 더욱 끌어안았다.

당공이 분해되는 끔찍한 광경과 굉음에 충격을 받은 여리는 나무토막처럼 뻣뻣했다. 크게 부릅떠진 눈을 깜빡이지도 않았다.

쿵쾅쿵쾅!

금방이라도 폭발할 것처럼 여리의 작은 심장이 가슴을 마구 두들겼다. 핏물을 게워낸 소우는 온 힘을 다해 무풍을 끌어올려 다음 폭발에 대비했다. 그러나 자꾸 눈이 어두워지고 있었다.

치솟았던 뿌연 먼지와 검불, 닭 털이 천천히 내려앉는 광경도 점차 어두워졌다.

'당공……'

앞에서 눈알을 태워 버릴 듯 번쩍인 섬광도 오래전 염로에서 본 별빛같이 느껴졌다. 소우는 눈을 감았다.

그러자 눈물이 흘러내렸다.

콰앙!

"시작했구먼."

팔황맹 제남지부 복룡전(伏龍殿).

대정로 어림에서 굉음과 함께 치솟는 화염을 본 팽호천이 미소를 지었다. 두툼한 눈썹에 눌린 실눈을 묘하게 반짝이며 잠시 무엇을 생각한 그가 중지에 걸린 엄지를 비틀었다.

딱!

소리와 동시에 팽문사괴가 나타났다.

"하명을 주소서, 소공(小公)."

"가솔들을 동원해 놈의 뒤를 틀어막게."

"명!"

팽문사괴를 물끄러미 쳐다본 팽호천이 다시 손가락을 튕겼다.

딱.

"명분은 폭발 사건의 조사이네. 그래 안으로 진입하는 사해상련을 막게. 또한 돈영회도 막게. 아무도 중심으로 들이면 안 되네."

"명!"

팽문사괴를 교차하며 구르듯 달려온 팽주천이 거친 숨을 몰아쉬며 물었다.

"이보게, 아우님. 대체 이 무슨 소리인가? 변란이라도 난 것 같으이. 그렇지 않고서야 백주에 이리 큰 소리가 날 리 있는가?"

팽주천의 호들갑에 피식, 한 번 웃은 팽호천이 대답했다.

"형님, 거 체통을 좀 생각하시구려."

"으?"

"변란이라니요? 벼슬살이 하는 놈들이 들으면 매우 서운해하옵니다. 감히 우릴 무시하고 세력을 만든 어린놈을 손봐줬을 뿐이옵니다. 그놈이 아마 사해상련주 하백이라지요?"

느긋한 표정의 팽호천이 탁자에 놓인 찻잔을 들었다. 그 모습을 멍하니 바라본 팽주천이 문득 목소리를 낮췄다.

"자네… 설마 우리 가문이 맹주를 상대키 위해 몰래 키운 혈단(血團)을 움직인 것은 아니겠지?"

"흠."

팽주천이 쥐어짜듯 소리쳤다.

"어서 대답을 해보시게! 정녕 혈단을 움직이셨는가!"

"그것이 무슨 큰 문제가 되오리까?"

"자네……."

말을 잇지 못하는 팽주천을 팽호천이 불렀다.

"형님."

"……?"

"우리가 돈영회와 사해상련을 흡수하면 본가나 맹주도 감히 우리 형제를 업신여기지 못할 것이옵니다."

"하, 하지만 말일세. 그리되면 본가에서 가만히 있을까?"

하북팽문 본가, 백부(伯父)와의 갈등을 팽주천이 염려했지만 팽호천은 천하태평이었다.

"그 점은 그리 심려하실 일이 아니옵니다, 형님."

"으?"

"차리리 이번 기회에 우리 제남지부가 확실히 혈단을 장악해 버리는 것이옵니다. 대체 우리가 언제까지 본가의 비위나 맞추며 이리 세월을 보내야 한단 말이옵니까? 이제 우리도 일어설 때가 되었사옵니다."

"흐음."

팽주천은 생각에 잠겼다.

전에는 그렇지 않았지만 최근 팔황맹의 결속은 걷잡을 수 없이 약해지고 있었다.

맹주인 신산군 제갈조의 건강에 이상이 생긴 것이다.

이에 일곱 가문은 희희낙락했다. 그러잖아도 보이지 않는 곳에서는 경쟁과 암투를 벌여오던 그들이었다.

소강 상태를 유지하며 눈치를 본 그들은 제갈조가 치유하기 힘든 중병에 걸렸음이 확인되자 바로 전쟁에 돌입했다.

처음부터 추구하는 바가 이익이었던 그들은 기루, 도박장, 화가를 하나라도 더 거머쥐기 위해 그리 맹약을 저버리고 있었다.

그래 일이 그리될 것을 짐작한 하북팽문의 야심에 찬 가주, 도신(刀神) 팽문귀(彭汝貴)도 타 가문의 시선이 미치지 않는 이곳에서 은밀히 자객단을 양성했던 것이다.

혈단.

변방에서 뒷거래된 화탄을 장착한 살인 병기들.

"자네, 자신은 있으신가?"

"형님, 기억하시옵니까?"

"뭘 말씀인가?"

"언젠가 북역하에서 만난 늙은이가 한 말을 말이옵니다. 그 늙은이는 당시 목귀파 군사였사옵니다."

"사해상련의 내사 우림을 말씀하시는가?"

"그렇사옵니다. 그자가 그때 그랬지요. '막대의 길고 짧음은 대봐야 알지 않느냐?'고. 하핫! 참으로 적절한 말이 아니옵니까?"

"으음."

"형님."

"말씀해 보시게."

"어차피 우리는 혈단을 움직였사옵니다. 가주이신 백부님의 허락을 득하지 않고 말이옵니다. 예서 더 이상 적절한 말씀이 있으면 형님께서 제게 가르침을 내려주소서."

'기호지세(騎虎之勢)란 말인가?'

"그랬구먼."

긍정할 수밖에 없는 팽주천은 맥빠진 목소리로 물었다.

"그런데 자네는 왜 이 형에게 혈단을 움직이겠다 미리 말을 안 하신 것인가? 일을 이리 벌이시기 전에 이 형에게 한마디쯤 언질을 주셨어야 하는 게 도리 아니던가?"

피식, 웃은 팽호천이 대답했다.

"생각해 보시옵소서, 형님. 제가 그리했다면 소심한 형님께서는 분명 반대를 하셨겠지요. 저는 고집을 부려 강행하려 했을 터이고. 그리되면 형님께서는 백부님과 상의해 저를 죽여 없애는 쪽으로 쉽게 결론을 내리셨을 것이옵니다."

"뭐라?"

"아, 조용히 하시옵소서."

손을 들어 팽주천의 입을 막은 팽호천이 또 웃었다.

피식.

"형님께서 그리 부정하셔도 저는 다 아옵니다. 형님과 한 어머니 뱃속에서 나온 제가 아니옵니까? 비록 아비는 다르지만 말이옵니다. 그런 제가 형님의 속도 모르고서야 어찌 뇌호천(腦浩踐)이라 자부하겠사옵니까?"

"너, 너……."

"세간에서 형님을 무주천(武朱踐)이라 부른다지요? 그럼 보여주시옵소서. 이제 형님께서는 이 아우에게 무주천의 진가를 보여주시는 일밖에 여생에 남은 일이 없사옵니다."

3

만리향.

용각사 본거지였다 사해상련 본전이 된 곳.

이곳도 굉음이 크게 흔들기는 마찬가지였다.

"뭐여?"

"그러게."

주작단과 함께 비지땀을 흘리던 애각 형제가 굉음이 난 쪽을 동시에 바라보았다.

쾅! 쾅!

연속해서 터지는 굉음과 치솟는 화염에 섬뜩한 느낌이 든 형제는 서둘러 주작단을 해산시켰다.

"마구(馬具) 철저히 정돈하고 말먹이 제때에 주도록. 생콩을 주면 나중에 퉁퉁 불어서 말이 체하니까 꼭 불린 콩이나 익힌 콩을 줘."

"예이!"

"그리고 말여, 병기를 안 닦고 넣어두는 녀석들이 있는데… 내가 이름을 다 적어놨거든? 언제 한번 크게 혼날 줄 알어!"

삼삼오오 무리를 지어 흩어지는 주작단에게 엄포 놓은 애각 형제가 막 대전을 향해 달려가려고 몸을 돌렸을 때.

벌컥.

대전에서 맨발로 뛰어나온 노공이 화염을 보고 엉덩방아를 찧었다. 일어날 생각도 않고 방위를 중얼거리며 부지런히 괘를 짚어 내려가던 그가 하얗게 질렸다.

"하백님!"

호화루(豪華樓).

굉음의 진원지에서 얼마 떨어지지 않은 돈영회 본전은 아수라장이었다. 강력한 진동이 기왓장부터 뜯어 내린 것이다.

와르르.

쏟아지는 기왓장 아래, 혹시 맞을세라 머리를 감싼 노복들과 파락호들이 사방으로 뛰어 달아났다.

그리 정신없기는 주방의 진숙달도 마찬가지였다.

"이, 이게 대체 무슨 변괴야!"

연속되는 굉음에 화덕이 뒤집히자 화덕에서 퉁긴 불똥이 검불에 달라붙었다. 순간 술병을 쌓아놓은 주반(酒盤:선반)이 무너졌다.

콰릉—

이어 주반에 어슷 기대 놓았던 찬반(饌盤:찬장)이 뒤집히면서 안에 든 자기와 반찬이 쏟아져 내렸다.

텅!

엎어진 기름 솥을 불꽃이 끌어안은 순간 걷잡을 수 없는 크기로 커진 불꽃이 천장을 핥아 올렸다.

"불이야!"

진숙달은 자신도 모르게 대전으로 내달았다.

"기어코… 팽호천이 일을 저질렀구나."

균열이 시작된 천장을 본 공릉이 인상을 찌푸렸다.

서까래 사이 매끈하게 이겨 넣은 흙덩이가 갈라지면서 수숫대와 갈잎이 흉하게 불거진다 싶더니 우박처럼 쏟아져 내리기 시작했다.

후두두두—

"그래… 팽호천."

함몰되어 가는 천장에 눈을 준 공릉은 신들린 것처럼 중얼거렸다. 지금 공릉은 균열로 기우뚱해진 돈영회 상징, 금 돼지를 보고 있었다.

"그대는 돈영회를 우습게 보고 있구나. 그래 이 공릉이 예 있다는 것은 뻔히 알면서 화탄을 터뜨렸다. 그대는 정말 세상에 무서운 것이 없는 자로구나."

쾅!

탁자에 떨어진 금 돼지가 박살 났다. 순간 공릉의 맞은편에서 벌떡 일어선 적산월이 소리쳤다.

"대랑!"

"……"

"피하셔야 하옵니다."

"……"

공릉은 움직이지 않았다.

더 깊숙이 태사의에 몸을 기댄 그녀가 이때까지 천장에 박혀 있던 눈을 빼 적산월을 보았다.

"이 정도 굉음에 무너질 건물이었으면 벌써 무너졌다. 경거망동하지 말도록."

"대랑."

"당장 소두목들을 소집해라."

"……"

"그자가 아니면 감히 본 돈영회와 제남부중이 있는 이 대정로에서 저리 큰소리를 낼 자가 없느니. 이 늙은이가 직접 팽호천을 보러 가겠다."

"들어갈 수 없다?"

추관 유소기는 어이없다는 표정을 짓지 않았다.

그런 표정은 그를 호위하듯 둘러싼 포두(捕頭)와 포쾌(捕快)들도 마찬가지였다. 지금 앞을 막은 상대는 환수도를 멘 늙은이 넷.

'팽문사괴.'

유소기는 입맛이 썼다.

오수를 즐기다 놀라 깨어난 포정사사(布政使司)가 안찰사사(按察使司)를 불렀고 안찰사사가 자신을 불러 굉음의 진상을 조사하라 명한 것이다. 그래 나와보니 벅찬 상대였다.

"팔황맹이오?"

"그렇쇠다!"

순간 팽문사괴 중의 대형 혈마도(血魔刀) 팽휘(彭輝)가 가공할 위세를 뿜어냈다.

"흠."

유소기는 팽휘 가슴에 수 놓인 상징, 꼬리를 여덟 개씩이나 지닌 호랑이에게 눈을 주었다.

'제기랄.'

호랑이 상판에 침이라도 탁, 뱉어버리고 싶은 욕구를 간신히 참은 그가 인상을 풀었다.

팔황맹은 도찰원(都察院:정보부)과 금의위(錦衣衛:황제 직속 특무), 사례감(司禮監:환관이십사아문 중 하나)의 절대적인 비호를 받고 있다. 그래 포정사사나 안찰사사 같은 일개 성장(省長)이 건드릴 수 없는 배경을 지닌 조직이 아닌가.

"아무리 그렇다 해도 여기는 성도(省都)요. 이리 큰 사건을 일으키면 우리들이 매우 곤란하오. 아닌 말로 이 중에 황도와 연줄 있는 자가 있어서 상소라도 올리면 어찌할 것이오? 이거 유감이외다."

포두와 포쾌들에게 체면을 상하지 않으려 한 소리였다.

순간 소리없이 웃은 팽휘 눈썹이 꿈틀했다.

카랑.

뿌연 선으로 날아온 환수도가 유소기의 목을 핥았다.

"억!"

환수도의 주인 팽휘가 소리없이 또 웃었다.

"벼슬아치들은 저잣거리를 아주 우습게 알지."

"……!"

"여기서 사람이 태어난다. 그래 여기서 성장하고 여기서 성혼한다. 여기서 자식을 낳고 늙고 죽는다. 그런데도 너희 벼슬아치들은 자신과 전혀 다른 세상인 양 여기를 내려보며 거들먹거리지."

"껵……."

환수도에 힘을 준 팽휘가 말을 이었다.

"매우 곤란하다고? 유감이라고? 너희들이 쓰는 말은 참으로 미묘하지. 그 따위 미묘한 말장난이 너희 치부를 가려줄 수 있다 생각하느냐?"

"……."

"무, 무엄하다!"

포두와 포쾌들이 나섰지만 팽휘는 꿈쩍없이 뇌까렸다.

"이보게, 추관 나으리."

"……."

"더 이상 초라한 꼴 보이지 말고 돌아가라. 돌아가서 네 상관에게 전하거라. 팔황맹 제남지부가 이번 일을 맡았으니 괜히 관심 갖는 척 말라고. 며칠 후 우리 어르신을 초청해 건성으로 경과를 듣고 은전이나 한 궤짝 챙기면 다 끝나는 일이 아니냐?"

황망한 꼴로 돌아가는 유소기와 포두, 포쾌들을 물끄러미 본 팽휘가 다시 웃었다. 막 유소기 일행과 엇갈려 이곳으로 달려오는 무리를 봤기 때문이다.

'돈영회!'

그들에게 마주 뛰어나가려는 형제들을 제지한 팽휘가 늘어져 있던 환수도를 등에 붙였다.

척.

성큼 한 발 앞으로 나간 그가 소리쳤다.

"돈영회 대랑께서 여긴 어인 행차이시오?"

흙먼지가 가라앉으면서 폭발의 참혹한 참상이 드러났다.

깨진 기와와 무너진 담장, 죽어 널브러진 돼지와 닭들, 부러진 기둥에 걸친 천막이 펄럭이는 사이로 죽은 자들은 말이 없고 산 자들은 목이 터져라 비명을 질러댔다.

"아악!"

"어흐흐!"

비명을 지르는 자신들은 물론 타인들도 해독할 수 없는 언어. 그 도막도막 잘려진 언어는 단지 살이 떨어져 나가고 뼈가 분질러진 고통의 호소만이 아니었다.

이때까지 살아온 삶의 무게가 앞으로 살아갈 삶의 무게와 충돌해 저절로 불거진 언어였다.

절망을 씨줄 삼고 공포를 날줄 삼아 촘촘히 짜진 그물에 옴짝달싹 못하게 갇힌 사람들은 그리 비명을 지르면서 발버둥을 쳤다.

그것은 죽은 것처럼 널브러진 소우 아래 웅크려 있는 여리도 다르지 않았다.

"…일어나요."

한참을 울다 정신 차린 여리는 조심스레 소우 가슴에 귀를 갖다 댔다가 소스라쳐 벌떡 일어섰다.

순간 소우가 하늘을 보고 누웠다.

풀썩.

쓰러진 여리는 이를 악물고 일어났다.

그러나 땅이 꺼진 것처럼 다시 쓰러졌다. 기어서 소우에게 다가간 여리는 핏물로 범벅된 소우 얼굴을 쓸어 내리며 또 울었다.

"살아 있어요?"

대답이 없었다.

"눈을 떠요… 죽지 말아요… 죽으면 안 돼요."

말을 계속했지만 소우는 움직이지 않았다.

"어서 눈을 떠요… 죽지 말아요……."

소우 가슴에 얼굴을 묻고 여리는 엉엉 울었다.

소우가 죽은 것 같아서 울었고, 자신이 소우를 죽인 것 같아서 울었다. 그래 살아달라고 죽으면 안 된다고, 십 년의 참혹한 고련을 거쳐 이제 뭐가 이루어지려는 이 순간에, 그래 행복해지려는 이 순간에 이리 죽으면 안 된다고 울었다.

"…여리가 잘못했어. 그러니 죽지 말아요."

소우를 더 끌어안으며 여리는 중얼거렸고 쓰다듬었다.

꿈 같았다, 이 엄청난 피비린내와 염초(焰硝:화약) 냄새가. 사람들의 비명 소리를 펄럭이며 폐허를 치닫는 바람이.

죽어 나자빠진 사람들의 떨어져 나간 머리와 장기와 신체가. 표정이 삭제된 그들의 얼굴이, 부릅뜬 눈이, 흘러내린 피가.

떨어져 나간 당공의 머리와 다리가, 꼬리와 발굽이 보여주는 이 풍경은 분명 지독한 악몽이었다.

조금 전까지 자신이 골라준 옷을 몸에 대보며 '괜찮아?' 물었던 소우가…… '너무 경박해 보여'라는 대답에 어쩔 수 없다는 듯 한숨을 쉬며 볼에 실금을 그렸던 그가 이리 피투성이로 누워 있는 상황은 분명 악몽이었다.

"…당신이 죽으면 여리도 죽을 거야. 여리는 못살아요. 어서 눈을 떠요……."

"흠."

수하가 디민 태사의에 앉은 공릉은 우선 주변을 살폈다.

화탄이 얼마나 강력했는지 사방 오 장 정도가 폐허였다.

태사의에 등을 기댄 공릉은 조용히 명했다.

"팽호천을 이리 불러와."

"예이, 대랑."

돈영쌍부 둘이 동시에 허리를 꺾었다. 그들이 막 발을 떼려는 순간 팽휘가 이죽거렸다.

"대랑, 누구 맘대로 우리 소공을 불러오라 마라 하시는 게요?"

"너희들은 누구 맘대로 이런 일을 저질렀느냐?"

공릉의 물음에 환수도를 내린 팽휘가 대답했다.

"오래전부터 본 팔황갱의 행사는 사전에 누구의 허락을 득하거나 간섭을 받지 않았소이다. 하물며 예가 대랑께서 다스리시는 구역이 아님을 잘 아는데 그런 힐난은 당치 않소이다."

"뭐라?"

인상을 찌푸린 공룡은 조용히 물었다.

"네가 지금 배경을 믿고 이 공룡을 능멸하는 것이냐?"

순간 돈영쌍부의 금빛 도끼가 허공을 갈랐다.

쩡.

환수도와 부딪친 도끼 두 자루가 재차 허공을 가르며 팽휘를 찍어눌렀지만 팽휘는 어느 사이 공중제비를 넘어 뒤로 날아간 뒤였다. 순간 도끼를 거두며 따라붙은 돈영쌍부의 면전으로 팽휘가 쳐낸 환수도가 밀려들었다.

슈욱―

길이가 일곱 자(210㎝)이르는 환수도는 중병답게 묵직했다.

현란함으로 가장된 눈속임이나 낭비가 전혀 없는 정직한 도세가 땅거죽을 말아 올리며 몰아쳐 온 것이다.

"칫."

먼저 돈영쌍부 중 청부(靑斧) 요광자(遼光子)의 금부가 요란한 호선을 그리며 날아가 환수도를 내리찍고 튀어 올랐다.

깡!

순간 흑부(黑斧) 요마자(遼麻子)의 금부가 재차 환수도를 찍어 땅에 눕혔고 다시 날아간 요광자의 금부가 팽휘를 장작처럼 빠갰다.

쾅!

흙덩이가 날아오르는 속에서 팽휘의 목소리가 건너왔다.

"한낱 촌 파락호 조직이 겁도 없구나! 감히 팔황맹을 상대로 무식한 도끼질을 하다니. 홋!"

슈욱―

흙덩이를 두 쪽으로 가르며 날아온 환수도가 기묘한 각도로 휘어진다 싶더니 길게 휘어진 저쪽 끝에서 일어난 강력한 파동이 이쪽 끝에선 돈영쌍부를 덮쳤다.

파앙!

파동을 따라 함몰되었던 공기가 산산이 찢어졌다.

땅이 흔들렸고 다시 피어오른 자욱한 흙먼지가 천지를 가렸다. 그 사이로 재차 날아온 것은 환수도 두 자루였다.

핏핏―

흙먼지와 마찰해 눈을 찔러 버릴 듯 타오른 환수도는 유려한 구렁이들 같았다. 직선이 아니라 곡선으로 저쪽까지 치달려 나간 그것들은 다시 엄청난 압력으로 돌아와 금부를 후려치고 돈영쌍부의 허리 어림으로 떨어져 내렸다.

가각.

그러는 사이 다시 세 자루의 환수도가 돈영쌍부의 측면과 중앙을 갈랐고 회수된 그것들은 다시 네 자루가 되어 돈영쌍부의 사방을 찢어발겼다.

회가 거듭될수록 하나씩 늘어나는 환수도에 당황한 돈영쌍부가 물러섰지만 환수도의 늘어남은 한량없어 보였다.

파웃.

다섯 자루로 육박해 왔던 환수도는 어느 사이 일곱 자루가 되고 여덟 자루가 됐다.

이것이 바로 팽문사고가 가진 진정한 힘이었다.

네 사람이되 열여섯 사람이 한꺼번에 쳐낸 것처럼 엄청난 압력으로 단숨에 상대를 압도해 버리는 혈마십육도공(血魔十六刀功)이 펼쳐지기 시작한 것이다.

"일전에 겨루고도 끝을 못 봐 매우 아쉬웠는데… 돼지들 스스로 달려드니 차라리 잘된 일이 아닌가?"

하늘을 가리고 땅을 뒤덮은 압력 속에서 팽휘의 이죽거림이 터졌다. 순간 돈영쌍부의 금부도 기묘해지기 시작했다.

환수도를 따라 숫자가 늘어나기 시작한 것이다.

"한무제(漢武帝)의 무덤에 처박혀 있던 환수도를 도굴해 사용한다는 소문이더니 과연 그렇구나."

"그래서인지 시체 썩은 냄새가 진동하는구먼."

팔랑개비처럼 휘도는 금부 사이로 돈영쌍부도 지지 않고 이죽거렸다. 그들의 거대한 몸에서 뿜어진 금빛 기운이 금부의 기세를 최대한 키웠다 싶은 순간, 역시 최대로 폭사된 환수도와 금부가 서로 얽혔다.

철컥.

상이한 두 기운이 톱니처럼 맞물리자 믿을 수 없게도 기이한 흡력(吸力:진공 상태)이 생성되기 시작했다.

맹렬한 회오리가 생겨났고 비틀린 공간이 쩍쩍 균열되기 시작했다. 그리 시작된 흡력은 주변을 남김없이 빨아들이며 기이한 울림을 만들어냈다.

삐이익—

돈영쌍부를 오늘날까지 지켜준 일절 회천흡심부류(回天吸心斧流)가 펼쳐지는 소리였다.

4

간절함이 기적을 만든다지만 지금은 아니었다.

간절한 바람도, 간절한 울음도 소용없었다. 소우는 움직이지 않았고 싸늘하게 식어갔다. 피에 절였다 꺼낸 것처럼 붉은 의복 아래가 빠개진 나무토막같이 창백했다.

"…제발."

이리 울고 있어서 안 된다는 생각을 한 여리는 소우의 상태를 가늠했다. 아직 실낱같은 숨이 붙어 있고 간헐적으로 심장이 뛰었지만 숨은 언제라도 끊어질 것처럼 약했고 심장은 금방이라도 멈출 것 같았다.

"당… 공."

소우를 편한 자리로 옮기며 여리는 또 울었다.

영리했던 당공, 어지간한 사람보다 생각이 깊었던 당공을 영영 볼 수 없다는 사실이 믿어지지 않았다.

"당공."

그 순박했던 눈망울과 아이 같은 장난기가 생각나 울었고, 당공이 없음으로 사해상련에 연락을 취할 수 없음이 안타까워 울었다.

'어떻게든 이 지옥을 빠져나가야 해.'

홍건한 울음 저 밑바닥에서 올라온 다짐으로 이를 깨물었지만 무엇부터 먼저 해야 하는지를 몰라 또 울었다.

그러나 여리는 금방 알 수 있었다. 이곳은 울음마저도 마음껏 허용된 공간이 아니라는 것을.

울음을 그치고 목검을 움켜쥔 여리는 간신히 일어섰다.

순간 뿌옇게 기울어진 세상이 흔들렸다.

그런 흔들림의 어디쯤에서 건너온 말이 참람했다.

"흐… 저건 하백의 계집이 아닌가?"

"……?"

한 번도 자신을 소우의 여자라고 생각해 보지 않은 여리는 잠시 혼란해했다.

휘잉—

염초와 비명 소리, 피비린내가 범벅된 바람을 밀어젖히고 나타난 그림자는 가슴에 단 호랑이 문양을 자랑스럽게 내밀었다.

"살아 있었나? 이 엄청난 폭발에?"

"다, 다가오지 말아요."

여리는 부탁했다. 그러나 그 부탁을 무참히 묵살하며 성큼 한 발을 내디딘 그림자는 일단 감탄부터 했다.

"흠. 꽤 아름다운 계집이로구나."

그는 팔황맹 제남지부를 옹위하는 열 개의 그림자 십전(十田) 중 넷째 팽도웅(彭途雄)이었다.

여리를 면밀히 살펴본 그가 웃었다.

픽.

"그 따위 목검으로 뭘 어떻게 하겠단 말인가, 계집?"

형제 중 가장 색(色)을 밝혀 색사(色四)로 불려지는 팽도웅은 여리의 속살에 군침을 흘리지 않을 수 없었다.

넝마처럼 변한 의복 아래 살짝 드러난 가슴과 배꼽을 죽 훑어 내린 그가 도에 손을 가져가며 천천히 말했다.

"고집 부리지 말고 누워라."

카릉.

강렬한 소리를 내며 뽑혀진 신병 북혈도(北血刀)가 야수처럼 여리를 향해 날아갔다.

'계집 따위가 목검으로 무엇을 하랴.'

팽도웅은 또 웃었다. 계집 뒤에 널브러진 상태로 봐 하백은 시체가 확실했다. 그래 하백을 발견하는 즉시 호각을 불어 알리기로 한 형제들과의 약조를 무시하고 북혈도를 날린 것이다.

목검을 베어버린 다음 계집을 눕히고 그 배 위에 올라탈 마음에 그는 '흐흐' 하고 터져 나오는 웃음소리를 간신히 참았다.

스윽.

사납게 날아간 북혈도가 중간에 꼿꼿해진다 싶더니 허공에 다섯 개의 동심원을 그렸고 그 동심원들이 섬광을 발했다.

"하!"

그것은 중병인 도를 철저히 발전시켜온 하북팽문의 비전 오호단문도(五虎斷門刀) 상의 오화낙영(五花落影)이 펼쳐졌음을 의미했다. 다섯 마리 호랑이를 단 일 수에 눕힌다는 패기가 실린 오화낙영은 눈부신 헛바닥을 날림이며 목검과 충돌했고 이내 천지를 가를 듯한 굉음을 사방으로 흩뿌렸다.

콰앙—

"윽!"

자욱한 먼지를 헤집으며 여리는 신음했다.

목검에서 시작된 충격이 손금을 낱낱이 헤집으며 어깨로 기어올라와 가슴에 박혔다. 그러자 가슴 어디에 괴어 있던 비릿한 핏물이 목을 대번 틀어막았다.

그런 사정은 팽도웅도 마찬가지였다.

"이런 제기랄."

이빨 빠진 북혈도를 멍하니 바라보던 그가 가슴을 움켜쥐었다. 순간 백납처럼 창백해진 얼굴에 혈색이 좀 돈다 싶더니 파리한 입술을 비집고 울컥 넘어온 피가 폐허를 물들였다.

"퉤! 역시 보통 계집이 아니군."

입술에 묻은 피를 쓱 문지른 그가 다시 북혈도를 쳐들었다.

그에 맞서 피를 게워낸 여리도 어깨를 들썩이며 대꾸했다.

"하아… 하아… 아무도 이 사람을 건들 수 없어!"

"건방진 년!"

피잇.

속도를 못 이겨 벌겋게 달아오른 북혈도가 현란한 혈선을 수 놓으며 허공에 가득해졌다.

여리도 북혈도의 삼엄한 공세에 목검으로 대항했다. 기혈이 뒤틀린 나머지 자부위공을 충분히 끌어올리지 못해 아쉬웠지만 여리는 절망하지 않았다.

소우와 함께 있음에 죽음이 두렵지 않은 것이다.

쩡!

목검과 충돌한 북혈도가 불똥을 튕겼다. 아까와 동일한 충격에 한발 물러선 팽도웅은 별수없이 호각을 물었다.

쇠로 만든 도가 나무로 만든 목검에 두 번씩이나 밀렸다는 것이 의미하는 바는 단순했다.

"제법 고수였구나. 그러나 네년도 오늘 하백 신세가 될 것이다. 우리 형제들은 호랑이처럼 강하니까."

삐리리릭—

벼려진 것 같은 호각 소리가 폐허를 가로지르며 사방으로 뛰어 달아났다. 그러자 호각 소리를 되짚으며 그림자들이 날아들었다. 여리는 자꾸만 어두워지려는 눈을 부릅뜨고 그림자들을 살펴보았다. 그중 제일 나이 들어 보이는 자가 누런 이빨을 드러냈다.

"호! 대단하군."

그 곁에 바짝 붙어 있는 자도 입술을 비틀었다.

"그러게 말이옵니다, 대형. 혈단의 자폭에 이리 살아 있을 수 있다니. 소제는 믿을 수 없사옵니다. 배를 한번 갈라볼까요?"

"거 좋지."

대형이란 자가 고개를 끄덕였다.

"보아하니 꽤나 싱싱한 아이인데 일의 성공을 축하하는 의미로 평동거리 조포에게 보내면 그 녀석 입이 찢어질 것이야."

"흐흐흐."

"킬… 킬킬."

왁자하게 웃은 그들은 우선 여리의 사방을 점했다. 전후좌우로 열려진 퇴로와 출구에 몸을 끼워 넣고 일제히 빼 든 도로 엄밀한 막을 세웠다. 그리고 한 발씩 좁혀들었다.

"다, 다가오지 말아!"

여리가 소리쳤지만 그림자들, 십전은 유들유들했다.

"미친년. 네년 모가지가 저승에 걸렸는데 우리가 다가서지 않는다고 달라질 것이 무에 있느냐?"

"목검 따위는 소용없다. 어서 꿇고 하백을 이리 내놔라."

"건방진 자식. 감히 팔황맹의 허락도 맡지 않고 세력을 꾸미더니 잘 되었다. 세상이 그리 호락호락한 줄 알았더냐?"

말이 끝나는 것과 동시에 번득 날아온 도기 한 점이 목검을 직격했다. 이어 날아온 도가 옆으로 흐른 목검을 피해 옆구리를 후비고 지나갔다.

픽.

그 도의 긴 호선을 따라 번진 피가 허공을 한 바퀴 돌아 폐허로 떨어져 내렸다.

"비린내도 정말 싱싱하군. 참으로 맛이 있겠어."

"색사는 시간(屍姦:시체를 강간하는 것)도 마다하지 않는다지? 우선 목을 잘라놓고 녀석이 시간하는 광경이나 지켜보세."

"칫!"

대형이란 자의 섬뜩한 농지거리에 분노한 여리가 목검을 쳐냈지만 이내 날아온 도 다섯 자루에 막혀 그대로 퉁겨졌다.

"자, 이제 장난 그만 하고 시작할까?"

십전의 대형 팽매웅(彭梅雄)이 신병 사도(蛇刀)를 치켜올렸다. 그러자 개해도를 따라붙은 형제들이 외쳤다.

"합도(合刀)!"

그때쯤 팽문사괴와 돈영쌍부는 막바지로 치닫고 있었다.

깡!

환수도를 한 번 찍고 퉁겨진 금부 두 자루가 팔랑개비 같은 움직임으로 하늘을 휘돌았다.

순간 사방 육 장이 금부의 환영으로 가득 찼다.

손잡이에 사슬을 달아 공격 반경을 마음대로 휘어잡는 금부는 대단히 미묘하게 날았다.

박쥐처럼 불규칙한 호선으로 촘촘한 그물을 짜기 시작한 것이다. 한 자루도 아니고 두 자루라면 중간에 엉키는 부분도 있기 마련인데 금부는 그렇지 않았다.

교차점이 매끄러웠고 회피점에는 한 치의 유격도 없었다.

"제기랄."

혈마십육도공이 실패로 돌아간 팽휘는 금부답지 않은 금부의 공세에 짜증을 발하면서 다음 공격을 준비했다.

"팽황사도결(彭荒四刀訣)."

좌상에서 한 점을 찍은 환수도가 우하로 미끄러졌다.

스윽.

다음 순간 우하에 머물러 있던 둘째 팽격(彭激)의 환수도가 좌상으로 밀려 올라갔고 셋째 팽욱(彭旭)의 환수도가 좌하에 찍은 점을 우상에 이어 붙였다.

쩡!

동시에 우상에 있던 넷째 팽영(彭榮)의 환수도가 좌하에 달라붙은 순간, 팽문사괴를 둘러싼 공기가 기울면서 급격한 회전을 시작했다.

고오오—

동귀어진(同歸於盡)을 각오한 최후의 무공. 단전에 든 내공을 모조리 쥐어짜 사방 오 장을 초토화시키는 패도적인 비전 팽황사도결이 마침내 그 모습을 드러낸 것이다.

"넌 어찌 생각하느냐?"

폭풍이 일 때처럼 심하게 요동 치는 공기에 인상을 찌푸린 공릉이 뒤에 시립한 적산월에게 물었다.

"돈영쌍부가 위험하옵니다."

"역시… 그럴 터이지?"

태사의를 차고 일어선 공릉은 팽황사도결에 말려 나풀거리는 소매를 번쩍 쳐들었다.

"하명하시옵소서, 대랑."

"……."

잠시 무엇을 생각하며 더욱 인상을 찌푸린 그녀가 포권한 소두목들에게 입을 열었다.

"이런 때를 대비해 우리도 준비한 게 있지. 그것을 사용해."

"예이, 대랑."

양쪽으로 갈라진 소두목들 사이로 드러난 것은 놀랍게도 거대한 쇠뇌였다. 그 쇠뇌에 누워 있는 사람만한 무쇠 살이 팽문사괴를 향해 겨눠졌다.

"쏴!"

공릉의 무심한 말이 떨어지자마자 쇠뇌에 달려든 소두목 하나가 한껏 당겨진 시위를 밀었다. 동시에 엄청난 소리를 내며 날아간 무쇠 살이 팽황사도결을 직격했다.

쾅!

"한 대 더 쏴!"

파앙—

주변의 공기를 벼리며 재차 날아간 무쇠 살이 걷잡을 수 없이 헝클어진 팽황사도결을 반쪽으로 갈랐다.

쾅!

"으윽!"

갑자기 날아온 강력한 화살에 제일 먼저 합격(合擊)을 깬 팽휘가 피를 울컥 토하며 널브러졌다.

그런 사정은 나머지 형제들도 마찬가지였다.

최후까지 버티던 넷째 광도(光刀) 팽겸(彭兼)의 경우는 몸을 관통한 무쇠 살을 따라 무려 십 장이나 날아가 거꾸로 처박혔다.

저벅저벅.

경련을 일으키는 팽휘에게 다가온 공릉이 팽휘를 불렀다.

"이봐, 늙은이."

"……!"

"저잣거리는 의외로 순박한 데가 있네. 목숨을 걸고 싸울 때 싸우더라도, 그래 몇 목숨 죽어 나가도… 그것은 어디까지나 싸움 당사자들의 목숨이지. 다시 말하면 싸움과 관계없는 이의 목숨은 건들지 않는다는 이야기네."

"……."

"이 늙은이도 한때는 주먹만을 믿었네. 참싸움은 주먹으로 싸워야 한다 믿었지. 그래 연장질 따위를 믿는 팽련호 같은 자를 내심 경멸했네. 이 늙은이가 오늘 보니 자네의 팔황맹은 팽련호의 용각사보다 더한 조직이네. 반드시 없어져야 할 조직이란 말이지. 자네는 자네들 팔황맹이 오늘 과연 무슨 짓을 저질렀는지 알고 있는가?"

대답 대신 환수도를 의지해 비척비척 일어선 팽휘는 입술을 깨물었다. 그런 팽휘를 참 한심하다는 듯 외면한 공룡이 말을 이었다.

"자네들은 오늘 큰 실수를 했네. 예가 아무리 시골이지만 그래도 사람 사는 곳이야. 연약한 사람도 스스로를 지키는 데는 온 힘을 다 발휘해 반드시 기적을 일으키는 법이지. 이 공룡은 이제부터 자네들과 싸울 것이야."

"큭!"

다시 울컥 피를 게워낸 팽휘의 눈이 몽롱해졌다.

"얘야."

여기저기 널브러진 팽문사괴를 쓸어본 공룡이 명령했다.

"제남 제일 조직 돈영회 이름으로 이자들의 목을 베라!"

"예, 대랑."

적산월이 허리를 꺾었다.

5

허리를 긋고 눈처럼 흰 도신이 지나갔다.

쫘악—

갈라진 옷 사이로 뿜어진, 꽃보다 더 붉은 핏물 몇 점이 허공에 흩어졌다. 그것들을 빨아들인 도가 둥그렇게 휘어지며 베어낸 공기가 차갑게 부서졌다.

'난 지킬 수 있어!'

입술을 꽉 깨문 여리는 마음속으로 외쳤다.

끊임없이 퍼부어지는 가공할 도세가 다짐을 자꾸 베어가고 있었다. 풀뿌리처럼 깊게 박혀 잘 끌어올려지지 않는 자부위공 한 자락을 잡고 겨우겨우 버티면서도 여리는 절망하지 않았다.

생각해 보면 꿈처럼 지나간 십 년이었다.

갑자기 할아버지를 잃고 염로를 떠돌던 열 살짜리 소녀는 자신이었고 아버지를 잃고 세상의 끝까지 쫓겨온 소년은 소우였다.

첫눈에 반했다는 말을 믿지 않았는데… 이제와 생각해 보니 첫눈에 반한 것이었다. 깊이를 알 수 없는 그 까만 눈에 들어 있던 어떤 슬픔, 갸름한 얼굴을 흘렀던 어떤 분노.

그래 작은 어깨 가득 의지가 올라앉아 있던 소년을 혈육처럼 믿고 따랐다. 폐관 구 년 동안 매일 보고 싶었고 대답이 없다는 것을 알면서도 매일 산에 올랐다.

그리 십 년을 하루같이 쌓아온 애틋한 은애였고 정리였는데 여기서 끝낼 수 없었다.

'…살아줘요, 제발.'

자꾸 엇나가는 목검을 바로잡으며 여리는 간절히 기원했다.

피잇—

송곳처럼 후벼오는 도에 팔이 그어지고 머리칼이 잘려졌다.

다리가 그어지면서 옷자락이 잘려졌다.

핑핑핑핑.

사나운 고양이가 쥐를 희롱하듯 십전이 날리는 열 개의 도는 막다른 구석으로 여리를 몰았다.

"하아, 하아."

여리는 물러서지 않았다.

물러서면 바로 소우에게 도가 날아올 것이기에 자꾸만 흐려지는 눈을 비비며 목검을 내밀었다.

"보기보다 상당히 질긴 년이군."

사도 팽매웅이 웃었다.

"이쯤이면 물러서서 제발 살려달라 울고불고 해야 하는 것 아닌가? 역시 하백의 계집이어서 질기다 이것인가?"

"이를 말씀이옵니까, 대형."

십전 여섯째 도룡도(屠龍刀) 팽나웅(彭羅雄)도 웃었다.

목검을 간단하게 제치고 여리 어깨를 한 번 죽 그어 내린 그가 도에 묻은 피를 쓱 문질러 맛을 봤다.

"흠. 쩝쩝."

"어, 어떠한가? 싱싱하지?"

"옛말에 썩어도 준치라 했사옵니다."

"흐……."

"천하에 미녀가 많다지만 저년처럼 특이하고 싱싱한 아름다움을 지닌 미녀는 드문 법이지요. 대형, 저 눈부신 덧니를 보소서. 아랫도리 형세가 어떤지 대번 짚어지시지 않사옵니까?"

"으음. 덜 여문 비린내가 나지 않을까?"

피식 웃은 사도 팽매웅의 도가 날아가 여리 옆구리를 후볐다.

깡!

"어라? 이년이 막아?"

목검에서 퉁겨 오른 불똥을 헤치고 재차 날아간 사도가 기어코 옆구리를 후볐다.

"흠. 쩝쩝."

피 맛을 보는 팽매웅을 향해 도룡도 팽나웅이 물었다.

"어떻사옵니까, 대형?"

"으음. 꽤 심오한 맛이구먼."

"비린내 약간 섞인 달짝지근함이 느껴지시옵니까? 그게 사람을 더 미치게 만들지 않사옵니까?"

"그렇기는 하네. 하지만 한번 맛을 봐서야 어디 제 맛을 알겠는가?"

피잇.

"쩝쩝."

"아예 눕혀 버릴까요?"

"아니야. 이리 맛을 브다 보면 눕겠지. 그나저나 이번 맛은 더 특이하구먼. 가슴이라 그런가?"

핑.

팽나웅이 도룡도를 날렸다. 입술이었다.

깡.

"앙탈도 꽤 심한 편이구먼."

도룡도를 통해 전해진 충격을 완화시키는 팽나웅을 둘째 화도(花刀) 팽고웅(彭高雄)이 잡아당겼다.

"나 같으면 하퇴삼두근(下腿三頭筋:아킬레스건)을 베어 평생 색노(色奴)로 삼겠어. 덧니? 웃기지 마라, 육제. 이빨을 모조리 분질러 버려야 하초를 잘 뺀다고."

꽃송이 문양으로 담금질된 화도가 노린 곳은 발이었다. 발을 들자 대번 상단으로 날아온 화도에서 뿜어진 살기가 눈썹을 문질렀다.

팡.

간신히 화도를 쳐낸 여리는 이리 방어만 하고 있다 마침내 걸레처럼 온몸이 분해되어 버릴 것임을 깨달았다.

순간 왼손을 크게 돌려 기를 손에 집중한 여리는 막 이리 날아오는 흰 도를 향해 손을 밀었다.

"천라상백수!"

쾌앙!

"윽!"

셋째 백골도(白骨刀) 팽자웅(彭紫雄)은 자신도 모르게 신음 소리를 냈다. 사람의 뼈처럼 생겨 백골이라 불리는 도를 타고 전해진 충격은 묵직함과 다른 형태로 그를 압도한 것이다.

탕.

도에 하얗게 달라붙은 서리를 털어낸 팽자웅은 지금 자신에게 일어난 일을 믿을 수 없었다. 엄청 시렸다. 한기(寒氣)가 몸의 저 아래로 내려가면서 관절과 뼈를 분리시키는 것 같은 지독한 고통을 주었다.

"이 싹수머리없는 년!"

관절과 마디가 각각 여덟 개로 이뤄진 백골도는 심하게 꿈틀거리며 단숨에 여리를 휘어 감았다.

"하악, 하악."

여리는 숨이 막혔다. 사람 뼈를 이어 붙인 것처럼 생긴 도가 관절과 마디를 흔들며 뿜어내는 악취가 지독했다.

그 노린내와 피비린내를 섞어놓은 것 같은 악취를 비집고 치명적으로 퍼부어지는 도첨 역시 한두 갈래가 아니었다.

깡깡깡!

걷어낼수록 더 정교하게 벼려진 도첨이 다가왔다.

'여리는 죽더라도 당신이랑 같이 죽겠어.'

여리는 소우를 보았다. 여전히 창백한 얼굴, 움직여지지 않는 손가락에 엉긴 피가 검게 죽어 있었다. 그리 흘깃 소우를 본 사이 날아온 도첨이 귀밑머리를 자르고 저쪽 허공에 처박혔다.

핑.

돌아오는 도첨을 본 여리는 입술을 깨물었다.

'미안해요, 당신.'

여리 볼을 타고 마지막 남은 눈물이 흘렀다.

'더 이상은 안 되겠어요. 여리 먼저 갔다 서운해하지 말아요. 당신의 하늘에서 여리는 멈출 것이고 그곳에서 영원히 살래요.'

여리는 가슴에 두 손을 모으고 눈을 감았다.

스윽.

그러자 도첨이 공기 알갱이를 낱낱이 가르며 날아오는 소리가 들렸다. 그 미세한 소리의 어디쯤에서 누군가 통곡하고 있었다.

여리는 마지막으로 되뇌었다.

'괜찮아. 정말 괜찮아요.'

그때였다.

콰앙!

굉음에 퉁겨진 여리가 피를 흩뿌리며 가랑잎처럼 난 것은.

"이 나쁜 놈들!"

막 떨어진 여리를 안은 애각구려가 천천히 십전을 향해 돌아섰다. 그러자 애각구려 눈에서 이글이글 타오른 붉은 화염이 주변 공기를 정지시켰다.

크릭.

"니들 이제 다 죽었다!"

무시를 날리기 직전, 애각구충이 씹어 뱉은 말이었다.

퍽!

믿을 수 없을 만큼 강력한 도기(刀氣)와 부딪쳐 너덜거리는 백골도로 무엇을 방어한다는 것은 불가능했다.

가슴을 움켜쥐고 나가떨어진 팽자웅은 얼른 고개를 들고 물끄러미 자신의 가슴을 보았다.

그리고 방금 자신의 가슴을 뚫어버린 자를 보았다.

크릭.

"좀 부족했지?"

말과 동시에 그자가 쥔 거궁이 흔들렸다.

순간 거궁에서 눈부신 구체가 퉁겨졌다.

푸슝—

구체에 빨려든 공기가 기이한 문양을 그리는 것과 동시에 걷잡을 수 없이 확대된 그 문양이 폐허를 가리고 형제들을 가리고 하늘을 가렸다.

퍽!

소리는 아주 먼 데서 들렸다.

그러나 지금 자신의 뇌수를 헤집고 지나는 불덩어리가 낸 소리라는 것을 팽자웅은 직감했다.

다음 순간 손가락이 오므라들었다. 이어 발이 뒤틀리면서 척추가 요동 쳤다. 턱이 벌어지면서 말려 들어간 혀가 목구멍을 틀어막았고 비강으로 밀려 내려온 뇌수가 폭발했다.

"…꺽."

천천히 뒤로 누운 팽자웅 입에서 시커멓게 죽은피가 흘러나와 땅을 적셨다.

"우리가 책임지고 련주와 여리를 본전으로 이동시킬 테니 뒤는 아우가 맡어."

"알았어, 형."

양팔에 소우와 여리를 끼고 애각구려가 뒤로 빠지자 그 뒤를 강염과 두위주가 받쳤다. 다시 시위를 당긴 애각구충은 팽자웅이 빠진 십전에게 으르렁거렸다.

"자, 이제 본격적으로 시작해 볼까나?"

"이런 젠장할."

툴툴거린 팽매웅이 사도를 축 늘어뜨렸다.

'대체 어디서 나타난 놈들인가?'

외곽은 합격술이 팽문 최고수인 팽문사괴가 틀어막았는데… 모습을 보니 하백 형제 혈웅귀와 호궁귀라는 놈들이 분명했다.

'그럼?'

놈 곁에서 고요히 이쪽을 바라보는 저 늙은이는 대체 누구인가.

그때 팽매웅의 머리 속을 읽은 것처럼 커다란 머리 흔들며 늙은이가 말했다.

"남들이 이 늙은이를 마웅이라 부르더구먼."

"마, 마웅!"

"왜, 익히 아는 명호인가 보네?"

대답을 기다리지 않고 진강봉이 압금추(壓金鎚)를 뽑았다.

동시에 그의 왼손에서 점점이 생겨난 인광이 폐허를 떠돌기 시작했다. 춘야월에서 소우에게 시전해 보인 바 있는 비화수(飛花手)가 펼쳐진 것이다.

이 세상 모든 것을 태워 버릴 수 있고 얼려 버릴 수 있는 신공.

우웅―

구렁이처럼 똬리 치며 자욱하게 폐허를 수 놓는 인광을 본 팽매웅과 형제들은 일단 뒤로 몇 발 물러섰다.

팽매웅은 잔뜩 일어선 살기를 어쩌지 못했다.

'마웅이라면!'

과거 대두웅으로 불렸던 오룡련주 진강봉이고, 과연 그렇다면 오늘 일진은 길사(吉事)보다 흉사(凶事). 이 폐허에 뼈를 묻지 않으면 안 될 각오로 붙어야 한다. 폭발에 내상 입고 정신이 반쯤 나가 버린 계집을 상대하는 것처럼 쉬운 일이 아닌 것이다.

"전력을 다해 베라!"

팽매웅의 말이 떨어지자 둘째 팽고웅이 빠르게 움직였다.

허공에 꽃망울 수백 개를 터뜨린 화도가 자욱한 인광을 불지르며 진강봉에게 쇄도했다.

"흠."

꽃망울을 본 진강봉은 아주 느린 동작으로 압금추를 내밀어 단 한 번 꽃망울을 휘저었다.

스릉.

압금추가 그려내는 등툭한 궤적을 따라 일제히 빨려들었던 꽃망울이 팽고웅에게 날아가 산산이 깨어졌다.

팡팡팡팡!

피투성이로 날아가 박힌 화도 팽고웅을 본 넷째 비조도(飛鳥刀) 팽무웅(彭武雄)이 독수리 날개처럼 생긴 도를 번쩍 쳐들며 쇄도하려는 순간.

"하!"

무시가 그의 복부를 향해 날았다.

텅!

가까스로 무시를 쳐낸 팽무웅은 재차 도약하려다 흘깃 좌측을 보았다. 자신이 방금 비조도로 퉁겨낸 구체, 정체를 알 수 없는 그것이 긴 호선을 그리며 허공을 한 바퀴 돌아 다시 날아오고 있었다.

"흑!"

얼마나 빠른 속도로 날아오는지 쳐내기가 불가능했다.

그래 본능적으로 쳐 들려진 왼손을 가볍게 관통한 그것은 바로 머리를 뚫고 들어왔다.

퍽!

소리와 동시에 다섯째 교룡도(蛟龍刀) 팽세웅(彭世雄)의 도가 용의 비늘 같은 은린을 흩뿌리며 팽무웅 옆으로 붙었지만 시뻘건 핏물과 함께 뿜어진 뇌수만을 흠뻑 뒤집어썼을 뿐이었다.

"이… 여우 같은 자식!"

같이 핏물을 뒤집어쓴 여섯째 도룡도 팽나웅과 일곱째 암묵도(暗墨刀) 팽치웅(彭治雄), 여덟째 철한도(鐵寒刀) 팽대웅(彭大雄)이 한꺼번에 애각구충에게 달려들었다 멈칫 정지했다.

크릭.

눈에 보이지 않는 속도로 잽싸게 시위를 당긴 애각구충이 그들을 보고 웃었다.

"누가 제일 먼저 죽어보겠나?"

말은 친절했지만 시위는 이미 철간에 달라붙은 뒤였다.

사정은 아홉째 금황도(金荒刀) 팽재웅(彭載雄)과 막내 천리도(千里刀) 팽사웅(彭使雄)을 앞세우고 진강봉을 상대한 대형 사도 팽매웅도 다르지 않았다.

쉬잉—

장난하듯 진강봉이 한 번 휘두른 손에서 뿜어진 가공할 인광이 앞을 막았기 때문이다. 제일 먼저 인광에 휩싸인 막내 팽사웅이 비명을 지르며 불타오르는 광경은 한 폭의 지옥도였다.

"아아악!"

이어 금황도 팽재웅에게 달려든 인광이 하얗게 얼어붙었다 싶은 순간, 쩡쩡 소리를 내며 팽재웅의 사지가 떨어져 나가기 시작했다. 떨어져 바스러진 왼팔 위로 오른팔이 떨어졌고 다시 그 위로 머리가 떨어져 박살 났다.

"으으……."

공포에 질린 팽매웅은 부들부들 떨면서 거푸 뒤로 물러났다.

그러나 마음뿐, 땅에 얼어붙은 것처럼 달라붙은 발이 떨어지지 않았다. 그러자 사람을 태워 버릴 수도 얼려 바스러뜨릴 수도 있는 인광, 오룡련 제일신공인 비화수를 한 움큼 쥐고 다가온 진강봉이 거칠게 그의 먹살을 잡았다.

"이놈!"

'소공께 알려야 해!'

넷째 북혈도 팽도웅은 그리 생각했다.

갑자기 나타난 사해상련의 무리는 문제가 아니었다.

십 년 전 제남에서 적구객 표대거를 일수에 쳐 죽이고 실종됐다 나타난 마웅이 문제였다. 그의 출현은 단순하지 않았다.

'십 년 세월 동안 그가 가만히 있었을까?'

아니었다. 그가 이끄는 오룡련… 자신들 팔황맹에 의해 멸망해 버린 거대 연합의 잔당이 나타났음을 의미했다. 그렇다면 천하의 중심을 흔들 만한 대사건인 것이다.

'이리 도망치는 게 비겁하지만 어쩔 수 없는 일이지.'

기울어진 기둥과 무너진 벽 사이를 네 발로 기어 폐허를 벗어난 팽도웅은 얼른 몸을 세우고 경공을 전개하려다 깜짝 놀랐다.

한 사내가 자신을 가로막았기 때문이다.

"누, 누구냐?"

"그저 지나가던 사람이외다."

한 사십쯤 되었을까?

평이하게 대꾸한 사내는 막대 모양으로 틀어 올린 상투에 호랑이 가죽을 덧댄 차림이었다. 그래 팽도웅은 사내가 지닌 화려한 맥궁을 보지 않고도 사내의 출신을 짐작했다.

'고려인!'

"왜 본인을 막아선 것이냐?"

대답 대신 세밀한 꿩 깃이 나란한 화살을 한 번 추스른 사내는 묵묵히 팽도웅을 바라보았다.

한참을 그리 서 있던 사내가 입을 열었다.

"꼴을 보아하니 당신이 이번 일을 일으킨 것 같구려."

"보, 본인은 팔황맹이다!"

"그렇소? 대체 팔황맹이 뭣 하는 곳이오?"

"……."

"당신도 눈이 있는 종자라면 한번 보시오. 이리 엄청난 혈겁을 일으켜도 무방하단 말씀이오?"

엄중한 질책에 자신도 모르게 한 발 물러선 팽도웅이 사내의 정체를 물었다.

"다, 당신이 뭐기에 감히 팔황맹의 행사에 관여하는가?"

다시 약간의 침묵을 거친 사내가 대답했다.

"소생은 고려원주 박제령이오. 이곳 사람들은 소생을 비궁비인이라 부르기를 즐기는 모양이오."

6

바다를 끼고 상업을 일군 자들 대부분 다 그렇겠지만, 최근 박제령의 고려원은 존립 자체가 위태로웠다.

방국진과 장사성.

명조와 함께 원조를 타도하는 데 앞장섰으나 원조가 패퇴하자 결국 명조를 가장 위협했던 두 반란 세력의 진정한 힘은 상업이었다. 이에 주원장은 상업을 억누르는 정책을 시종 고집했다.

주원장은 방국진과 장사성처럼 일개 상인이 큰 세력을 이루거나 외부의 세력, 즉 막북으로 패퇴한 원의 잔당들이나 왜국, 유구국이나 조선과 교통하는 것을 그리 달갑지 않게 여긴 것이다.

그래 국가에서 주관하는 조공무역 이외에는 일체 무역을 인정하지 않는 정책을 취했다.

그러나 오랫동안 지속되어 온 관행을 법령 몇 구절로 단절시킨다는 것은 불가능했다.

더불어 해안 지방 상인들의 반발도 만만치 않아 부분적으로 허용할 수밖에 없었다.

이런 사정을 작금 황제 건문제는 이해하지 못했다.

건국 초의 혼란을 수습하고 천년제국의 확고한 기반을 잡은 그는 무려 다섯 차례나 칙령을 내려 조공 이외의 무역을 금지시키면서 무역이 활발했던 해안을 철저히 봉쇄한 것이다.

이에 자유롭게 바다를 왕래하며 상업에 혼신을 쏟던 대상에서 단순히 '조공무역의 짐꾼'으로 전락한 상인들은 달리 선택의 여지가 없었다.

이문이 박한 조공무역에 매달리지 않는 대신 밀무역을 택한 것이다. 그것은 아라이구미도 다르지 않았다.

왜국을 대리해 조공의 운송을 맡는 대신 조공 짐의 몇 배에 달하는 물목을 같이 실어 날랐다.

그러나 고려원의 사정은 그렇지 못했다.

일 년에 몇 차례씩 육로를 통해 조공이 가능했기에 조선에서는 따로 운송을 맡기지 않고 국가가 직접 관리한 것이다.

그래 바다를 의지해 무역을 일궈온 고려원은 새로운 활로를 찾지 않으면 안 될 상황에 직면했던 것이다.

밀무역에 손을 대 명맥을 유지하느냐, 아니면 이대로 상업을 접느냐에 대한 결정은 이미 오래전에 나 있었다.

심란해진 박제령은 사냥을 빙자해 며칠 동안 태산을 헤매며 고민에 고민을 거듭했다.

결국 밀무역 쪽으로 각오를 다지고 막 내려온 그가 본 것은 굉음과 함께 사방이 초토화되는 광경이었다.

정상과 신용을 신봉했던 상인이 밀무역을 행할 수밖에 없는 심정보다 더 비참하고 심란한 광경은 그를 분노가 이글거리는 용암 속으로 밀어 넣기에 충분했다.

카릉—

뽑아지는 도를 본 박제령의 어깨가 굼실 움직였다.

동시에 무릎이 굽혀졌고 이내 가볍게 땅을 찍고 퉁겨진 몸에서 왼발이 풍차처럼 휘돌아 팽도웅을 쓸었다. 수박술(手搏術:태견)이라 불리는 박투무공 중 돌개질과 이어진 는질러차기였다.

빡!

좌로 처박혔다 얼른 일어난 팽도웅의 턱이 돌아갔다.

장심으로 내려쳐 턱뼈를 바스러뜨리는 수법. 역시 수박술 중 낙함(洛涵)이었다.

"억!"

실 끊어진 연처럼 날아가 폐허에 떨어진 팽도웅은 다시 일어나지 못했다. 핏물로 엉망이 된 뇌수가 차갑게 식으면서 심장이 멈췄다.

저벅저벅.

폐허의 중심으로 진입한 박제령은 화살을 꺼내 활에 재웠다.

그리고 힘껏 뒤로 잡아당겼다.

크릭.

동시에 뿌연 먼지 자욱한 저 앞쪽, 화살의 끝점에 걸린 자가 짐승 같은 소리를 지르며 그에게 내달아왔다.

"우아아!"

"어차피 뽑은 칼이고 이왕 마신 독배(毒杯:독이 든 술)다. 한 놈씩 철저하게 확인하고 팔황맹의 종자면 반드시 목숨을 취하도록."

어금니 사이로 뱉어지는 공릉의 명령에 동영쌍부와 소두목들이 허리를 꺾었다.

"예이, 대랑."

"잘 들어둬라. 저잣거리의 법은 누가 만드는 것이 아니다. 세월을 따라 자연스레 만들어지는 것이다. 그 법은 법 이상의 지혜와 순리이다. 그 지엄한 법을 놈들은 어겼다. 어떤 목적을 위해 저잣거리를 이용했고 마침내 이리 버렸다."

공릉의 눈 그늘에 깊이 드리워진 분노에 적산월은 전율했다.

지금 그녀에게 보이는 공릉은 성난 암사자였다.

돈영회주 황금돈 공릉은, 그래 피도 눈물도 없는 듯 보였던 철혈녀 공릉은 지금 저잣거리에서 영문도 모르고 죽은 사람들을 위해, 비명을 지르는 사람들을 위해 분노하는 것이다.

공릉의 이런 분노는 오직 세상에 대한 증오만으로 점철된 적산월의 사고에 새로운 충격을 주었다.

진숙달이 만든 회과육에서 땀이 스민 맛을 발견했을 때처럼 코끝이 시큰해진 적산월은 가만히 공릉을 불러보았다.

'대랑.'

그러자 그 부름을 들은 것처럼 공릉이 이쪽을 보았다.

"얘야."

"말씀하시옵소서, 대랑."

잠시 사이를 두었던 공릉이 말했다.

"명심하거라. 혼자였을 때는 잘 몰랐다. 아니, 알려 하지 않았지. 하나 널 받아들이면서 알았다. 네가 걸어갈 길에 대해 이 늙은이가 무엇을 예비해야 하는지를."

"……."

"우리가 비록 저잣거리의 어둠을 파먹고 살지만 사람을 귀하게 여겨야 한단다. 묵밭의 쑥부쟁이에 지나지 않는다 하더라도 만물은 다 나름의 가치를 지니고 있다. 그중에 제일인 것은 사람의 가치란다. 왜 그런지 아느냐?"

"……."

"세상의 중심이기 때문이란다. 중심에 사람이 있기에 만물의 조절이 이루어진다. 과한 것은 과하지 않게, 모난 것은 모나지 않게, 너무 둥근 것은 둥글지 않게 조절하는 존재가 사람이기에."

"……."

"넌 아직 이 늙은이가 한 말을 이해할 수 없겠지만 언젠가는 깨닫게 될 것이란다. 농사짓는 광경을 생각해 본다면 이해가 빠를지 모르겠다. 아무튼 사람을 귀하게 생각해라. 그래야 조직도 있고 위엄도 있는 것이란다."

툭툭.

적산월의 어깨를 두드려 준 손으로 공릉은 먼지를 헤쳤다.

"와―아!"

먼지의 저쪽에서 일어난 그림자들이 개 떼처럼 함성을 질렀다. 그들이 빼 든 장도가 하오의 열기를 베어버리며 밀려들자 돈영쌍부의 금부가 날고 소두목들의 철삭이 불똥을 퉁겨 올렸다.

까앙— 깡—

"으음."

피와 살육의 한가운데 선 공릉은 주먹을 꽉 오그려 쥐었다.

'어쩌면, 정말 어쩌면, 그래서 안 되겠지만……'

이 폐허의 어디쯤 자신이 그토록 간절히 보고 싶어하는 딸아이가 누워 있을지 모른다고 생각했다.

사철 습기찬 바람 불던 진회하. 그 음울했던 제동목에 아이를 두고 돌아섰을 때, 자신의 등에 달라붙었던 아이의 선한 눈망울이 이 폐허 어디쯤에서 자신을 지켜보는 것 같았다.

빠득.

공릉은 이를 깨물었다.

그러자 '한때 부끄러운 시절이 있었다'는 말로 덮어지지 않는 가시가 마음의 저 아래에서 솟아나 어금니 사이를 파고들었다.

'결국……'

어금니 사이를 후벼 파는 가시의 생생한 아픔은 견딜 수 있었다. 저 잣거리의 괴수라는 말도 견딜 수 있었다. 피가 없는 늙은이란 말도, 눈물이 없는 늙은이란 말도 견딜 수 있었다.

정작 견딜 수 없는 것은 그리 자학을 일삼으며 살았어도 지워지지 않는 상처였다. 세월이 흐를수록 점점 크기를 더해가는 그 상처가 끝이 없는 심연으로 그녀를 인도하고 있었다.

'내가 널 버린 것이 아니라 내가 나 스스로를 버린 것이야.'

공릉은 탄식했다.

"이런 염병!"

팽주천은 지금 폐허가 훤히 내려다보이는 누각 상피루(象皮樓)에서 속수무책으로 무너지는 가솔들에게 분노하고 있었다.

아울러 일을 이리 크게 벌인 이복 동생 팽호천에게 분노했다.

"대체 무엇을 위해 혈단을 푼 것인가!"

혈단을 푼 장본인 팽호천은 자리에 없었다. 그를 대신해 허리를 숙인 자는 혈단주 인살귀(人殺鬼) 조포였다.

"고정하시옵소서, 대공(大公)."

"고정이라니! 가솔들이 다 죽게 생겼는데 이 상황에 어찌 고정을 입에 올릴 수 있단 말이더냐!"

"먹이만 축내는 버러지들이옵니다, 대공. 요즘은 숫자가 많다 하여 승리하는 시대가 아니옵니다."

"네 이놈!"

호통을 내지른 팽주천이 도를 잡았다.

"네놈은 팽씨가 아니라 그 따위 헛소리를 하는 것이냐!"

"아니옵니다, 대공."

얼른 부복한 조포가 바닥에 머리를 찧었다.

"흠."

도에서 손을 뗀 팽주천은 폐허에 눈을 주었다.

단순한 그가 생각해도 어차피 벌어진 일. 수습이 문제였지만 사해상련이 발 빠르게 대응했고 자존심 다친 돈영회가 끼어들어 알 수 없는 방향으로 일이 전개되고 있다.

사해상련주 하백만 죽이면 모든 상황이 종료되는 간단한 일이었는데, 어떻게 일이 이 지경에 이르렀는지 참 한심했다.

"음?"

문득 뒤를 본 팽주천은 크게 눈을 부릅떴다.

말이 안 되는 헛소리 몇 마디 지껄이다 눈치 빠르게 부복한 조포, 그가 뿜어낸 이상한 기운을 감지했기 때문이다.

조포는 부복한 자세로 어깨를 떨고 있었다. 그런 그의 눈썹이 옆으로 휘어지면서 입술 사이에서 묘한 소리가 퉁겨졌다.

"끼끼끼……."

한껏 비틀려진 웃음소리였다.

의복을 툭툭 털면서 천천히 일어선 그가 팽주천을 보았다.

"대공, 이제 내려가 싸움에 참여하시옵소서."

순간 그의 옆구리에서 붉은 빛살이 일렁인다 싶더니 첨이 네 갈래로 갈라진 기형면도가 튀어나와 팽주천을 갈랐다.

푸앗―

"소공의 명이옵니다."

"소공? 호천이 놈이… 어찌하여……."

뒤로 물러선 팽주천이 인상을 찌푸렸다.

"소생의 아비가 바로 소공의 아비이옵니다."

"뭐라?"

"대공과 소공께서는 이복 형제가 아니옵니까? 하지만 소공과 소생은 친형제지요. 뭐, 그리 놀라실 일은 아니옵니다. 다 양물을 잘못 놀린 자 때문이옵니다. 끼끼… 사해가 모두 동도라 하지 않사옵니까?"

팽주천은 대답하지 못했다. 정수리에서 시작돼 가슴까지 비스듬히 이어진 혈선이 점점 굵어지면서 안의 내용물이 꾸역꾸역 흘러나왔기 때문이다.

푹.

앞뒤로 끄덕거리면서 용케 넘어지지 않는 팽주천의 가슴에 기형면도가 꽂혔다. 생명이 있다면 면도를 꽉 붙들어야 정상인데 바람 빠진 무처럼 허무한 감촉에 조포는 싱거워졌다.

"이런, 씨버랄."

비틀어 면도를 빼낸 그가 입을 삐죽 내밀었다.

"이 새끼는 가죽이 얇고 비계가 많아 글렀구먼. 살찐 새끼들을 꼭 이게 문제야. 살 사이에 적당히 비계가 분포돼야 하는데 비계는 비계대로 살은 살대로 뭉쳐 있으니 고기가 아주 퍽퍽하지."

면도에 묻은 피를 털면서 품평을 마친 조포가 스르륵 사라졌다.

잠시 후 다시 나타난 조포가 고개를 갸웃거렸다.

"폭발음이 너무 컸나?"

눈을 몇 번 끔벅거린 그가 또 고개를 기울였다.

"왜놈들이 웬일이지?"

폐허 저쪽에서 붉게 지는 태양이 어제처럼 눈부시지 않았다.

진한 감색으로 물든 태양은 자욱한 먼지와 바람, 신음과 비명 소리 어우러진 지상을 지나 역하의 수면에 얼굴을 눕히고 있었다.

"기이한 일이네요."

어깨를 넘어온 벚꽃 물결이 불룩한 가슴을 굽이쳐 옆구리로 들어가

는 기모노 위에 나비와 학을 수 놓은 화려한 금 오비(おび:허리띠)를 맨 아라이구미 영애 니시다 후미코가 얼굴을 찌푸렸다.

"이리 큰일이 터졌는데 관원이 한 명도 보이지 않다니. 믿을 수 없어요."

"그러게 말이옵니다, 아가씨."

피비린내 속에 난무하는 비명 소리, 병기 부딪는 소리에 잔뜩 긴장한 얼굴로 가와다 요시오는 팔짱을 꼈다.

스스로를 중원이라 부르며 자존망대(自尊妄大)를 일삼는 이 땅에서 과연 열여섯 살짜리 후미코가 이해할 수 있는 것이 무엇일까.

몇몇 살기 좋은 곳을 제외하면 견딜 수 없이 척박한 땅만이 끝 간 데 없이 펼쳐진 이곳.

치아를 주저앉히는 독한 물과 습한 바람, 씻기 싫어하는 사람들은 못 먹는 것이 없을 정도로 탐욕스럽고 음흉하다.

"거리를 더 좁혀 아가씨를 보호해라."

돌아가기로 마음먹은 가와다는 죽랑대에게 명령했다.

"하이!"

뱃놀이를 좋아하는 후미코를 위해 역하로 향하던 중 굉음에 놀라 달려와 본 이 풍경은 누군가 작심하고 화탄을 터뜨린 것이었다. 그래 마음 여린 후미코가 보기에 적당치 않았다.

"으음."

돌아선 가와다는 뒤에 가득 서 있는 칼잡이들을 보았다.

땅에 질질 끌릴 정도로 긴 장도를 든 칼잡이들의 가슴에 박힌 선명한 문양. 그것은 황조(皇朝)를 업고 천하의 모든 어둠을 지배하는 세력,

바로 팔황맹의 표식인 여덟 꼬리 호랑이였다.

'지독히 비싼 구경을 했군.'

스윽.

가와다가 도를 잡는 순간 칼잡이들 중의 누군가 소리쳤다.

"지워라!"

후미코를 지고 한 발 물러선 가와다의 도가 태양을 갈랐다.

카룽.

발도음의 저 앞에서 사선에 찢긴 칼잡이가 커다랗게 눈을 부릅떴다. 넘어지는 그를 차고 날아오른 칼잡이들이 도광을 번득이며 떨어져 죽랑대 속에 든 후미코와 가와다를 에워쌌다.

"영문도 모르고 싸워야 하는 것이군요."

꽃잎처럼 벌어진 죽랑대 중심에 선 후미코가 어이없다는 듯 말했다.

"……."

가와다는 대답하지 않았다.

이런 류의 막싸움은 원인이 정해져 있기에. 자신들도 모르게 살인멸구(殺人滅口:죽여서 입을 막는다는 뜻) 대상에 들어버린 불운을 탓할 수밖에 없다.

"큭큭! 왜년이로세."

말이 끝나는 것과 동시에 밀려온 칙칙한 도기가 가와다의 어깨를 핥으며 후미코에게 쏘아졌다.

깡!

중간에서 도기를 차단한 가와다가 쇄도했다.

철 이른 낙엽처럼 무겁게 팔랑거리며 칼잡이 둘이 베어져 날았다.

가와다는 서툰 비명 따위를 바라지 않았다.

스악—

도의 단면을 스치고 지나가는 살의 감촉이 우둔했다. 뼈와 부딪친 도가 퉁겨질 때마다 시뻘건 핏물이 도를 잡고 엉엉 울었다.

시간이 지날수록 피비린내는 끈적끈적 몸을 감아왔다.

그 피비린내는 자신이 왜 이리 치열하게 싸워야 하는지, 왜 이리 치열하게 죽여야 하는지 따위의 시시콜콜한 의문을 덮어주었다.

'칼잡이는 오직 칼로 모든 것을 증명한다!'

가야낭도라 불리는 사내. 십 년 전 집사 요시다 다카부미의 부탁을 받고 상대가 아이라서 베기를 망설였던 신중한 칼잡이의 손에서 화려하고 빠른 도가 펼쳐졌다.

핑핑핑!

직선과 직선을 잇는 무수한 선들 중간에 피어난 섬광이 붉은 꽃잎 같았다. 짧고 강하게 번쩍 일었다 그대로 단절되는 목숨의 무게, 삶에서 죽음으로 순식간에 뒤바뀌는 생명의 허무한 스러짐이 도를 타고 그에게 전해졌다.

'생각해 보면……'

그러나 부챗살처럼 벌어지는 도의 중심에서 가와다는 생각하지 않았다. 생각보다 몇 배나 빠르게 반응한 도가 상대의 가슴을 파먹으며 후들후들 떨었다.

피고랑이 뽑아내는 붉디붉은 생명 한줄기. 뼈와 살의 절묘한 결합을 죽죽 빠개며 들어간 도가 만나는 생명 저쪽의 풍경은 꿈처럼 아련했다.

"하!"

허공을 돌아온 도가 도를 밀면서 아래로 미끄러졌다.

그러자 언뜻 드러난 칼잡이가 이마를 불쑥 들이밀었다.

텁.

손을 세워 이마를 막아낸 가와다의 팔꿈치가 칼잡이의 턱을 함몰시켰다. 역시 비명은 없었다. 도를 끌어 올리자 거침과 야만을 비집고 퉁겨진 핏물이 얼굴을 적셨다.

"한잔 드시지요, 형님."

상피루(象皮樓).

잘려진 팽주천의 머리로 팽호천은 술잔을 기울였다.

주룩.

정수리에 떨어진 술이 부릅뜬 눈을 적시고 흘러내렸다.

"이제 제남에서 팽씨는 지워졌사옵니다. 하북에 계신 백부께서 참 좋아하시겠지요. 아마 눈알이 뒤집혀 전력을 휘몰아 이곳으로 내려오실 것이옵니다."

한 잔을 더 기울인 팽호천은 조포에게 명령했다.

"갔다 버리도록."

자신을 중심으로 하나씩 둘씩 생겨난 그림자들을 이끌고 팽호천은 폐허를 우회, 인육을 파는 평동거리로 들어섰다.

길이 질척거리고 더러웠지만 팽호천은 개의치 않았다.

먼저 도착해 대기해 있던 조포가 허리를 숙였다.

"어서 오시옵소서, 소공 형님."

그러자 그를 호위해 온 그림자들이 사방으로 흩어졌다.

"음?"

거침없이 안채로 들어서던 팽호천은 발을 멈췄다. 뜰의 저쪽 끝에서 차림이 부스스한 여인을 발견했기 때문이다.

그와 눈이 마주친 여인이 엉거주춤 일어나 웃었다.

"이히……."

"뭐냐, 저 계집은?"

조포가 대답했다.

"잠시 대기하는 고깃덩어리이니 괘념치 마시옵소서."

"그래?"

무심코 발을 뗀 팽호천은 다시 발을 멈췄다. 웃음이 낯익었다. 어디 에선가 기억나지 않지만 분명 저 비슷한 웃음을 본 적이 있었다.

"저년이 욕심나시옵니까? 정 그렇다면 지금 당장 깨끗이 단장시켜 방으로 들이겠나이다."

"쓸데없는 소리!"

팽호천은 여인을 살폈다.

"흠."

마흔쯤 되었을까.

오랫동안 풍상에 시달려 온 얼굴은 지저분했다.

그러나 곰곰이 뜯어보니 생각보다 고왔고 젊었다. 문제는 고정되지 않고 끊임없이 흔들림을 거듭하는 혼탁한 눈동자였다.

"히히히……."

'미친 계집이로군.'

"얼마 전 역수거리 인근에서 주웠사옵니다. 아직 살집이 빈약하여

잡을 엄두가 나지 않아서 그만… 아쉬운 데로 소제가 써먹고 있사옵니
다."

얼굴을 붉힌 조포가 주저리는 소리를 귓전으로 흘린 팽호천은 피식
웃었다.

'어디서 흘러온지도 모르는 미친 계집의 웃음에 신경을 다 쓸 만치
내가 예민해졌나?'

그러나 자신의 민감함을 탓하며 돌아선 팽호천은 쉽게 걸음을 떼지
못했다. 미친 여인이 중얼거리는 소리를 들었기 때문이다.

"우리 아기를 빨리 찾아야 하는데……."

'아기?'

기분 나쁜 예감이 팽호천의 전신을 휩쓸고 지나갔다.

머리 속 어느 한 켠에 도사려 있던 불길함이, 오랜 세월 동안 식지
않고 따라붙었던 심란함이 불쑥 솟아난 기분이었다.

더불어 피를 나누어도 아깝지 않았던 형과 자신이 사실은 아비가 다
르다는 것을 알았던 날, 그날부터 시작해 내리 칠 주야 동안 마셨던 술
냄새가 맡아지는 기분이기도 했다.

고개를 돌려 다시 여인을 본 팽호천이 물었다.

"잠시 대기하는 고깃덩어리라 했느냐?"

"그렇사옵니다, 형님."

순간 넉살 좋게 대답한 조포의 턱이 돌아갔다.

빡!

"혀, 형님. 어, 어찌……!"

턱을 부여잡은 조포가 벌벌 떨며 항의했지만 팽호천은 자신이 주먹

을 날린 이유를 설명치 않고 돌아섰다.

몇 걸음 떼어놓고 다시 멈춰 선 그가 조포를 호명했다.

"조포."

"예? 예, 형님."

"살려둬라."

팔황맹과 하북팽문의 위세를 업고 제남 밤거리를 떡 주무르듯 주물러 온 여우답지 않게 감상에 흠뻑 젖은 목소리였다.

이 돌연한 변화에 의아해진 조포가 막 의문을 제기할 찰나.

그의 입을 틀어막듯 팽호천이 명령했다.

"아이들을 풀어 용한 의원을 끌어와라."

"예? 예."

서둘러 조포가 사라지자 평상에 앉은 팽호천은 여인을 보았다. 여인은 부지런했다. 물을 받아놓은 독에서 물을 퍼 날라 불을 지피고 땀을 뻘뻘 흘리며 솥을 닦았다.

칙칙.

소리를 내며 물이 끓자 아궁이에서 장작을 꺼내 물을 끼얹어 숯을 만들었고 재를 다독거려 불씨를 보존했다.

그리고 뜰로 나와 어지럽게 찍혀 있는 발자국을 지우며 야무지게 빗자루 질을 한 다음 담벼락에 주저앉아 풀을 뽑았다.

"흠."

여인의 동선(動線:움직임)을 확인한 팽호천은 여인이 부지런하다는 생각을 버렸다. 여인은 부지런한 것이 아니라 무엇에 쫓기는 것 같았다. 그래 그리 부지런히 움직이지 않으면 안 되는 강박증을 지닌 것이 확실했다.

"히이… 예쁘다."

부지런히 잡초를 뽑던 여인이 제채화(薺菜花:냉이꽃)를 자신의 눈앞으로 가져가며 웃었다. 그 평화로운 모습에서 팽호천은 문득 자신의 어머니를 떠올리지 않을 수 없었다.

가문의 위세에 눌려 두 번 시집을 와야 했던 그 어머니를 떠올린 것이다. 어머니는 결국 버림받았다.

계속해서 첫 남자를 만나왔다는 것이 이유였다.

숱한 고뇌와 방황을 거쳐 어렵사리 자신이 팽씨의 핏줄이 아니라는 것을 인정한 팽호천이 몰래 어머니를 찾아갔을 때.

어머니는 그 첫 남자에게도 버림받아 저 여인처럼 히득거리며 거리를 떠돌고 있었다.

그런 어머니 곁에 자신을 빼서 박아놓은 듯한 꼬마가 있었는데 그 울보가 바로 조포였던 것이다.

'이제 제남의 모든 원망이 하북팽문으로 집중될 것이다!'

뿌득.

소리나게 어금니를 깨문 팽호천은 여인을 외면했다.

그러나 외면하지 못했다. 고개를 돌렸어도 여인에게 달라붙은 신경은 여인의 천진난만한 웃음을 가져와 마음의 저 아래에 부려놓고 있었다.

"이것 좀 봐, 아저씨. 예쁘지?"

머리에 제채화를 꽂은 여인이 팽호천을 바라보며 또 히득거렸다. 다시 어금니를 깨문 팽호천은 여인을 보지 않았다.

히득이는 소리를 듣지 않았다.

어느 겨울 날.

남의 담벼락을 의지하고 얼어 죽은 어머니를 생각하지 않았으며, 그 어머니가 소중하게 간직했던 작은 보따리를 생각하지 않았다. 그 보따리에 들어 있던 오색 사금파리 몇 점을 생각하지 않았다. 부엌강아지처럼 땟국물 질질 흐르는 조포를 팽문살수로 밀어 넣은 것을 생각하지 않았으며, 그 아이가 인간 이하로 전락해 가는 것을 보고 마음 아팠던 것을 생각하지 않았다.

"에이, 아저씨. 뭘 그리 생각하고 있어?"

"……."

"사내는 다 똑같아. 하늘의 달을 따다 주마 해놓고 단물이 빠지면 마구 패고 구박해. 집을 나오라고 꼬실 때는 공주 받들 듯하는데 막상 집을 나오니 돈 벌어오라고 때리고 과거가 더럽다고 때리고… 그래서 사내는 믿을 종자가 못 돼."

잠깐씩 정신이 돌아오기도 하는 모양이었다.

히득거림을 멈춘 여인이 멍하니 하늘을 올려다봤다.

『천도비화수』 5권에 계속…

외전 자부동

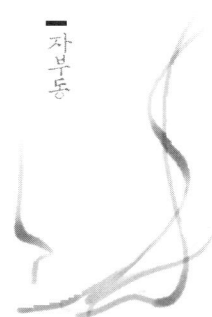

자부동

깊은 어둠.

아무것도 보이지 않았다.

숨죽였던 박쥐들 일제히 날아오르는 소리가 후드득 떨어져 쌓이는 어디쯤, 바위 틈새에 낀 바람이 거침없이 찢어졌다.

똑.

물방울 소리. 찢어져 거푸 뒤집히는 바람을 내려 그으며 떨어진 그 소리가 맑고 투명했다.

어둠을 밀어내려 애쓰지 않았다.

벽에 빼곡한 도형들과 문자를 따라가면 벽이 끝나는 지점의 어디쯤, 바람과 박쥐들이 드나드는 틈이 분명 있겠지만 그냥 서 있었다.

지친 듯 박쥐들의 날갯짓이 가라앉자 바람도 찢어짐을 중단하고 침묵했다.

똑똑똑.

동그랗게 말린 물방울 소리만 남아 어둠을 찍어 내렸다.

규칙적인 그 단음이 몸을 조금씩 갉아먹으며, 갉아먹은 분량만큼 물방울 소리로 채웠다. 그러자 배꼽의 저 아래 깊은 곳에서 똬리 틀고 대기하던 기운 무풍이 조심스레 고개를 쳐들기 시작했다.

등뼈를 타고 주욱 치솟아오른 그것은 머리에 잠시 머물러 있다 아래를 향해 스르륵 내려갔다. 그것의 궤적을 따라 눈과 귀가 열리면서 어둠이 물러났다.

배가 따뜻해지면서 상실로 얼룩졌던 마음이 가라앉고 발이 편해지면서 고통이 무뎌졌다. 이어 박쥐들이 쏘아 보낸, 그 현란하고 가느다란 빛줄에 수 놓인 언어가 보여졌다. 지네들이 엄청나게 많은 발을 움직여 만들어낸 밀어가 읽혀졌다.

벽으로 다가가 음각된 문자에 손가락을 넣었다.

풀썩.

손가락 끝에서 먼지가 일어났다. 한 치 깊이로 음각된 문자의 마지막 획까지 내려간 손가락이 다음 문자의 처음을 짚었다. 동일한 방법으로 먼지를 떨어낸 글자 몇 개가 모습을 드러냈다.

벽력신공(霹靂神功). 탁환신공(托幻神功). 자부위공(紫府衛功).

그 아래 잔글자들도 모습을 드러냈다.

인연자(因緣子)여,

위의 세 가지 신공을 일컬어 자부신공(紫府神功)이라 칭한다.

그중 벽력신공과 탁환신공이 일정 경지에 이르면 손바닥[掌心]에 선명한 환(環:고리 형태의 표식)을 드러내나니 세심하게 살필 일이다.

……

한때 천하가 셋으로 나뉘어 대치하고 있었다. 탁(涿)의 북쪽에는 대효(大鶷)가 벽력(霹靂)을 흠모했고, 동쪽에는 창힐(倉頡)이 탁환(托幻)을 추구했으며, 서쪽에는 헌원이 있어 자부(紫府)를 숭상했느니라……. 이들은 각자의 신기(神器)를 가지고 우위를 점하려 하였지만 이루지 못하였다.

……

헌원은 싸움마다 이로움이 없자 대효의 번개에 의존코자 하였지만 길이 다름을 익히 알아 창힐에 의존코자 하였다. 창힐의 그림자 또한 길이 달라 헌원은 마침내 자부(紫府)에 이르러 무릎을 꿇으니라……. 자부의 선인께서는 헌원에게 몇 가지 신기와 법구를 내려 천하를 안돈케 했는데, 그 중 거를 여기 남기나니 후세의 인연자는 삼가 귀히 여길지어다…….

한쪽 벽면을 가득 채운 이야기는 몇십 대에 걸쳐서 인연자로 통칭된 조사님들께서 각기 한평생 살아온 삶을 담담히 반추하며 남긴 것이었다.

그중 알아볼 수 있었던 인연자는 귀곡자(鬼谷子)밖에 없었다. 귀곡 할배 막 선생이 가끔 들려준 이야기 속의 인물이 바로 귀곡자였기 때문이다.

귀곡자는 자신의 제자들인 소진(蘇秦)과 장의(張儀)에게 대단한 악평을 하고 있었다.

소진의 머리와 장의의 혀에 속지 마라. 소진의 머리는 오로지 자신의 불우한 처지를 가리는 데 급급하고 장의의 혀는 오로지 계자(季子:소진의 자)를 뒤엎기 위해 놀려지느니 그들에게서 나오는 모든 것이 다 헛되도다.

옆의 벽은 세상에 대한 가르침이었다.

세상을 살다 보면 반드시 부딪치게 되는 문제들을 나열하고 그 해결책을 술회하고 있었다.

그 가르침을 이해하지 못했지만 언젠가는 이해하리라 생각하고 빠짐없이 무풍에 새겨 넣었다.

그 다음 세 개의 벽은 무공이었다.

저고리를 벗은 상태의 인물이 마치 살아 있는 것처럼 생생하게 그려져 있고 그 옆에 자세한 주석이 새겨져 있었다.

제일 먼저 벽력신공에 올라앉은 먼지를 털고 주석을 소리 내 읽어보았다.

"벽력신공은… 하늘에 늘 흘러 다니는 뇌전을 내공과 감응시켜 사용하는 무공으로 내공이 얼마만큼인가에 따라 위력의 지배를 받는 반경이 다르지만, 그 위력이 가히 산을 가르고 바다를 덮을 정도이다."

벽력신공은 내공을 기르는 심법 하나에 달린 장법이 세 개, 보법이 하나, 검법이 두 개였다. 특이하게도 심법인 벽력심환기(霹靂心環氣)의

운용법은 무풍선식과 그리 다르지 않았다.

무풍선식이 기의 흐름을 끊임없이 주고받는 데 중점을 둔 심법이라면 이 벽력심환기는 그리 주고받은 기를 세 개의 단전에 고루 분산시켜 비축해 놓는 것만 다를 뿐이었다.

"후유."

벽력심환기를 따라 호흡을 조금 해보자 무풍선식도 이런 무공을 배우기 위해 익히는 심법이었음을 알았다.

단순히 숨을 들이쉬고 내쉬는 법이 아님을 깨달은 것이다.

스윽.

벽력신장(霹靂神掌), 뇌환(雷環), 벽력환장(霹靂丸掌)이라 이름 지어진 세 개의 장법 중 가장 완전한 형태라는 뇌환을 따라 손을 내밀었던 손에 아무런 변화가 없자 피식 웃음이 나왔다.

"지둔(地遁)? 아니면 천둔(天遁)?"

예상대로였다. 자신이 생각해도 어설프기 그지없는 손짓에 어둠이 하얗게 할퀴어졌지만 그뿐이었기 때문이다.

그 다음은 검법이었다.

벽력과 뇌환이라 이름 지어진 현란한 검법에 눈을 다른 데로 돌렸다. 세상에 태어나서 유일하게 스승이라 부르고 생명을 다하는 날까지 영원히 스승으로 모셔야 하는 사람, 그가 물려준 장도 개문이 울었기 때문이다.

"스승님."

스승님의 영혼은 지금 어디쯤에서 나를 지켜보고 계실까.

개문을 끌러 내리고 파에 새겨진 손자국을 가만히 움켜잡았다. 그러자 항상 넉넉한 미소를 잃지 않았고 그 미소 속에 진지함이 묻어났던 스승 고명경이 느껴졌다.

"검법은 배우지 않겠어."

천도를 향해 나아가는 것은 스승과의 약속이지만 그 이전에 자신이 맡은 소명이고 주어진 운명이라는 것을 알고 있었다.

'검법에 매달릴 시간에 포저세를 한 번이라도 더 연마할 거야.'

그래 반드시 천도에 이를 것이고 그곳에서 자신을 기다릴 스승을 만나야겠다 다짐한 것이다.

그 아래가 뇌종미보(雷從微步)라 이름 지어진 보법이었다.

이 보법은 지독히 빠른 두 검법을 보완하는 데 중점을 두고 만들어진 것이라 경공(輕功)과 다르다는 설명이었다.

벽력신공을 대충 훑고 지나 다음 벽에 섰고 아까와 같은 방법으로 먼지를 떨어내고 글자를 확인했다.

탁환신공(托幻神功).

벽력신공에 비해 이 탁환신공은 비교적 간단했다.

환령심회법(幻鈴心回法)이라는 심법 한 개와 그 심법이 펼쳐지는 모양을 따라 다섯 개의 술로 나뉘어 있는 것이다.

압축된 내공을 상대에게 밀어 넣어 장기를 터뜨리는 환시(幻矢), 덮어서 으스러뜨리는 환의(幻衣), 막고 베어내는 환벽(幻壁), 세워서 깎아내는 환조(幻彫), 깊게 끌어들여 분해해 버리는 환해(幻解), 산산이 바스러뜨리는 환추(幻鎚).

심법인 환령심회법 역시 무풍선식과 다르지 않았다.

어찌 생각하면 이 환령심회법의 원류가 무풍선식이 아닌가 생각될 정도로 운용법이 흡사했다.

"벽!"

다섯 개로 나뉘어진 술 중에서 가장 쉬워 보이는 환벽을 가만히 흉내 내보니 조금씩 움직이는 무풍이 느껴졌다.

"흠."

만족했다.

얼마 전 육간에서 귀곡 할배가 펼쳤던 것처럼 밖으로 튕겨지지 않았지만 둥그렇게 말린 무풍이 발끝으로, 혹은 손끝으로 향하는 것을 분명히 느낄 수 있었기에 뛰노는 마음을 진정시키기 힘들었다.

'난 이제 힘을 가질 거야.'

힘을 가져 소중한 사람들을 지킬 것이고 아픈 사람을 치유시킬 것이며 우는 사람을 달래줄 것이다. 상처 가진 사람을 다독여 줄 것이며 놀림받는 사람을 위로해 줄 것이다.

더불어 응징할 것이다.

힘을 믿고 위협을 일삼는 자들과 아픔을 주는 자들을. 울리고 상처를 주며 놀림을 일삼는 자들을.

어금니가 깨물려지자 거친 말처럼 무풍이 뛰놀았다. 그 거침을 가라앉고 등을 벽에 기댔다.

순간 부스스― 먼지가 흘러내려 발에 쌓였다.

'성급할 것 없어. 이제 시작인걸.'

벽에 달라붙은 먼지를 세게 불었다.

후욱―

자부위공은 공통 심법과 보법, 장법을 포함 세 가지였다.

공통 심법은 자부현심공(紫府玄心功), 보법은 비연회추(飛燕回追), 장법은 천라상백수(天羅霜白手).

나머지 세 가지는 목검으로 여리가 보여준 바 있는 자부천라검법(紫府天羅劍法), 거궁에 내공을 걸어 쏘아 보내는 무시신궁(無矢神弓), 역시 거도로 단번에 열두 방위를 향해 도기를 흩뿌릴 수 있는 혈거공(血拒功)이었다.

"음."

이 중에서 비연회추는 여리에게 배운 것을 그대로 응용하면 그리 어려울 것이 없어 보였다.

다만 특이했던 것은 발을 움직여 속도를 내지 않고 오로지 내공만으로 이동하는 보법이라 경공에 가까워서 축지, 즉 땅이 접혔다 펴지는 것처럼 빠른 속도가 강점이었다.

천라상백수는 절정으로 펼치면 사방 삼 장을 꽁꽁 얼려 버리는 지독한 음공이어서 아무래도 여인이 익히는 무공 같았지만 소우는 개의치 않고 무풍에 새겨 넣었다.

몇 개의 형(形)에 따라 각기 다른 이름이 주어진 자부천라검법은, 끌어 모으는 취(聚). 헐어버리는 훼(毁). 쌓아 올리는 벽(壁). 썰어버리는 사(寫). 결계를 확보하는 진(陣). 끊어내는 단(斷). 들이치는 격(擊). 바람을 일으키는 풍(風)으로 세분했을 만큼 정교했다.

아마 여리는 자부현심공과 비연회추, 천라상백수를 익히고 이 자부천라검의 길을 가는 모양이었다.

"무시신궁?"

소리 내어 읽어 내려갔다.

"첫 번째 흑점(黑點), 이는 단순히 기를 쏘아 보내는 단계이다. 그 다음이 빙점(氷點), 기를 회전시키면서 쏘아 보낼 수 있는 단계이고… 세 번째 열점(熱點)은 회전과 열을 동시에 쏘아 보낼 수 있는 단계."

후욱.

먼지 속에서 나머지 글귀가 드러났다.

"마지막 단계 무점(無點)은 한 번에 세 개의 열점을 각기 다른 방향으로 쏘아 보낼 수 있다. 하지만 인연자여, 이는 혈거공과 함께 자부에 속하지 않는 무공으로 천외(天外)에서 우연히 얻은 것이다. 심법에 무리가 없고 사특함 없는 광명정대함을 지녀 이에 위공(衛功)으로 정리해 기록하노라."

후욱.

다시 먼지를 불어내고 혈거공을 보았다.

황혈거도라 이름 지어진 병기를 만드는 방법부터 혈거공에 대한 설명은 시작되었다.

"육십 근에서 팔십 근 사이의 흑철을 담금질하되 첨이나 날을 세우지 말 것이며 반드시 메질 자국을 남겨 거침을 유지해야 하느니라… 음?"

무시 똑같은 글귀, 사특함없는 광명정대함을 지녀 위공으로 정리해 놓았다는 이야기가 있었지만 그리 혈거공을 보기에는 좀 무리가 있었다. 대충 봐도 이 혈거공은 방어가 바로 공격이었고 일수에 상대를 열두 번이나 찍어누르는 것과 동시 열두 번을 베어 올리는 가공할 도법이었던 것이다.

어쨌든 무공 벽에 드리워진 먼지를 모두 떨어내고 조금씩 자리를 이동해 벽 뒤로 돌아갔다.

"서책!"

바닥에서 천장까지 쌓아 올려진 죽간(竹簡:종이가 발명되기 전 대나무를 엮어 책을 만든 것)과 서책에 압도당해 딱 벌어진 입이 다물어지지 않았다. 이 세상에 존재하는 책이란 책은 다 모아놓은 것 같았다. 아버지가 그토록 원했던 문자가 가득한 것이다.

그 서책에 기대 몸을 눕히자 오랜 세월, 바람에 벼려진 크고 작은 종유석 가득한 천장이 가슴을 짓눌렀다.

답답해지지 않았다.

견딜 만했다. 이리 혼자 있으니 여럿이 같이 있을 때보다 편했다. 같이 있으면 육간이 떠올라 견딜 수 없었다. 그때의 참상이 떠올라 견딜 수 없었던 것이다.

'다 나 때문이야.'

휘잉―

벽의 어디쯤을 오래도록 맴돌며 지나는 바람, 박쥐 몇 마리가 날아와 천장에 매달렸다.

그들이 날개에 뿌옇게 묻힌 것은 지독히 추운 겨울이었다.

그들은 그들만의 언어로 겨울을 이야기했고 눈을 이야기했고 앙상한 나뭇가지를 이야기했다.

까무룩 잠이 들었다.

그러자 그들이 떨어뜨린 겨울 몇 점이 얇디얇은 잠의 제일 바깥 자락을 잡고 아련한 빛깔로 채색된 꿈을 노래하기 시작했다.

소쩍새 울수록

별 사이 멀어진다.

물소리에 피어난

달맞이꽃 시들고

칠현금 위로

떨어진 별

보이지 않는다.

헤진 이파리 흔들리듯

꺼지는 불빛

가장 먼 곳의 별 한 점

흐린 얼굴로

네 눈에 고인다.

세상에서 가장 오래된 나무가 가진 나이테처럼 오랜 세월 동안 쌓인 먼지는 포근했고 어둠은 끝이 없었다.

그 후로 내리 삼 일 동안 일어나지 못했다. 집을 떠난 이래 가장 깊은 잠에 빠진 것이다.

꿈의 한 켠을 비집고 자꾸 펼쳐지는 풍경은 푸르렀다.

검댕이 묻은 눈매가 우울했던 아버지, 육간의 피비린내 속에서도 언제나 정연했던 스승님, 가을볕에 걸린 사과처럼 볼이 빨갛던 등로 누나, 얼음 속에 지펴진 불꽃 같은 눈을 가졌던 용비 대형이 그 푸름 속에서 웃고 울고 탄식했다.

'정말 미안해요.'

그들 모두에게 머리 숙여 사과했다.

그리고 부탁했다.

'내가 다 클 때까지만 기다려 주세요.'

『천도비화수』 외전 끝

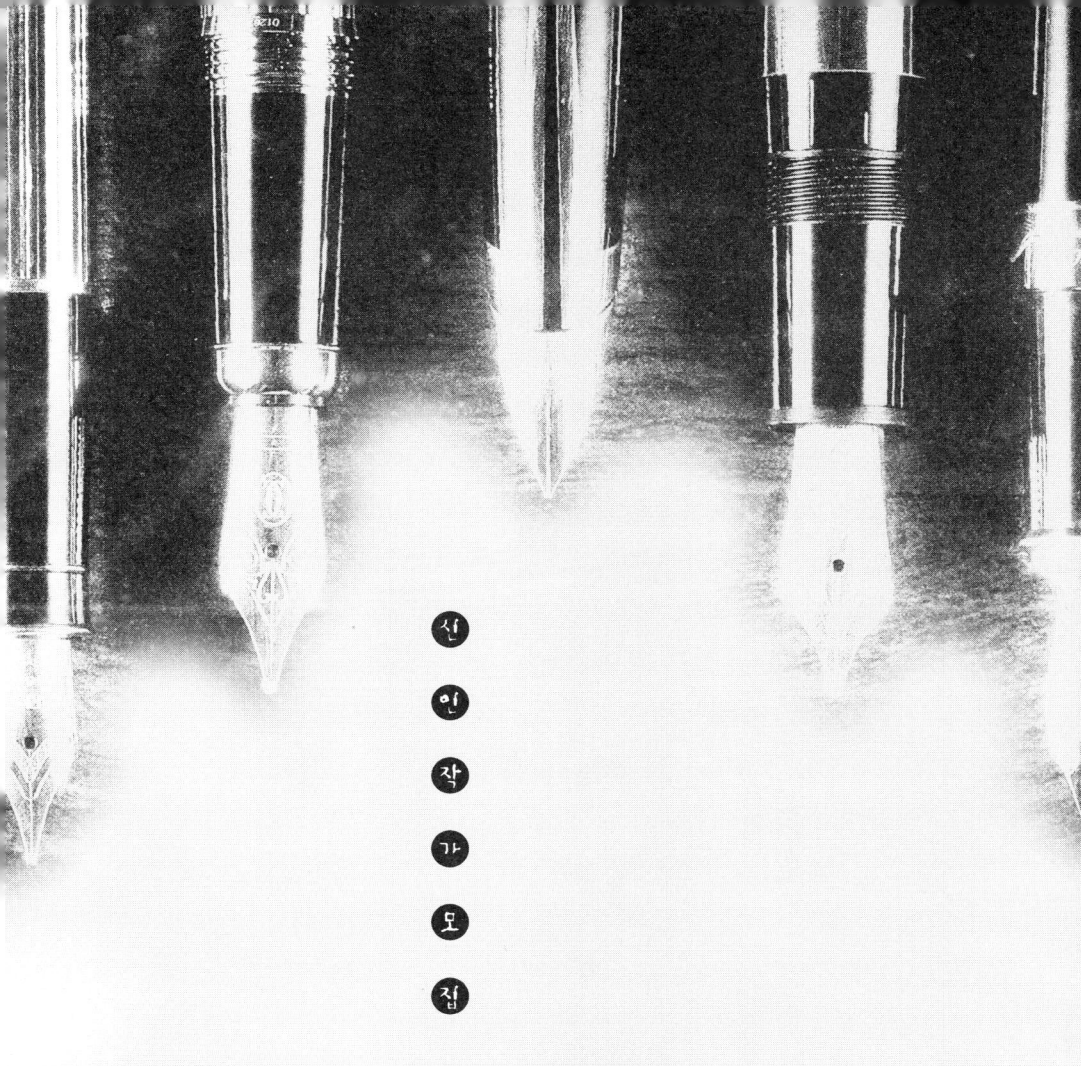

신
인
작
가
모
집

시작이 반이라고 했습니다.
작가의 길에 대한 보이지 않는 벽을 과감히 깨뜨리십시오!
청어람은 작가 지망생 여러분들의
멋진 방향타가 되어드리겠습니다.

저희 도서출판 청어람에서는
소설 신인 작가분들을 모집합니다.
판타지와 무협을 사랑하시는 분들의 많은 참여를 바랍니다.
소정의 원고(A4용지 150매)를 메일이나 우편으로 보내주시면
검토 후 출판 여부를 알려드리겠습니다.

주소:경기도 부천시 원미구 심곡1동 350-1 남성B/D 3F 우편번호420-011
TEL:032-656-4452 · **FAX**:032-656-4453
http://www.chungeoram.com
e-mail:chungeoram@chungeoram.com